Paulo Coelho

ON BİR DAKİKA

CAN

ÇAĞDAŞ DÜNYA YAZARLARI

Yayın Yönetmeni
İlknur Özdemir

Dizgi
Gelengül Çakır

Düzelti
Fulya Tükel

Montaj
Mine Sarıkaya

Kapak Düzeni
Semih Özcan

İç Baskı
Özal Basımevi

Kapak Baskı
Çetin Ofset

Cilt
ZE Ciltevi

1. basım : 2004
2. basım : 2004
3. basım : 2004
4. basım : 2004
5. basım : 2004
6. basım : 2004
7. basım : 2004
8. basım : 2004
9. basım : 2004
10. basım : 2004
11. basım : 2004
12. basım : 2004
13. basım : 2004
14. basım : 2004
15. basım : 2004
16. basım : 2004

ISBN 975-07-0370-7

Paulo Coelho'nun internet adresi:
http://www.paulocoelho.com.br

Paulo Coelho

ON BİR DAKİKA

ROMAN

Türkçesi
SAADET ÖZEN

CAN YAYINLARI LTD. ŞTİ.
Hayriye Caddesi No. 2, 80060 Galatasaray, İstanbul
Telefon: (0212) 252 56 75 - 252 59 88 - 252 59 89 Fax: 252 72 33
http://www.canyayinlari.com
e-posta: yayinevi@canyayinlari.com

Özgün adı
Onze Minutos

PAULO COELHO'NUN
CAN YAYINLARI'NDAKİ
KİTAPLARI

BEŞİNCİ DAĞ / *roman*
IŞIĞIN SAVAŞÇISININ EL KİTABI / *deneme*
ON BİR DAKİKA / *roman*
PİEDRA IRMAĞININ KIYISINDA OTURDUM AĞLADIM / *roman*
SİMYACI / *roman*
ŞEYTAN VE GENÇ KADIN / *roman*
VERONİKA ÖLMEK İSTİYOR / *roman*

1947'de, Brezilya'da, Rio de Janeiro'da doğmuş olan *Paulo Coelho,* bugün dünyanın en çok okunan yazarları arasındadır. 1987'de *O Diário de um Mago*'nun, 1988'de *Simyacı*'nın yayınlanmasıyla birlikte, *Coelho* için başarılarla dolu bir yazarlık hayatı başlamış oldu. *Coelho*'nun, Can Yayınları'nda çıkan diğer kitapları şunlardır: *Beşinci Dağ, Piedra Irmağı'nın Kıyısında Oturdum, Ağladım; Veronika Ölmek İstiyor, Şeytan ve Genç Kadın, Işığın Savaşçısının Elkitabı ve On Bir Dakika.* Bu kitaplar yalnızca çok satan listelerinin üst sıralarına yerleşmekle kalmadı, aynı zamanda toplumsal ve kültürel tartışmalara da yol açtı. *Paulo Coelho* pek çok saygın ödülün de sahibi oldu; bunların arasında, Dünya Ekonomik Forumu'nun verdiği Crystal Award ve Fransız Légion d'Honneur Nişanı da vardır. Yazar, 2002 yılında Brezilya Edebiyat Akademisi'ne kabul edildi. *Coelho* ayrıca, dünyanın pek çok prestijli basın kuruluşu için, haftalık köşe yazıları yazmaktadır.

29 Mayıs 2002 günü, Fransa'da bu kitaba son noktayı koymadan birkaç saat önce, Lourdes'daki kutsal kaynaktan biraz su almaya gittim. Yetmişlerinde gösteren bir beyefendi bana seslendiğinde, katedralin önündeki meydana varmıştım: "Paulo Coelho'ya benzediğinizin farkında mısınız?" Ona, "Paulo Coelho benim," diye karşılık verdim. Beyefendi beni kucaklayıp eşi ve kız torunuyla tanıştırdı. Kitaplarımın hayatında çok önemli bir yer tuttuğunu söyledi ve sözü şöyle bağladı: "Önümde hayal dünyalarının kapılarını açıyorlar." Bu cümleyi sık sık duymuşumdur, hâlâ da çok hoşuma gider. Ne var ki o an, yoğun bir kaygıya kapıldım - *On Bir Dakika*'da hassas, rahatsız edici, hoş karşılanmayan bir konuyu işlediğimin farkındaydım. Kutsal sudan almak için kaynağa kadar yürüdüm, sonra o beye nerede oturduğunu sordum (Fransa'nın kuzeyinde, Belçika sınırına yakın bir yerde yaşıyormuş) ve adını not ettim.

Bu kitap size adanmıştır, Maurice Gravelines. Size, karınıza, torununuza ve kendime karşı bir görevim var: herkesin duymaktan hoşlanacağı şeyleri değil, kafamı kurcalayan neyse onu anlatmak. Bazı kitaplar bizi hayallere sürükler, bazılarıysa bize gerçeği hatırlatır, ama hepsi, bir yazar için esas olanın, namusun damgasını taşımak zorundadır.

O sırada, kentte günahkâr olarak tanınan bir kadın, İsa'nın, Ferisi'nin evinde yemek yediğini öğrenince kaymaktaşından bir kap içinde güzel kokulu yağ getirdi. İsa'nın arkasında, ayaklarının dibinde durup ağlayarak, gözyaşlarıyla O'nun ayaklarını ıslatmaya başladı. Saçlarıyla ayaklarını sildi, öptü ve yağı üzerlerine sürdü.

İsa'yı evine çağırmış olan Ferisi bunu görünce kendi kendine, "Bu adam peygamber olsaydı, kendisine dokunan bu kadının kim ve ne tür bir kadın olduğunu, günahkâr biri olduğunu anlardı," dedi.

Bunu üzerine İsa, Ferisi'ye, "Simun," dedi, "sana bir söyleyeceğim var."

O da, "Buyur, öğretmenim," dedi.

"Tefeciye borçlu iki kişi vardı. Biri beş yüz, öbürü de elli dinar borçluydu. Borçlarını ödeyecek güçte olmadıklarından, tefeci her ikisinin de borcunu bağışladı. Buna göre, hangisi onu çok sever?"

Simun, "Sanırım, kendisine daha çok bağışlanan," diye yanıtladı.

İsa ona, "Doğru söyledin," dedi.

Sonra kadına bakarak Simun'a şunları söyledi: "Bu kadını görüyor musun? Ben senin evine geldim, ayaklarım için bana su vermedin. Bu kadın ise ayaklarımı gözyaşlarıyla ıslatıp saçlarıyla sildi. Sen beni öpmedin, ama bu kadın eve girdiğimden beri ayaklarımı öpüp duruyor. Sen başıma zeytinyağı sürmedin, ama bu kadın ayaklarıma güzel kokulu yağ sürdü. Bu nedenle sana şu-

nu söyleyeyim, kendisinin çok olan günahları bağışlanmıştır. Çok sevgi göstermesinin nedeni budur. Oysa kendisine az bağışlanan, az sever."

Luka, 7, 37-47

Birinci ve sonuncu olduğum için
Hem kutsanan hem aşağılanan benim
Fahişe ve azizeyim
Bir erkeğin eşiyim ve bakireyim
Anneyim ve kızım
Annemin kollarıyım
Kısırım ve çocuklarım sayısız
Evliyim ve bekârım
Dünyaya getirdim ve hiç doğurmadım
Doğum sancılarının ilacıyım
Hem karıyım hem koca
ve beni erkeğim yarattı
Babamın annesiyim
Kocamın kız kardeşiyim
ve o da benim dölümdür
Bana hep saygı gösterin
Çünkü ben, hem kepazeyim hem muhteşem

Isis ilahisi, İS III ya da IV. yüzyıl,
Nag-Hamadi'de bulunmuştur.

Bir varmış, bir yokmuş. Bir zamanlar, Maria adında bir fahişe varmış.

Durun bir dakika. 'Bir varmış bir yokmuş', çocuk masallarının başına çok yakışır sahiden de, oysa 'fahişe' yetişkinlere özgü bir sözcük. Bir öykü, böylesi açık bir çelişkiyle nasıl başlatılabilir? Her neyse, mademki ömrümüzün her ânında bir ayağımız peri masallarında, öbürüyse uçurumda, bırakalım bu öykü de böyle başlasın.

Bir varmış bir yokmuş, bir zamanlar Maria adında bir fahişe varmış.

Bütün fahişeler gibi, o da doğduğunda bakire ve masumdu, genç kızlığında hayatının erkeğine (zengin, yakışıklı ve akıllı biri olacaktı bu) rastlamayı, onunla (telli duvaklı) evlenmeyi, (ileride büyük adam olacak) iki çocuk yapmayı, (denize bakan) güzel bir evde yaşamayı hayal etti. Babası esnaf, annesi terziydi. Brezilya'nın kuzeydoğusunda bulunan, yaşadığı kentte tek bir sinema, tek bir gece kulübü ve tek bir banka şubesi vardı; işte bu nedenle Maria beyaz atlı prensinin ansızın ortaya çıkıp yüreğini çalacağı ve kendisinin de onunla birlikte dünyayı keşfe çıkacağı günü bekler dururdu.

Beyaz atlı prens bir türlü gelmediğinden, Maria'nın payına sadece hayal etmek kalıyordu. Aşkı ilk kez on bir yaşındayken, yürüyerek ilkokula gittiği günlerde tattı. Okulun açıldığı gün, yolda yalnız olmadığını anladı: İki adım ötesinde, o civarda oturan ve onunla aynı saatlerde okula giden bir oğlan yürüyordu. Tek kelime konuşmuş değillerdi, ama Maria, gün içinde en çok o tozlu yolda geçirdiği anları sevdiğini fark etti; güneşin tam tepede olmasına, susuzluğa, yorgunluğa, kendisi yetişeceğim diye canını dişine takarken, oğlanın hızlı hızlı yürümesine rağmen.

Bu sahne aylarca tekrar tekrar yaşandı; ders çalışmaktan nefret eden ve televizyondan başka eğlencesi olmayan Maria, zamanın hızlı akmasını istemeye başladı; sabırsızlıkla okula gideceği ânı bekliyor, yaşıtı kızların tersine, hafta sonlarını çok sıkıcı buluyordu. Saatler, çocuklara göre, yetişkinler için olduğundan çok daha ağır ilerlediğinden acı çekiyordu; günler geçmek bilmiyordu, çünkü hayatının aşkıyla paylaşsın diye topu topu on dakikacık, onu düşünmesi, konuşsalar ne güzel olacağını hayal etmesi içinse binlerce dakika sunuluyordu ona.

Derken, bir sabah, oğlan ona yaklaştı ve ödünç kalem istedi. Maria karşılık vermedi, bu uygunsuz yanaşma manevrasına sinirlenmiş gibi davrandı ve adımlarını hızlandırdı. Oğlanın yanına geldiğini görünce korkudan taş kesilmişti. Onu sevdiğini, beklediğini, elini tutmayı, birlikte okulun kapısını geride bırakıp yolun sonuna gitmeyi hayal ettiğini anlamasından korkmuştu; söylenenlere bakılırsa, yolun sonunda büyük bir kent, roman kahramanları, artistler, arabalar, bir sürü sinema, kısacası akla gelen her tür harika vardı.

Gün boyunca, sınıfta bir türlü dikkatini toplayamadı. Saçmasapan davrandığı için kendini yiyip bitiriyor, bir yandan da, oğlanın da onu fark ettiğini anladığı için rahatlama duyuyordu. Kalem, sohbet açmak için bir bahaneydi yalnızca; yanına geldiğinde, çocuğun cebinde duran bir tükenmez gözüne çarpmıştı Maria'nın. Onu tekrar görebilmek için ölüyordu. O gece –ve izleyen gecelerde– ona verebileceği bütün yanıtları kafasında evirip çevirdi, ta ki hiç bitmeyecek bir öyküyü başlatmak için en uygun yolu bulana kadar.

Ama oğlan bir daha onunla hiç konuşmadı. Okula

hâlâ birlikte yürüyorlardı, Maria bazen sağ elinde bir kalemle birkaç adım önden gidiyor, bazen de onu sevgiyle seyredebilmek için arkada kalıyordu. Okullar kapanana kadar için için aşkını yaşayıp acı çekmekle yetinmek zorunda kaldı.

Hiç bitmeyecek gibi gelen tatil sırasında, Maria bir sabah bacakları kan içinde uyandı ve öleceğini sandı; oğlana bir mektup bırakmaya karar verdi, hayatının büyük aşkı olduğunu itiraf edecekti ona. Sonra, *sertão*'ya dalıp bölgedeki köylüler arasında dehşet saçan yabani hayvanlara, kurt-adama ya da kafasız katıra[1] yem olmayı tasarladı. Hem ana-babasının arkasından ağlamasını da engellerdi bu, çünkü ruhlarını daraltan trajik olaylara rağmen, hep bir umutları olurdu zavallıcıkların. Kızlarının çocuksuz, zengin bir aile tarafından kaçırıldığını, günün birinde şan şöhret ve bol paraya kavuşmuş olarak geri döneceğini hayal ederlerdi – hayatının şimdiki (ve ebedi) aşkı da onu bir türlü unutamaz, her sabah, onunla bir kez daha konuşmadığı için acı çekerdi.

Mektubu yazamadı, çünkü annesi odaya girdi, örtülerin kızıla boyandığını görüp gülümsedi ve ona, "Artık bir genç kız oldun, yavrucuğum," dedi.

Maria, genç kız olmakla bacaklarının arasından sızan kan arasında ne gibi bir ilişki olduğunu merak ettiyse de, annesi anlatmayı beceremedi. Yalnızca bunun normal olduğunu, bundan böyle her ay dört-beş gün, oyuncak bebek yastığı boyunda bir bez kullanacağını söyledi. Maria, erkeklerin de pantolonları kan lekesi olmasın diye katlanmış bir bezden yararlanıp yararlanmadıklarını sordu ve bunun sadece kadınların başına geldiğini öğrendi.

Maria bu yüzden bir süre Tanrı'ya isyan ettiyse de, sonunda âdet görmeye alıştı. Oğlanın yokluğuna ise, alı-

---

[1] Halk arasındaki bir inanışa göre, kafasız katır, aslında papazın metresidir ve katıra dönüştürülmüştür, bazı geceler çıkıp ortalıkta dolaşır; ardınca sürüklediği zincirlerin sesi batıl inançları olanları korkutur.

şamıyordu bir türlü; dünyada en çok arzuladığı kişiden kaçmak gibi bir aptallık yaptığı için kafasını taşlara vuruyordu. Okulların açılacağı günün gecesi, kentteki biricik kiliseye gidip Aziz Antonio'ya, ilk adımı kendi atıp çocukla konuşacağına yemin etti.

Ertesi gün, elinden geldiği kadar kendine çekidüzen verdi, annesinin o gün için özel olarak diktiği elbiseyi giyip tatil nihayet bittiği için Tanrı'ya şükrederek evden çıktı. Ama oğlan, ortalıkta yoktu. Bir hafta daha böyle sıkıntı içinde geçti, sonunda Maria, arkadaşlarından onun kentten ayrıldığını öğrendi.

"Uzaklara gitti," dedi biri ona.

O an, Maria bazı şeylerin sonsuza dek kaybedilebileceğini keşfetti. Aynı zamanda, 'uzak' diye bir yerin varlığını öğrendi; dünyanın büyük, yaşadığı kentinse avuç içi kadar olduğunu, en ilgi çekici varlıkların eninde sonunda çekip gittiğini de. O da gitmeye can atıyordu, ama henüz çok küçüktü. Bununla birlikte, tozlu sokaklara bakarken, bir gün oğlanın peşine düşmeye karar verdi. Dininin bir gereği olarak, sonraki dokuz cuma şaraplı ekmek ayinine katıldı ve Bakire Meryem'e, günün birinde onu bu kentten kurtarması için dua etti.

Bir süre içi yandı durdu, boşu boşuna çocuğun izini bulmaya çalıştı, ama ailesinin nereye taşındığını bilen yoktu. Bunun üzerine Maria, dünyayı fazla büyük, aşkı ise tehlikeli görmeye başladı; Meryem'in, gökyüzünde, çocukların isteklerine kulak veremeyecek kadar uzak bir yerde olduğuna emindi artık.

Böylece üç yıl aktı gitti. Maria coğrafya ve matematik öğrendi, televizyon dizileri izledi, ortaokuldayken gizlice açık saçık dergileri keşfetti, günlük tutmaya başladı. Günlüğünde tekdüze hayatından söz ediyor, ona öğretilenleri -okyanusu, karı, sarıklı erkekleri, mücevherlere batmış zarif kadınları- tanıma isteğini kâğıda döküyordu... Ama, imkânsız arzular kimsenin karnını doyurmadığından -hele de terzilik yapan bir anne, hep başka yerlerde olan bir babayla-, kısa süre içinde, çevresinde olup bitenlere daha fazla dikkat etmesi gerektiğini anladı. Hayatta ayaklarının üzerinde durabilmek için okula gidiyor, aynı zamanda, serüven hayallerini paylaşabileceği bir yoldaş arıyordu. On beşindeyken, Kutsal Hafta içinde, ayin alayında rastladığı bir oğlana âşık oldu.

Bu kez, çocukluğundaki hatayı tekrarlamadı: Konuştular, arkadaş oldular, birlikte sinemaya, şenliklere gittiler. Maria bir kez daha fark etti ki, aşkı yaratan, ötekinin varlığından çok yokluğuydu: Delikanlıyı her an özlüyor, saatler boyunca, görüştükleri zaman ona anlatacaklarını hayal ediyor, paylaştıkları her saniyeyi aklından tekrar tekrar geçiriyor, neyi iyi, neyi kötü yaptığını bulmaya çalışıyordu. Kendini, büyük bir tutkunun elinden kayıp gitmesine izin vermiş ve bunun yarattığı acıyı tanıyan, deneyimli bir genç kız olarak görmekten hoşlanıyordu. Şimdi, var gücüyle bu erkek için savaşmaya kararlıydı: Evliliğe, analık duygusuna, denize bakan eve onun sayesinde kavuşacaktı.

Konuyu annesine açtığında, kadın ona yalvardı:

"Daha çok erken, kızım."

"Ama babamla evlendiğinde, sen de on altı yaşındaydın."

Annesi, erken evlenmesinin altında, hesapta olmayan bir gebeliğin yattığını söylemek istemiyordu, "Bizim zamanımızda başkaydı," diye geçiştirdi.

Ertesi gün, Maria ile delikanlı, kentin çevresindeki kırlara gittiler. Biraz çene çaldılar, Maria ona yolculuklara çıkmayı isteyip istemediğini sordu, o da karşılık olarak, Maria'yı kollarına alıp öptü.

Hayatının ilk öpücüğü! Bu ânı ne çok hayal etmişti! Manzara olağanüstüydü: uçuşan balıkçıllar, batan güneş, vahşi bir güzelliği olan yarı çorak arazi ve uzaktan gelen müzik sesi. Maria önce bu atağı savuşturmak ister gibi yaptı, sonra delikanlıyı kollarıyla sıkıca sarıp filmlerde, dergilerde ve televizyonda defalarca gördüğü hareketi tekrarladı: Başını yarı ahenkli, yarı kontrolsüzce bir o yana bir bu yana sallayarak, dudaklarını onunkilere bastırdı. Ara sıra genç adamın dilinin dişlerine değdiğini hissediyor ve bunu çok hoş buluyordu.

Delikanlı birden onu öpmeyi bıraktı.

"İstemiyor musun?" diye sordu ona.

Maria ne karşılık verebilirdi? İstiyorum mu demeliydi? Tabii ki istiyordu! Ama bir kadın kendini böyle bırakmamalıydı, hele de müstakbel kocasına karşı; yoksa delikanlı ömrünün sonuna kadar kolay kadın olmakla suçlardı onu. Maria, ağzını açmamayı yeğledi.

Delikanlı onu tekrar kollarına aldı, bu sefer coşkusu biraz sönmüştü. Ardından, gene durdu, kıpkırmızı kesilmişti ve Maria yolunda gitmeyen bir şey olduğunu anladı, ama sormaya korktu. Delikanlının elini tuttu, sanki hiçbir şey olmamış gibi bambaşka konulardan konuşarak kente döndüler.

O akşam, önemli bir olayın meydana geldiğinden emin, sözcüklerini seçerek günlüğüne şunları yazdı Maria:

Karşımıza biri çıktığında ve ona âşık olduğumuzda, bütün evrenin elbirliğiyle buna zemin hazırladığını hissederiz; bugün, güneş batarken bana oldu bu. Ama yolunda gitmeyen bir şey olduğunda, her şey yıkılır ve yok olur! Balıkçıllar, uzaktan gelen müzik, dudaklarının tadı. Daha birkaç dakika öncesine kadar var olan güzellik, nasıl bu kadar çabuk silinebilir?

Hayat doludizgin ilerliyor: Bizi cennetten cehenneme taşıyor ve bu, birkaç saniyenin içinde olup bitiyor.

Maria, ertesi gün kız arkadaşlarıyla buluşmaya gitti. Hepsi onu 'sevgilisiyle' dolaşırken görmüştü, sonuç olarak büyük bir aşk yaşamak yetmez, ötekilerin de, çok arzulanan biri olduğunuzu anlamasını sağlamak gerekir. Arkadaşları olup bitenleri öğrenmek için yanıp tutuşuyordu. Maria büyük bir gururla onlara, en güzelinin dilinin dişlerine değmesi olduğunu söyledi. Kızlardan biri gülmeye başladı.

"Ağzını açmadın mı yoksa?"

Birden her şey açıklığa kavuştu – soru, hayal kırıklığı.

"Niye ki?"

"Dili içeri girebilsin diye."

"O zaman ne fark oluyor?"

"Öpüşmek öyle olur."

Bastırılan kahkahalar, sözde acıyan havalar, hiç sevgilisi olmamış kızların intikam manevraları. Maria umursamaz davrandı, kendi de güldü; ruhunun kan ağlamasına rağmen. İçindense, işin aslını göstermeden ona gözlerini kapamayı, bir eliyle karşısındakinin başını tutup yüzünü sağa sola çevirmeyi öğreten filmlere sövüp sayıyordu. Uygun bir açıklama uydurdu (hemen kendimi bırakmak istemedim, çünkü emin değildim, ama artık onun hayatımın erkeği olduğunu biliyorum) ve ikinci bir fırsat kollamaya koyuldu.

Üç gün sonra, belediyenin düzenlediği bir şenlikte tekrar gördüğünde, genç adam Maria'nın arkadaşlarından bir kızın elini tutuyordu - öpüşmesi hakkında ona soru sorandı bu. Maria gene aldırmaz göründü, gecenin sonuna kadar arkadaşlarıyla artistlerden ve tanıdıklardan konuşarak dayandı, zaman zaman üzerine dikilen acıyan bakışları görmezden geldi. Ama evden içeri adım atar atmaz kendini daha fazla tutamadı, dünyası yıkılmıştı, sabaha kadar ağladı. Tam sekiz ay boyunca acı çekti ve sonunda aşkın ona göre, kendisinin de aşka göre olmadığına karar verdi. Böylece rahibe olmaya karar verdi, ömrünün kalanını Mesih'in aşkına adamak için; yürekte sızlayan yaralar bırakmayan türden bir aşktı bu. Okulda Afrika'ya giden misyonerlerden söz ediliyordu, o da heyecan fakiri hayatı için çıkış yolunun bu olduğuna karar verdi. Manastıra kapanmak için planlar yaptı, ilkyardım yöntemlerini öğrendi (kimi öğretmenlerinin söylediğine göre, Afrika'da bir sürü insan ölüyordu), büyük bir titizlikle din derslerine devam etti. Kendini hayatı iyi tanıyan, aslan ve kaplan kaynayan ormanları keşfe çıkmış bir modern zaman azizesi gibi hayal etmeye başlamıştı.

Ne var ki, öpüşürken ağzı iyice açmak gerektiğini ve aşkın her şeyden çok bir acı kaynağı olduğunu öğrendiği, yani on beş yaşını sürdüğü o yıl, onun için üçüncü bir keşif hazırlıyordu: mastürbasyon. Günün birinde, evde annesini beklerken, cinsel organıyla oynayarak âdeta tesadüfen buldu bunu. Daha çocukken edindiği bu alışkanlık ona büyük zevk verirdi, babasının onu yakalayıp tek kelime etmeden tokat yağmuruna tutmasına kadar. Maria yediği tokatları hiçbir zaman aklından çıkarmamış ve başkalarının karşısında kendine dokunmaması gerektiğini öğrenmişti. O andan sonra, evde kendine ait bir odası bulunmadığından, bu duygunun ona verdiği zevki bile unutmuştu.

Şu meşhur öpücükten yaklaşık altı ay sonraki bu akşamüstüne kadar. Annesi gecikmişti, Maria'nın yapacak hiçbir işi yoktu, babası bir arkadaşıyla çıkmıştı ve Maria televizyonda ilginç bir program olmadığından, alınacak birkaç sevimsiz tüy bulmak niyetiyle bedenini kurcalamaya başladı. Şaşkınlıkla, cinsel organının hemen üstünde küçük bir sivilce yakaladı; kendini daha fazla tutamayarak sivilceyle oynamaya başladı; hissettikleri giderek tadına doyulmaz bir hale geliyor, yoğunlaşıyordu ve bedeni tepeden tırnağa –özellikle elinin değdiği bölge– zevkle geriliyordu. Yavaş yavaş bir cennete girdi, duygu şiddetlendi, artık doğru dürüst görüp duyamaz olduğunu fark etti, her şey altın rengine bürünmüştü sanki, sonra zevkten inledi ve ilk orgazmını yaşadı.

Orgazm! Haz!

Sanki gökyüzüne kadar çıkmış, şimdi de bir paraşütle, ağır ağır tekrar yeryüzüne iniyor gibiydi. Bedeni kan terlere batmıştı, ama kendini dolu dolu, ışıl ışıl, dipdiri hissediyordu. Demek seks buydu! Ne müthiş bir şey! İçindeki herkesin acılı bir sırıtmayla hazdan bahsettiği porno dergilere ihtiyaç kalmamıştı. Kadının bedenini seven, ama yüreğini küçümseyen erkeklere de ihtiyaç kalmamıştı. Her şeyi kendi başına yapabilirdi artık! Onu ünlü bir aktörün okşadığını düşünerek tekrar başladı, yeniden cennete yükseldi ve daha da enerjiyle dolup taşarak yere indi. Üçüncü kez kendini tatmin edecekken, annesi çıkageldi.

Maria, arkadaşlarıyla yeni keşfini konuştu, ama bu sefer, ilk deneyimini daha birkaç saat önce yaşadığını itiraf etmekten kaçındı. İkisi hariç bütün kızlar söz edilen şeyin ne olduğunu biliyordu, ne var ki hiçbiri bundan başkalarının önünde söz etmeye cesaret edememişti. Maria neredeyse kendini bir devrimci gibi, grubun önderi gibi hissediyordu; 'gizli itiraflar' diye saçmasapan bir oyun icat ederek, bütün arkadaşlarına en sevdikleri mastürbasyon yöntemini sordu. Farklı teknikler öğrendi, örneğin yaz sıcağında battaniyenin altında yapmak (çünkü, diyordu kızlardan biri, terleyince daha kolay oluyor), oraya bir kaztüyüyle dokunmak (o yerin adını bilmiyordu), kendi yerine bir oğlana yaptırmak (Maria'nın gözünde bu gerekli değildi), bidenin musluğunu kullanmak (Marialarda bide yoktu, ama zengin bir arkadaşını ziyarete gider gitmez deneyecekti).

Her ne olursa olsun, mastürbasyonu keşfettikten ve arkadaşlarının önerdiği tekniklerden bazılarını denedikten sonra, Maria rahibeliğe sonsuza kadar veda etti. Mastürbasyon yapmak ona çok zevk veriyordu, oysa dine göre seks, günahların en büyüğüydü. Gene arkadaşlarından mastürbasyonla ilgili dedikoduları da öğrendi: İnsanın yüzü sivilce dolarmış, insanı delirtebilir ya da hamile kalmasına neden olabilirmiş. Bütün bu tehlikelere rağmen, en az haftada bir kez, genellikle babasının, arkadaşlarıyla kâğıt oynamaya gittiği çarşamba günleri, kendi kendini zevklendirmeye devam etti.

Maria aynı zamanda, erkeklerin yanındayken giderek daha az güveniyordu kendine ve içindeki, yaşadığı yeri terk etme arzusu büyüyordu. Üçüncü kez, dördüncü kez âşık oldu, artık sevgilileriyle baş başayken öpüşmeyi, onları okşamayı, kendisini okşamalarına izin vermeyi biliyordu; ama her seferinde yolunda gitmeyen bir şey oluyor, ilişki tam Maria'nın, bu delikanlıyla hayatını paylaşabileceğini düşünmeye başladığı anda bitiyordu. Sonunda, erkeklerin insana acıdan, yoksunluktan, çileden ve sıkıntıdan başka şey sunmadıklarına karar verdi. Bir öğleden sonra parkta durmuş iki yaşındaki oğluyla oynayan bir anneyi seyrederken, kendisinin de bir kocaya, çocuklara, deniz gören bir eve sahip olmayı isteyebileceğini anladı, ama bir daha asla âşık olmayacaktı, çünkü tutku her şeyi mahvediyordu.

Maria'nın genç kızlık yılları böylece akıp gitti. Giderek güzelleşiyor, gizemli ve hüzünlü havası pek çok erkeği çekiyordu. Kâh biriyle kâh ötekiyle çıktı, hayaller kurdu ve bir daha âşık olmayacağına dair kendine verdiği söze rağmen acı çekti. Bu buluşmalardan birinde, bir arabanın arka koltuğunda bekâretini kaybetti; sevgilisiyle ikisi birbirlerini okşarken her zamankinden daha ateşliydiler, delikanlının ayranı kabardı ve grubun son bakiresi olmaktan artık sıkılmış olan Maria, onun içine girmesine izin verdi. Onu bulutlara çıkaran mastürbasyonun tersine, tek hissetiği acı oldu, incecik sızan kan eteğini lekeledi. İlk öpüşmenin büyülü etkisini duymadı bu kez - uçan balıkçıllar, batan güneş, müzik... Hayır, yaptıklarını unutmaktı tek istediği.

Kızlığını bozduğunu anlarsa, babasının onu öldüreceği konusunda uyardığı delikanlıyla, zaman zaman tekrar sevişti. Bir partnerle cinsel ilişkiye girmenin nesinin zevkli olduğunu bulmak için her yolu kullanarak, onu bir deney tahtasına çevirdi.

Boşuna. Mastürbasyon çok daha az zahmetliydi ve bir sürü başka ikramiye kazandırıyordu insana. Ama bütün dergiler, televizyon programları, kitaplar, kız arkadaşlar, hepsi, İSTİSNASIZ HEPSİ, bir erkeğin varlığının önemli olduğunu buyuruyordu. Maria, itiraf edilmesi mümkün olmayan bir cinsel sorunu olduğunu düşündü, kendini iyice derslerine verdi ve bir süre için, adına Aşk denen bu muhteşem ve öldürücü şeyi unuttu.

Maria'nın, on yedisindeyken tuttuğu günlükten bir bölüm:

Amacım aşkı anlamak. Âşıkken hayat dolu olduğumu biliyorum, ve şimdi, ne kadar ilgi çekici görünürlerse görünsünler, sahip olduklarımın içimi zerre kadar kıpırdatmadığının da farkındayım.

Ama aşk korkunç bir şey: Kız arkadaşlarımın bu yüzden kahrolduğuna tanık oldum; bunun başıma gelmesini istemem. Eskiden benimle ve masumiyetimle dalga geçerken, şimdi erkekleri bu kadar iyi yönetmeyi nasıl becerdiğimi soruyorlar bana. Gülümsüyor ve susuyorum, çünkü ilacın acının kendisinden de beter olduğunu biliyorum: Tek yaptığım, âşık olmamak. Her geçen gün, erkeklerin ne kadar kırılgan, değişken, kendine güvensiz, şaşırtıcı olduğunu daha iyi anlıyorum... Bazı arkadaşlarımın babaları bile bana asıldılar, ben de onları geri püskürttüm. Eskiden, bu beni çok rahatsız ederdi; şimdi ise, bunun erkek doğasının bir parçası olduğunu düşünüyorum.

Amacımın aşkı anlamak olmasına, her gönül verdiğimin canımı yakmasına rağmen, ruhuma dokunanların bedenimi uyandırmayı başaramadıklarını, bedenime dokunanlarınsa ruhuma ulaşamadıklarını görüyorum.

Maria on dokuzunda liseyi bitirip bir kumaş mağazasında işe girdi. Patronu ona âşık oldu; genç kız, bu aşamada kendisini kullandırtmadan bir erkeği nasıl kullanacağını biliyordu artık. Patronunun kendisine elini bile sürmesine izin vermediyse de, tatlı dilini güler yüzünü ondan esirgemedi, çünkü güzelliğinin gücünün farkındaydı.

Güzelliğin gücü: Çirkin kadınlar için dünya nasıl bir yerdir acaba? Bir araya gelindiğinde kimsenin yüzüne bakmadığı, 'nasılsın' diye sormadığı arkadaşları vardı Maria'nın. İnanılmaz gelse de, bu kızlar gördükleri azıcık aşka büyük değer veriyor, geri çevrildiklerinde sessizce acı çekiyorlardı; geleceklerini, onları da bir sevenin çıkacağı gibi şüpheli bir umudun üzerine kurmamaya çalışıyorlardı. Maria'ya göre, dünya bu kızlara katlanılmaz geliyor olmalıydı; ne var ki onlar daha bağımsızdılar, kendilerine daha çok özen gösteriyorlardı.

Maria, güzelliğinin farkındaydı. Annesinin öğütleri genellikle bir kulağından girip öbüründen çıkardı, ama birini kulağına küpe etmişti: "Kızım, güzellik gelip geçicidir." İşte bu nedenle patronuyla ne fazla yakınlaşıyor ne de arayı fazla açıyordu; bu da maaşına yapılan oldukça yüklü bir zam (Maria, sırf günün birinde yatağa girecekleri umuduyla patronunu daha ne kadar elinde tutabileceğini bilmiyordu, ama yağmur yağarken küpü doluyordu) ve fazla mesai için ek prim olarak ona geri döndü (hepsi bir yana, adam onun yanında olmasından hoşlanıyor, belki de akşamları gezerse başka birine vurulur, diye korkuyordu). Maria bu şekilde kesintisiz yirmi dört ay çalıştı, ailesine düzenli para verebildi ve sonunda, müthiş bir başarı! Rüyalarının kentinde, artistlerin yuvasında, ülkesinin kartpostal manzarasında, Rio de Janeiro'da bir haftalık tatil parasını biriktirdi!

Patronu tatile birlikte gitmeyi, bütün masraflarını üstlenmeyi önerdi. Maria bir yalan uydurdu; dünyanın en tehlikeli kentlerinden biri olan Rio'ya gitmek için annesinden, ancak jiu-jitsu'yla uğraşan bir kuzeninde kalması koşuluyla izin alabildiğini söyledi.

"Beyefendi," diye devam etti, "zaten mağazayı başında güvenilir biri olmadan, sahipsiz bırakamazsınız."

"Bana beyefendi deme," dedi adam, ve Maria gözlerinde, tanıdık bir şey fark etti: tutkunun ateşi. Buna şaşırdı, o âna dek adamın tek derdinin seks olduğunu sanıyordu. Ne var ki bakışları tersini haykırıyordu: "Sana bir ev, bir yuva, annenle baban için de biraz para verebilirim." Maria geleceğini düşünerek, alevi körüklemeye karar verdi.

Çok sevdiği işini, birlikte olmaktan büyük keyif aldığı insanları özleyeceğini belirtti (gizemli bir hava yaratmak için isim vermemeye özellikle dikkat etti: 'İnsanlar' derken, patronunu kastediyor olabilir miydi?), cüzdanını ve namusunu titizlikle koruyacağına söz verdi. Gerçekte kafasından geçenler bambaşkaydı: Kuşlar gibi özgür olacağı ilk haftayı kimsenin, kesinlikle hiç kimsenin berbat etmesini istemiyordu. Denize girmek, yabancılarla gevezelik etmek, vitrinlere bakmak, rahat görünmek, bir beyaz atlı prens bulup bir daha dönmemek üzere atının terkisine atlayıp kaçmaktı niyeti.

"Bir hafta dediğiniz nedir ki sonuçta?" dedi işveli bir gülümsemeyle, bir taraftan da bütün kalbiyle yanılmış olmayı diliyordu. "Göz açıp kapayana kadar geçer; ben de gönül borçlarımı hiç aklımdan çıkarmadan, kısa sürede geri dönerim."

Patronu üzüntüyle bir süre daha savaştıysa da sonunda boyun eğdi. Aslında içten içe, döner dönmez ona evlenme teklif etmeyi düşünüyor, fazla çapkın görünüp her şeyi mahvetmek istemiyordu.

Maria, Copacabana'daki beşinci sınıf bir otele yerleşene kadar otobüsle tam kırk sekiz saat yol gitti. (Ah! Copacabana! Plaj, gökyüzü...) Bavullarını bile açmadan yeni aldığı bikinisini üzerine geçirdi ve havanın bulutlu olmasına aldırmadan plaja koştu. Denize korkuyla baktı, ama sonunda çekine çekine suya giriverdi.

Plajda hiç kimse, bu kızın okyanusa, Tanrıça Yemanya'ya, akıntılara, dalgaların köpüğüne ve Atlantik'in ötesinde uzanan, aslan kaynayan Afrika kıyısına ilk kez dokunduğunu anlamadı. Maria sudan çıktığında, bio-sandviçler satan bir kadın, o akşam boş olup olmadığını soran yakışıklı bir Siyah ve tek kelime Portekizce konuşmamasına rağmen, el kol hareketleriyle onu hindistancevizi suyu içmeye davet eden bir adam bitiverdi yanında.

Maria, reddetmeye utandığı için sandviçi satın aldı. Bununla birlikte, iki adamla konuşmaktan kaçındı. İçinin yavaş yavaş hüzünle dolduğunu hissetti; her istediğini yapma fırsatını hazır ele geçirmişken, neden böyle süklüm püklüm davranıyordu? Bir açıklama bulamadığından, oturup bulutların arkasına saklanmış olan güneşin tekrar ortaya çıkmasını beklemeye koyuldu.

Ne var ki az önceki yabancı, elinde bir hindistancevizziyle tekrar yanına geldi. Maria, onunla konuşmak zorunda olmadığına şükrederek meyvenin suyunu içti, gülümsedi, bunun üzerine adam da ona gülümsedi. Bir zaman, hiçbir sıkıntı yaratmayan, zaman zaman gülümsemekten ibaret bu iletişim biçimini sürdürdüler, ta ki adam cebinden kırmızı kapaklı küçük bir sözlük çıkarıp, tuhaf bir aksanla "Güzel," diyene kadar. Maria gülümsedi gene. Beyaz atlı prensine rastlamayı çok istiyordu kuşkusuz, ama onunla aynı dili konuşmalı ve biraz daha genç olmalıydı.

Adam kitabı karıştırarak ısrar etti: "Bugün akşam yemeği?" Hemen ardından ekledi: "İsviçre!" Sonra, hangi dilde söylenirse söylensin, cennet şarkıları gibi çınlayan şu sözcükler döküldü dudaklarından: "İş! Dolar!"

Maria, *İsviçre* diye bir lokanta bilmiyordu. Bazı şeylerin bu kadar kolay olması, hayallerin bu kadar çabuk gerçekleşmesi mümkün müydü? Sakınımlı davranmak daha iyiydi: Davete çok teşekkürler, işim var ve dolar peşinde koşmuyorum.

Maria'nın söylediklerinden tek kelime anlamayan adam, umudunu yitirmeye başlamıştı; defalarca gerekli gereksiz gülümsedikten sonra birkaç dakikalığına Maria'nın yanından ayrıldı, sonra bir çevirmenle geri geldi. Onun aracılığıyla, Maria'ya İsviçre'den geldiğini (bir lokanta adı değildi bu, memleketiydi) ve onunla akşam yemeği yemek istediğini, çünkü ona bir iş teklif edeceğini anlattı. Adamın kaldığı otelin gorillerinden biri olan ve çalışmalarında ona yardım eden çevirmen, belli etmeden şunu da ekledi: "Yerinizde olsam kabul ederdim. Beyefendi önemli bir sanat yönetmeni, Brezilya'ya da Avrupa'da çalışacak yeni yetenekler bulmaya gelmiş. Eğer isterseniz, daha önce teklifini kabul etmiş olan birtakım insanlarla tanıştırabilirim sizi; paraya para demiyorlar artık. Şimdi evli barklılar, çocuklarının işsizlik derdi de yok, sokakta saldırıya uğrama korkusu da." Dünyayı ne kadar iyi tanıdığını gösterip Maria'yı daha çok etkilemek için şunu da belirtti: "Üstelik İsviçre'de nefis çikolatalar ve saatler yaparlar."

Maria'nın sanat konusundaki deneyimi çok zayıftı: Kutsal Hafta sırasında mutlaka temsil edilen İsa'nın Çilesi'nde su satıcısını oynamıştı; figüranlık yapmıştı kısacası. Gerçi otobüste doğru dürüst uyumamıştı, ama deniz onu canlandırmıştı; doğal ürünlerle yapılmış olsun olmasın sandviç yemekten bıkmış, kimseyi tanımadığı, arkadaşa hasret kaldığı Rio'da canı sıkılmıştı. Daha önce de görmüştü üst üste sözler verip hiçbirini yerine getirmeyen erkekler; dolayısıyla bu sanat yönetmeni hikâyesinin, kabul etmekte nazlandığı bir öneriye aklını çelmek için bir yol olduğunu biliyordu.

Ama bu şansı ona tanıyanın Bakire Meryem olduğuna emindi. Bir haftalık tatilin her saniyesinin tadını çıkarmakta kararlıydı ve karşısına geri dönüşte anlatabileceği seçmece bir anekdot çıktığına hiç şüphesi yoktu; bu nedenle daveti kabul etmeye karar verdi – çevirmenin de onlarla gelmesi şartıyla, çünkü gülümsemekten ve yabancının sözlerini anlar gibi yapmaktan yorulmuştu.

Tek bir sorun vardı; ki aslında en önemlisi de buydu: Uygun bir kıyafeti yoktu. Bir kadın mahrem sırlarını ölse itiraf etmez (kocaları tarafından aldatıldıklarını kabul etmek, gardıroplarının halini dile getirmekten daha kolay gelir onlara); bununla birlikte, bu adamlarla bir yakınlığı olmadığını, yüzlerini belki de bir daha görmeyeceğini düşünerek, Maria kaybedecek bir şeyinin olmadığına karar verdi: "Bu kente yeni geldim, lokantaya giyecek bir şeyim yok."

Çevirmen aracılığıyla, adam ona bu konuda meraklanmamasını söyledi ve otelinin adresini sordu. Hemen o gün öğleden sonra, Maria'ya daha önce rüyasında bile görmediği bir elbise geldi, yanında bir çift ayakkabı vardı; fiyatları da onun bir yıllık kazancına bedeldi herhalde.

Brezilya *sertão*'sunda geçen çocukluğu ve genç kızlığı boyunca özlemini çektiği serüvenin başladığını hissetti Maria – *sertão,* geleceği olmayan erkeklerle dolu kurak memleket, namuslu ama yoksul bir kent, ilginç bir tarafı olmayan, tekdüze bir hayat demekti: Ama şimdi, Maria evrenin prensesi olmaya hazırlanıyordu! Adamın biri ona bir iş, avuç avuç dolar, bir çift pahalı ayakkabı ve peri masallarına layık bir elbise hediye etmişti! Bir tek makyaj eksikti, neyse ki kaldığı otelin resepsiyonundaki kadın ona yardım elini uzattı; bir taraftan da bütün yabancıların iyi niyetli, her Carioca'nın serseri olmadığını söyleyerek onu uygun bir dille uyarmayı da ihmal etmedi.

Maria uyarıyı dikkate almadı. Aldığı tanrısal armağanı üzerine geçirdi ve bu ânı ölümsüzleştirmek için fotoğraf makinesi getirmediğine hayıflanarak saatlerce aynada kendine baktı. Kendine geldiğinde, randevu saati geçmişti bile. Tıpkı Külkedisi gibi, hızla dışarı fırlayarak İsviçreli'nin oteline uçtu.

Çevirmen, daha görür görmez kendisinin gelemeyeceğini haber vererek şaşırttı onu:

"Dil konusunu kafanıza katmayın. Önemli olan, onun yanınızdayken kendini iyi hissetmesi."

"Ama ne konuştuğumu anlamazsa bu nasıl olabilir ki?"

"Doğrusu da bu ya. Konuşmaya ihtiyaç duymayacaksınız, bu bir enerji sorunu."

Maria bunun ne demek olduğunu bilmiyordu; onun yaşadığı yerde insanlar bir araya geldiklerinde cümlelere, sorulara, yanıtlara ihtiyaç duyarlardı. Ama Maílson –çevirmen/gorilin adı buydu– Rio de Janeiro'da ve dünyanın geri kalanında işlerin farklı yürüdüğü konusunda ısrarlıydı.

"Anlamaya çalışmayın. Sadece, kendisini iyi hissetmesini sağlayın. Adam dul, çocuğu yok, bir gece kulübü var ve yabancı ülkelerde çalışmaya istekli Brezilyalı kadınlar arıyor. Sizde öyle bir hava olmadığını söyledim, ama ısrar etti. İddia ettiğine göre, sudan çıkarken gördüğü anda âşık olmuş size. Bikininizi de beğenmiş." Bir an durdu. "Doğrusunu isterseniz, burada bir sevgili bulmaya niyetiniz varsa, başka bir model bikini seçmelisiniz. Şu İsviçreli'nin dışında onu güzel bulacak insan yoktur; fazlasıyla demode çünkü."

Maria duymazlıktan geldi. Maílson devam etti: "Bana sorarsanız, adamın derdi sadece sizinle ufak bir kaçamak yapmak değil; yeteneğinizin, gece kulübünün en önemli numarası olmanıza yeteceğini düşünüyor. Tabii sizi şarkı söylerken ya da dans ederken görmüşlüğü yok, ama bütün bunlar öğrenilebilir, güzellik ise doğuştan gelir. Ah şu Avrupalılar! Buraya her gelen sanıyor ki bütün Brezilyalı kadınlar şehvetlidir ve samba bilir. Niyeti ciddiyse, size tavsiyem ülkeden ayrılmadan önce imzalı bir kontrat istemeniz - imzası da İsviçre konsolosu tarafından resmen onaylanmalı. Yarın ben plajda olacağım, otelin önünde. Kafanız karışırsa bana gelin."

İsviçreli gülümseyerek Maria'nın kolunu tuttu ve onları bekleyen taksiyi gösterdi.

"Gene de eğer ikinizin de kafasından başka şeyler geçiyorsa, gecelik ücret üç yüz dolardır, daha azını kabul etmeyin."

Maria'nın karşılık vermesine fırsat kalmadan, araba lokantaya doğru yola koyulmuştu. Sohbet üç-beş kelimeyi aşmıyordu: "Çalışmak? Dolar? Brezilyalı yıldız?"

Bu sırada Maria'nın aklı, hâlâ çevirmenin dediklerindeydi: Bir gece için üç yüz dolar! Bir servetti bu! Aşktan ölüp bitmese de olurdu; bu adamı da tıpkı patronu gibi baştan çıkartabilir, onunla evlenebilir, çocuk doğurabilir, annesiyle babasına rahat bir yaşam sağlayabilirdi. Kaybedecek neyi vardı? Adam yaşlıydı, belki fazla yaşamaz, mirası da Maria'ya kalırdı. Hem sonuç olarak, İsviçreliler istedikleri kadar para içinde yüzsünler, görünüşe bakılırsa kadın kıtlığı vardı memleketlerinde.

Yemek sırasında pek konuşmadılar, onun yerine zaman zaman gülümsemekle yetindiler. Maria yavaş yavaş 'enerji sorunu'nun ne anlama geldiğini anladı. Adam ona bilmediği bir dilde yazılmış çeşitli belgelerle dolu bir albüm gösterdi; gazete kupürleri, bikinili kadınlar (vücuda o akşamüstü Maria'nın giydiğinden çok daha iyi oturan, gayet cüretkâr bikinilerdi kesinlikle), cafcaflı broşürler gösterdi, broşürlerde Maria'nın tek anladığı 'Brazil' sözcüğü oldu, üstelik yanlış yazılmıştı (okulda *s*'yle yazıldığını öğretmemişler miydi?). Maria, İsviçreli'nin ona ahlaksız bir teklifte bulunacağı korkusuyla çok içti (kimse kolay kolay üç yüz dolara burun kıvıramaz, biraz alkol de işleri kolaylaştırır, hele etrafta tanıdık kimse yokken). Ama adam centilmence davrandı, hatta Maria kalkıp otururken sandalyesini itecek ya da çekecek kadar. Gecenin sonunda, Maria yorgun olduğunu bahane ederek ertesi gün plajda buluşmayı önerdi (kolundaki saati gösterip eliyle dalgaların hareketini taklit ederek ve ağır ağır 'yarın' diye heceleyerek). İsviçreli halinden memnun görünüyordu, o da saatine bakarak (bir İsviçre saati miydi acaba) Maria'ya, saatin kendisi için de uygun olduğunu belli etti.

Maria doğru dürüst uyuyamadı. Rüyasında, başından geçenlerin bir rüya olduğunu gördü. Uyandığında durumun hiç de öyle olmadığını fark etti: Gösterişsiz odasındaki sandalyede bir elbise, bir çift güzel ayakkabı duruyordu sahiden; ufukta da, plajda bir randevu görünüyordu.

Maria'nın günlüğünden, İsviçreli'yle tanıştığı gün:

Her şey kötü bir karar vermek üzere olduğumu gösteriyor, ama hatalar, ilerlemenin bir yoludur. Dünya benden ne istiyor? Tehlikeye atılmayayım mı? Hayata evet deme cesaretini gösteremeden, geldiğim yere geri mi döneyim?

On bir yaşımdayken, oğlanın biri gelip benden ödünç kalem istediğinde bir hata yaptım zaten; o gün bu gündür, insanın karşısına bazen ikinci bir fırsatın çıkmadığını ve dünyanın sunduğu armağanları kabul etmenin daha iyi olduğunu biliyorum. Tabii böylesi tehlikeli; ama, buraya kadar kırk sekiz saat otobüsle yol yapmak tehlikesiz miydi? Birine ya da bir şeye sadık olmak zorundaysam, öncelikle kendime sadık davranmalıyım. Gerçek aşkı arıyorsam, karşıma çıkan ortalama aşkları defterden silmeliyim. Edindiğim azıcık deneyim bana gösterdi ki, kimse herhangi bir şeyin efendisi değildir, hepsi sadece bir yanılsamadır; maddi zenginlikler de, ruhsal zenginlikler de. Çantada keklik sandığını kaybetmiş olan kişi (ki bu başıma sık sık geldi), sonunda hiçbir şeyin ona ait olmadığını öğrenir.

Ve hiçbir şey bana ait değilse, benim olmayanlar için kaygılanmamın gereği de yok demektir; bugün ömrümün ilk (ya da son) günüymüş gibi yaşamam daha doğru.

Ertesi gün Maria, yanında artık emprezaryosu geçinen Maílson'la, İsviçre konsolosluğunun resmi onayını taşıyan bir belge eline geçer geçmez daveti kabul edeceğini bildirdi İsviçreli'ye. Bu tür isteklere alışık görünen yabancı, bunun sadece Maria'nın değil, aynı zamanda kendisinin de arzusu olduğunu söyledi; çünkü onun ülkesinde çalışmak isteyen herkes, İsviçrelilerin icra etmediği bir işle uğraşacağını kanıtlayan bir kâğıda sahip olmak zorundaydı. Bunu almak da hiç zor olmayacaktı, İsviçreli kadınların samba'ya özel bir yetenekleri olduğu söylenemezdi. Birlikte kent merkezine gittiler, goril/çevirmen/emprezaryo, kontrat imzalanır imzalanmaz payına düşen nakit avansı istedi ve beş yüz dolar üzerinden yüzde otuz aldı.

"İşte bir haftalık avans. Bir haftalık, anlıyor musunuz? Haftada beş yüz dolar kazanacaksınız, üstelik komisyonsuz, çünkü ben sadece ilk ödemeden pay alırım!"

O âna dek, yolculuklar, dünyanın bir ucuna gitme düşüncesi, bütün bunlar Maria için sadece bir hayaldi; ve hayal kurmak, tasarladıklarımızı hayata geçirmek zorunda olmadığımız sürece son derece rahatlatıcıdır. Hayaller sayesinde zor anları atlatır, tehlikeleri tanır, yaşlandığımız zaman da başkalarını -özellikle ailemizi, eşimizi, çocuklarımızı- düşündüklerimizi gerçekleştirmemize fırsat bırakmadıkları için suçlayabiliriz.

O kadar hevesle beklediği, ama içten içe hiç istemediği şans, birdenbire yüzüne gülüyordu Maria'nın! Bilinmeyen bir hayatın tehlikelerine ve zorluklarına nasıl göğüs gerecekti? Bütün alışkanlıklarını nasıl terk edecekti? Neden Bakire Meryem bunca uzağa gitmesine karar vermişti?

Maria, istediği zaman fikir değiştirebileceğini, olup bitenlerin önemsiz bir şaka, döndüğünde anlatabileceği olağanüstü bir hikâye olduğunu düşünerek kendini avuttu. Sonuç olarak, bin kilometre uzakta oturuyordu, şimdi cebinde üç yüz dolardan fazla para vardı; yarın valizlerini toplayıp eve dönmeye karar verirse, saklandığı yeri asla bulamazlardı.

Konsolosluktan çıktıktan sonra, Maria öğleden sonra tek başına plaja gidip çocuklarla annelerini, voleybol oynayanları, dilencileri, sarhoşları, (Çin yapımı) yerel el ürünleri satanları, yaşlılığı ertelemek için egzersiz yapan sporcuları, turistleri, denize iki adım ötede kâğıt oynayan turistleri seyretmeye karar verdi... Rio de Janeiro'ya gelmiş, birinci sınıf bir lokanta, bir konsolos, bir yabancı, bir emprezaryo tanımış, kendi yaşadığı yerde kesinlikle kimsenin satın almaya gücünün yetmeyeceği bir elbise ve bir çift ayakkabıya sahip olmuştu.

Ya şimdi?

Ufka baktı: Coğrafya dersine göre, tam karşıda aslanları, goril kaynayan ormanlarıyla Afrika vardı. Ama biraz kuzeye yönelirse, adına Avrupa denen büyülü krallığa değecekti ayakları, Eyfel Kulesi'nin, EuroDisney'in ve Pisa Kulesi'nin bulunduğu yere. Kaybedecek neyi vardı? Bütün Brezilyalı kadınlar gibi o da, daha 'anne' demeden samba yapmayı öğrenmişti; bu meslek hoşuna gitmezse istediği an geri dönebilirdi ve bir fırsatın bir kez ele geçtiğini aklından çıkarmamıştı.

Yalnızca kontrol altında tutabileceği deneyimleri yaşamaya kararlı olduğundan –örneğin birtakım gönül maceraları–, hayatını, içinden daha çok 'evet' demek geçtiği halde 'hayır' diyerek geçirmişti. Şimdi, bilinmezin karşısındaydı – tarih dersinde öğrettikleri gibi, okyanuslar aşan denizciler için deniz de bir bilinmezdi. 'Hayır' demek her zaman mümkündü, iyi ama ömrünün geri kalanını sızlanarak mı geçirecekti? Ondan kalem isteyip ilk aşkıyla birlikte ortadan kaybolan çocuğu düşünmekle hâlâ yaptığı da buydu!... Neden bu kez 'evet' demeyi denemesindi?

Son derece basit bir nedenle: O bir taşra kızıydı, iyi bir lisede birkaç sene okumuş olmaktan, televizyon dizileri hakkındaki engin kültüründen ve çok güvendiği güzelliğinden başka birikimi yoktu elinde. Bu kadarı, dünyaya meydan okumak için yeterli değildi.

Yanına yaklaşmaktan korkarmış gibi, uzaktan denize bakıp gülen bir grup insan gördü. İki gün önce o da aynı korkuyu duymuştu, ama geçmişti artık, şimdi sanki burada doğmuş gibi, her canı çektiğinde suya giriveriyordu. Avrupa'da da böyle olmayacak mıydı?

İçinden sessizce Bakire Meryem'e dua etti ve birkaç saniye sonra, yeni adımlar atmaya karar verdiğine memnundu, çünkü üzerinde koruyucu bir güç hissediyordu. Ne zaman olsa geri dönebilirdi, ama bu kadar uzağa gitme şansı her zaman geçmezdi eline. Tehlikeyi göze almaya değerdi; hayaller, klimasız bir otobüsle kırk sekiz saat yol gitmeye baskın çıktığı, İsviçreli de fikir değiştirmediği sürece.

Maria o kadar heyecanlıydı ki, İsviçreli onu tekrar yemeğe davet ettiğinde, şehvetli bir ifade takınıp onun elini tuttu. Adam hemen elini geri çekti ve Maria –aynı anda hem kaygı hem de belli bir rahatlama duyarak–, onun gerçekten ciddi konuştuğunu anladı.

"Star samba!" diyordu İsviçreli. "Brezilyalı güzel star samba! Gelecek hafta yol!"

Buraya kadarı harikaydı; ne var ki 'gelecek hafta yol', gerçekten de olacak iş değildi. Maria, ailesine danışmadan böyle bir karar alamayacağını anlattı. Bunun üzerine İsviçreli, öfkeyle imzalı belgenin bir kopyasını gösterince, ilk kez içinde bir korku uyandı.

"Sözleşme!" deyip duruyordu İsviçreli.

Bu yolculuğu yapmayı aklına koymuş olan Maria, emprezaryosu Maílson'a akıl sormak istedi – ona yardımcı olmak için para almamış mıydı?

Ama görünüşe bakılırsa Maílson'un aklı, daha ziyade otele yeni gelmiş bir Alman turisti ayartmaktaydı; kadın Brezilya'nın dünyanın en özgürlükçü ülkesi olduğuna inanmış, plajda üstsüz dolaşıyor, ondan başka çıplak göğüslü kimse olmadığını, insanların ona belli bir rahatsızlıkla baktığını da anlayamıyordu. Maria, Maílson'a laf anlatana kadar akla karayı seçti.

"Ya fikir değiştirirsem?" diye ısrar ediyordu Maria.

"Sözleşmede ne yazdığını bilmiyorum, ama belki sizi hapse attırır."

"Beni asla bulamaz ki!"

"Haklısınız. Öyleyse sıkmayın canınızı."

Bununla birlikte, daha şimdiden açıktan beş yüz dolar vermiş, bir çift ayakkabı, bir elbise, iki akşam yemeği ve konsolosluktaki kayıt masrafları için para dökmüş olan İsviçreli kaygılıydı, öyle ki Maria gidip ailesini görmek için ısrar edince, iki uçak bileti alıp onunla eve kadar gitmeye karar verdi – her şeyi kırk sekiz saatte halledip tasarladıkları gibi bir sonraki hafta Avrupa'ya uçabilmeleri koşuluyla. Maria yarım yamalak gülümserken, bütün bunların imzaladığı belge yüzünden başına geldiğini, adam ayartmanın, duyguların ve sözleşmelerin şakaya gelmediğini anlamaya başlamıştı.

Doğduğu kentin sakinleri, memleketlerinin çocuğu, güzeller güzeli Maria'nın, yanında onu Avrupa'da büyük bir yıldız yapmak isteyen bir yabancıyla gelmesini şaşkınlık ve kıvançla karşıladı. Komşulardan haberi duymayan kalmadı; liseden arkadaşları da Maria'ya sordular:

"Nasıl oldu bu?"

"Şansım yaver gitti."

Kızlar, Rio de Janeiro'da işler hep böyle mi yürüyor,

diye merak ettiler; çünkü televizyon dizilerinde de bu tür serüvenler görmüşlerdi. Maria, kendi durumunu kıymete bindirmek, kendini sıradışı bir varlık olarak göstermek niyetiyle, ne evet dedi ne de hayır.

İsviçreli'yle birlikte eve gittiler, adam burada da tekrar *Brazil*'in (z'yle) fotoğraflarını, broşürleri, sözleşmeyi gösterdi; Maria da evdekilere artık bir emprezaryosunun olduğunu, artist olmayı da kafasına koyduğunu anlatıyordu. Annesi, kızların bikinilerini görür görmez fotoğrafları geri verdi ve soru sormayı reddetti. Onun için tek önemli olan, kızının mutlu ve zengin – ya da mutsuz ve zengin olmasıydı.

"Adı ne?"

"Roger.

"Rogério! Kuzenlerimden birinin de adı Rogério'ydu!"

İsviçreli yüzünde güller açarak bir alkış tutturunca, herkes onun soruyu anlamadığını fark etti. Babası Maria'ya, "İyi ama, bu adam benim yaşımda!" dedi.

Karısı ondan, kızının mutluluğuna karışmamasını rica etti. Bütün terziler gibi evlilik ve aşk meşk konularında, müşterileriyle gevezelik ederek kazandığı engin deneyime dayanarak, Maria'ya öğüt verdi: "Canım, yoksul bir adamla mutlu olmaktansa zengin bir adamla mutsuz olmak daha iyidir. Gideceğin yerde mutsuz bir zengin olma ihtimalin çok daha büyük. Hem zaten yürümezse, otobüse atladığın gibi dönersin eve."

Annesinin ya da müstakbel kocasının tahmin ettiğinden çok daha zeki bir kız olan Maria, sırf ortalığı kızıştırmak için karşılık verdi: "Anne, Avrupa'yla Brezilya arasında otobüs işlemez. Hem sonra, niyetim artist olmak, koca aradığım yok."

Annesi âdeta umutsuzca baktı ona: "Oraya gidebildiğine göre, gayet güzel buraya da dönebilirsin. Artist olmak gençken çok güzel, ama ömrü güzelliğinin ömrü kadar, o da üç aşağı beş yukarı otuzunda biter. Yani, yararlan endamından, kendine namuslu, seni sevebilecek bir oğlan bul ve rica ediyorum sana, evlen. Aşkı çok fazla düşünmeyeceksin. Başta ben de babanı sevmezdim, ama para her şeyi satın alır, hatta gerçek aşkı bile. Gelgelelim, baban zengin de olamadı!"

Dost tavsiyesi olarak berbattı, ama ana tavsiyesi olarak mükemmeldi bu. Kırk sekiz saat sonra, Rio'ya doğru yola çıkmadan önce, Maria tek başına eski işyerine gidip istifasını verdi ve patronunu dinledi.

"Duyduğuma göre büyük bir Fransız emprezaryo seni Paris'e götürmeye karar vermiş. Mutluluğu aramana engel olamam, ama gitmeden önce bilmeni istediğim bir şey var."

Cebinden, ucu madalyonlu bir zincir çıkardı.

"Şefaatli Meryem var bu mucizevi madalyonda. Kilisesi Paris'te. Git oraya ve seni korumasını dile. Bak ne yazıyor."

Maria, madalyona kazınmış üç-beş kelimeyi okudu: "Ey lekesiz doğmuş Meryem, Siz'den yardım dileyen bizler için dua ediniz. Amen."

"Bu cümleyi günde en az bir kere söylemeyi ihmal etmeyesin. Ve..." Bir an duraksadı, ama artık çok geçti. "... Günün birinde geri dönersen, bil ki seni bekleyeceğim. Sana çok basit bir şeyi söyleme fırsatını kaçırdım: Seni seviyorum. Belki artık çok geç, ama bilmeni istedim."

'Fırsatı kaçırma'nın ne anlama geldiğini, Maria çok erken öğrenmişti. Ama 'seni seviyorum', yirmi iki yaşına gelene dek defalarca duyduğu bir cümleydi ve artık alabildiğine anlamsız geliyordu ona. Ardında hiçbir zaman, kalıcı bir ilişkiye zemin yaratacak, ciddi, derin bir duygu olmamıştı. Maria patronuna teşekkür edip hepsini belleğine kazıdı (hayatın bize neler hazırladığını asla tahmin edemeyiz; acil çıkış kapısının yerini bilmek her zaman iyidir). Sonra, adamın alnına tertemiz bir öpücük kondurup arkasına bakmadan çıkıp gitti.

Rio'ya dönüşte, Maria'nın pasaportunu alması bir gün bile sürmedi. ("Brezilya gerçekten çok değişmiş," diye bir yorumda bulundu Roger üç-beş Portekizce kelime ve bol işaretle, Maria da bunu kafasında şöyle çevirdi: "Eskiden çok daha uzun sürerdi bu iş.") Yavaş yavaş, Maílson'un yardımıyla son hazırlıkları yaptılar (kıyafetler, ayakkabılar, makyaj malzemesi aldılar; yani onun gibi bir kadının hayal edebileceği her şeyi). Roger, Avrupa'ya gidecekleri günün gecesinde bir gece kulübünde onu dans ederken gördü ve heyecanla, yaptığı seçimden dolayı kendi kendini kutladı – karşısındaki, bir Gilbert müzikalinden fırlamış büyük bir yıldızdı âdeta. Çakır gözlü buğday tenli güzelin saçları, *graúna*[1] kanadı gibiydi; Brezilyalı yazarlar kara saçlıları böyle tarif ederler. İsviçre konsolosluğunun çalışma belgesi hazırdı. Nihayet valizler de toplandı ve ertesi gün çikolata, saat ve peynirler ülkesine doğru yola çıktılar. Maria, içten içe bu adamı kendine âşık etmeyi planlıyordu. Alıcı gözle bakıldığında, ne yaşlıydı, ne çirkin, ne de yoksul. Daha ne olsun?

[1] Brezilya'da ve komşusu ülkelerde yaygın olarak yaşayan, madeni pırıltılar saçan morumsu ya da mavimsi tüyleri olan, kapkara gagalı iri bir kuş.

İsviçre'ye vardıklarında, Maria yorgunluktan harap haldeydi. Daha havaalanında yüreğine bir korku düştü: Yanındaki adama her açıdan muhtaç olduğunu keşfetti, kendisi ne ülkeyi tanıyordu, ne dilini, ne soğuğunu. Saatler ilerledikçe Roger'nin tavırları da değişiyordu; sevimli görünmek için çabalamaktan vazgeçmişti: Bir kez olsun Maria'yı öpmeye ya da göğüslerini okşamaya kalkışmadı, ama bakışları şimdi daha mesafeliydi. Maria'yı küçük bir otele yerleştirip bir başka Brezilyalı'yla tanıştırdı. Bu hüzünlü kadının adı Vivian'dı; Maria'ya yapacağı işi öğretme görevi onundu.

Vivian, ülkeye daha yeni adım atmış yabancı bir kadın olmasına rağmen Maria'ya hiçbir sıcaklık göstermeden, onu tepeden tırnağa süzmekle yetindi. Sonra, halini hatırını sormak yerine dosdoğru konuya girdi:

"Hayal kurmayasın. Ne zaman dansçılarından biri evlense Brezilya'ya gider, anlaşılan sık sık başına geliyor bu. O ne istediğini bilir, sanırım sen de biliyorsun. Şu üç şeyden birini bulmaya geldin mutlaka: serüven, para ya da koca."

Nasıl tahmin etmişti? Herkesin derdi aynı mıydı? Yoksa Vivian başkalarının düşüncelerini mi okuyabiliyordu?

"Burada bütün kızlar, bu üç şeyden birini arar," diye tekrar söze girdi Vivian ve Maria onun düşünceleri okuyabildiğinden emin oldu. "Serüven desen, hava o kadar soğuk ki insanın içinden parmağını kıpırdatmak gelmez; üstelik seyahatler yapmak için tek kuruş kalmaz bize.

Paraya gelince, dönüş biletini çıkartmak için neredeyse bir yıl çalışmak zorundasın, üstelik yatak ve yemek parası hariç.

"Ama..."

"Biliyorum, başta böyle konuşulmadı. Aslında, sormayı unutan sensin, bütün herkes gibi. Daha dikkatli olsaydın, imzaladığın sözleşmeyi okusaydın neye bulaştığını bilirdin, çünkü İsviçreliler, işlerine gelince hiç konuşmazlar, ama yalan da söylemezler."

Bastığı toprak, Maria'nın ayaklarının altında sallanmaya başlamıştı.

"Neyse, evlenen her kız Roger'nin cebini yakar. Bu yüzden, müşterilerle konuşmamız yasak. Buna niyetlendiğin anda, başına büyük bela aldın demektir. Rue de Berne'in tam tersine, insanlar bizim buraya arkadaş bulmaya gelmez."

Rue de Berne mi?

"Erkekler buraya karılarıyla gelir. Ara sıra üç-beş turist düşse de, onlar da ortamı çok mazbut bulduklarından, kadın bulmaya başka yerlere giderler. Dans etmesini bil; şarkı söylemeyi becerirsen maaşın da artar, öbür kızların kıskançlıkları da. Dolayısıyla, Brezilya'nın bülbülüysen bile, benden sana tavsiye, unut bunu ve şarkı söylemeye kalkışma.

"Sağa sola telefon etmeyi aklından bile geçirme. Yoksa, daha kazanmadığın bütün parayı harcarsın, zaten o da üç kuruş bir şey."

"Ama bana haftada beş yüz dolar söz verdi!"

"Görürsün."

Maria'nın günlüğünden, İsviçre'deki ikinci haftasında:

Kulübe gittim, Fas diye bir ülkeden gelmiş bir 'dans hocası'yla tanıştım ve Brezilya'yı rüyasında bile görmemiş bu adamın samba sandığı şeyi adım adım öğrenmek zorunda kaldım. Uzun uçak yolculuğunun yorgunluğunu atmaya bile fırsatım olmadı, daha ilk akşamdan gülümseyerek dans edeceksin, dediler. Altı kızız, ötekilerden mutlu olan da yok, burada ne işi olduğunu bilen de. Müşteriler içip alkış tutuyor, öpücükler yolluyor, gizli gizli ayıp hareketler yapıyorlar; ama çizmeyi aşan çıkmıyor.

Dün maaşımı verdiler, başta kararlaştırdığımızın onda biri sadece, kalanı, sözleşmeye göre biletime ve buradaki masraflarıma sayılıyor. Vivian'ın hesaplarına göre bu bir yıl sürermiş, yani bu süre içinde hiçbir yere kaçamam.

Ama kaçmaya değer mi? Daha yeni geldim, henüz ne olduğunu bile anlayamadım. Haftada yedi akşam dans etmenin nesi kötü? Eskiden keyfine yapardım bunu, şimdi ise para ve şöhret için yapıyorum; bacaklarım pek sorun çıkarmıyor, en zoru gülümsemeyi dudaklardan eksik etmemek.

Seçme şansım var: Bir kader kurbanı da olabilirim, hazinesinin peşinde koşan bir serüvenci de. Bütün sorun, hayatıma nasıl bir gözle bakacağımda.

Maria, hazinesini arayan bir serüvenci olmayı seçti. Duygularını bir kenara bıraktı, gece sabahlara kadar ağlamaktan vazgeçti, kim olduğunu unuttu; sanki yeni doğmuş, dolayısıyla özleyecek kimsesi olmayan biri gibi davranmak istediğini fark etti. Gönlü bekleyebilirdi, şimdi tek derdi para kazanmak, İsviçre'yi keşfetmek, kendi ülkesine zaferle dönmek olmalıydı.

Öte yandan, çevresindeki her şey genel olarak Brezilya'ya, özellikle de kendi yaşadığı yere benziyordu: Kadınlar Portekizce konuşuyor, durmadan erkeklerden yakınıyor, bağıra çağıra tartışıyor, çalışma saatlerini protesto ediyor, işe geç geliyor, patrona dikleniyor, kendilerini dünya güzeli sanıyor ve beyaz atlı prens hikâyeleri anlatıyorlardı; buldukları prensler ise genellikle uzak yerlerde yaşıyorlardı ya da evliydiler, daha olmadı parasızdılar ve kızların sırtından geçiniyorlardı. Roger'nin reklam broşürlerini gördüğünde Maria'nın hayal ettiğinin tersine, ortam tam Vivian'ın tarif ettiği gibiydi: gayet mazbut. Kızlar ne gelen davetleri kabul edebiliyor ne de müşterilerle çıkabiliyorlardı; çünkü çalışma karnelerine 'samba dansçısı' diye yazılmıştı. Üzerine bir telefon numarası çiziktirilmiş bir kâğıt parçası alırken yakalandıklarında bile, on beş gün işten uzaklaştırıyorlardı. Daha fazla hareket ve heyecan bekleyen Maria, yavaş yavaş kendini hırçınlığın ve sıkıntının kollarına bıraktı.

İlk on beş gün, kaldığı pansiyondan pek çıkmadı; bunun en önemli nedeni, her cümleyi ağır ağır telaffuz etmesine rağmen kentte Brezilyalıların dilinden anlayan olmadığını fark etmesiydi. Şu an yaşadığı kentin iki adının olduğunu öğrenmek de şaşırttı onu – yerliler için Cenevre, Brezilyalı kadınlar içinse Genebra.

Televizyonsuz, küçücük odasında geçirdiği bitmek bilmez saatlerin sonunda, şu sonuçlara vardı:

a) Düşündüklerini dile dökemediği sürece, amaçlarına kesinlikle ulaşamazdı. Dolayısıyla yerel dili öğrenmek zorundaydı;

b) Bütün kızlar aynı şeyin peşinde olduğuna göre, kendini göstermek zorundaydı. Bunu başarabilmek için henüz bir çözüm ya da yöntem bulmuş değildi.

Maria'nın günlüğünden, Cenevre'ye ayak basmasından dört hafta sonra:

Yıllardır buradayım sanki; dil bilmiyorum, günümü radyoda müzik dinleyerek, odamın duvarlarına bakarak geçiriyorum. Brezilya'yı düşünerek sabırsızlıkla iş saatinin gelmesini, işteyken de çıkma vaktini bekliyorum. Yani, şimdiki zamanın yerine gelecek zamanı yaşıyorum.

Günün birinde, uzak bir gelecekte, bir dönüş biletim olacak. Brezilya'ya dönecek, kumaş mağazasının sahibiyle evleneceğim. Hiçbir zaman cesur davranmamış olan, dolayısıyla hep başkalarında kusur arayan arkadaşlarımın kinayeli yorumlarını dinleyebileceğim. Hayır, bu halde dönemem; kendimi uçaktan okyanusa atarım daha iyi.

Uçakların pencereleri açılmadığı için (zaten bu da beklemediğim bir şeydi; temiz havayı hissedememek ne kötü!), buracıkta öleceğim. Ama ölmeden önce, hayat için savaşmak istiyorum. Tek başıma yürümeyi başarırsam, canımın çektiği yere gidebilirim.

Hemen ertesi gün, sabahları gidebileceği bir Fransızca kursuna yazıldı. Burada her inançtan ve yaştan insanlarla tanıştı, cart renkli takım elbiseler giyen, bilekleri altın bilekliklerden ağırlaşmış erkekler, başı kapalı kadınlar, yetişkinlerden daha hızlı öğrenen çocuklar; yetişkinler daha deneyimli olduğuna göre tam tersi olması gerekmez miydi? Brezilya'yı tanımayan yoktu, bu da Maria'nın göğsünü kabartıyordu; karnavalı, sambası, futbolu ve dünyanın en ünlü insanıyla: 'Pelee'. Başlangıçta sevimli görünme hevesiyle telaffuzlarını düzeltmeye uğraştı (Pele denir ona! Pele!), ama vazgeçti, çünkü ona da Mariyya diyorlardı; neydi bu yabancılardaki bütün adları değiştirip kendilerini de haklı görme manyaklığı!

Öğleden sonra, Fransızca pratik yapmak için bu çifte adlı kentte ilk adımlarını attı. Nefis bir çikolata, daha önce hiç tatmadığı türden bir peynir yedi. Gölün ortasındaki dev fıskiyeyi, doğduğu kentte kimsenin ayağının değmediği karı, kuğuları, tepesi bacalı lokantaları (içlerine girmemişti henüz, ama pencereden ateşi görüyordu ve bu içine hoş bir rahatlama veriyordu) keşfetti. Afişlerde sadece saat değil, banka reklamları da görünce şaşırdı; nüfusu bu kadar düşük bir yerde neden sürüyle banka olduğunu, içlerinin de neden hiç kalabalık olmadığını anlayamamıştı ama soru sormamaya karar verdi.

Maria, Brezilya kadını denince hemen akla gelen şehvetli ve cinselliğe düşkün doğasını üç ay dizginlemeyi başardı; ama günün birinde duyguları uyanıverince, Fransızca kursuna gidip gelen bir Arap'a âşık oldu. Bu durum üç hafta sürdü ve sonra, bir akşam, her şeyi yüzüstü bırakıp onunla Cenevre yakınlarındaki bir dağa gitmeye karar verdi. Ertesi gün öğleden sonra işe gittiğinde, Roger onu odasına çağırdı.

Daha kapıyı açmasıyla, herhangi bir formaliteye gerek duyulmadan işten atılması bir oldu, sebep de öbür kızlara kötü örnek olmasıydı. Roger gözü dönmüşçesine, bir kez daha hayal kırıklığına uğradığını haykırdı, Brezilyalı kadınlara güven olmazmış (Hey Tanrım! Nedir bu insanlardaki her şeyi genelleştirme saplantısı!). Maria, hava değişikliği yüzünden ateşinin çıktığını, bu yüzden gelemediğini söylediyse de adam ona inanmak istemedi. Yerine birini bulmak için tekrar Brezilya'ya gitmek zorunda kalacağına sızlandı; ardından, keşke Yugoslav dansçılarla müzikli bir iş ayarlasaydım, diye ekledi, onlar çok daha güzel ve güvenilir.

Yaşı gençti, ama Maria kesinlikle aptal değildi – hele de Arap sevgilisi ona, İsviçre'de çalışmanın çok sıkı kurallara bağlı olduğunu anlattığından beri; işletme maaşının büyük bölümünü alıkoyduğuna göre, bir tür köle muamelesi gördüğünü söyleyerek şikâyetçi olabilirdi.

Tekrar Roger'nin odasına döndü ve bu kez düzgün bir Fransızca'yla konuştu, laf arasında da 'avukat' deyiverdi. Odadan birkaç hakaret ve beş bin dolar tazminatla çıktı, bu onun asla hayal bile etmediği bir rakamdı ve bütün bunlar şu sihirli 'avukat' sözcüğü sayesinde olmuştu. Artık gönlünce Arap'la görüşebilir, birkaç armağan alabilir, karlı manzaraların fotoğrafını çekebilir ve hayallerini süsleyen zaferi kazanmanın gücüyle eve dönebilirdi.

Maria ilk iş annesinin bir komşusuna telefon edip mutlu olduğunu, önünde parlak bir iş hayatı uzandığını söyledi, evde kimse beni merak etmesin sakın, diye ekledi. Odasını bir süre sonra terk etmek zorunda olduğundan, şimdi tek yapması gereken Arap'a koşmak, sonsuz aşk yemini etmek, onun dinine dönmek, onunla evlenmekti, başörtüsü takmak zorunda kalsa bile. Burada Arapların çok zengin olduğunu bilmeyen yoktu, bu da evlilik için yeterli bir nedendi.

Ama Arap çoktan uzaklaşıp gitmişti; Maria da, içinden dinini inkâr etmek zorunda kalmadığı için Bakire Meryem'e teşekkür etti. Artık Fransızca'yı iyi konuşan, dönüş biletini ödeyecek paraya, samba dansçısı sayılmasını sağlayan bir çalışma karnesine ve geçerli bir oturma iznine sahip, son çare bir kumaşçıyla evlenebileceğini bilen biriydi Maria ve gayet farkında olduğu bir özelliğini kullanarak para kazanmaya karar verdi: güzelliğini.

Brezilya'dayken okuduğu bir kitapta, bir hazinenin peşinde koşan, bir sürü güçlükle karşılaşan ve tam da bu sayede istediğini elde eden bir çoban vardı; kendi durumu da harfi harfine böyleydi. Şimdi, gerçek yazgısıyla buluşmak üzere –modellik ve mankenlik yapmak– işten çıkarıldığına adı gibi emindi.

Küçük bir oda kiraladı (televizyonu yoktu, ama para kazanmaya başlayana kadar tutumlu olmak zorundaydı) ve ertesi gün ajansları tek tek dolaşmaya başladı. Her gittiği yerde, bir profesyonel tarafından çekilmiş fotoğraflar bırakması gerektiğini söylediler. Sonuç olarak bu meslek hayatı için bir yatırımdı, bütün hayallerin bedeli ağırdır. Parasının büyük kısmını müthiş bir fotoğrafçıda harcadı, adamın ağzından laf dirhemle dökülüyor, istekleriyse bitmek bilmiyordu: Stüdyosunda dev bir elbise dolabı vardı, Maria sade kıyafetlerle, çılgınca kıyafetlerle, hatta Rio de Janeiro'daki biricik tanıdığı goril/çevirmen ve eski-emprezaryo Maílson'un göğsünü kabartacak bir bikiniyle poz verdi. Fotoğrafların fazladan birer kopyasını istedi ve İsviçre'de çok mutlu olduğunu yazdığı bir mektupla beraber ailesine gönderdi. Maria'nın paraya para demediğini, herkesi kıskançlıktan çatlatacak kadar giysisinin olduğunu, doğduğu kentin en ünlü kızı haline geldiğini sanacaktı herkes. İşler Maria'nın düşündüğü gibi yürürse ('pozitif düşünmek' üzerine bir sürü kitap okumuştu, kafasına koyduğunu yapamayacağı aklının ucundan bile geçmiyordu), dönüşünde orkestrayla karşılarlardı onu, hatta bir meydana adının verilmesi için vali bile ikna edilebilirdi.

Kendine bir cep telefonu alıp iş tekliflerini beklemeye başladı. Çin lokantalarında karnını doyuruyor (en ucuzu onlardı çünkü), vakit geçirmek için de deli gibi ders çalışıyordu.

Ama zaman geçmek bilmiyordu bir türlü, telefonun da sesi soluğu çıkmıyordu. Maria şaşkınlıkla, göl kenarında dolaşırken kimsenin yanına yaklaşmadığını fark etti, hep aynı yerde, eski parkı yeni kente bağlayan bir köprünün altında duran üç-beş uyuşturucu satıcısı hariç. Maria güzelliğinden kuşku duymaya başlamıştı, ta ki günün birinde bir kafede eski çalıştığı yerden bir arkadaşıyla karşılaşana kadar; kız sorunun onda değil, İsviçrelilerin başkalarını rahatsız etmeyi sevmemelerinde olduğunu söyledi. İsviçreli olmayanlarsa 'cinsel taciz'den tutuklanmaktan korkardı; dünyadaki bütün kadınlar kendini ucube gibi hissetsin diye uydurulmuş bir kavramdı bu.

Maria'nın günlüğünden; dışarı çıkmak, yaşamak, boş yere telefonun çalmasını beklemek için cesaretinin kalmadığı bir akşam:

Bugün, bir lunaparkın önünden geçtim. Para harcarken hesaplı davranmak zorunda olduğumdan, seyretmekle yetindim. Korku treninin önünden ayrılamadım bir türlü: İnsanlar hevesle geliyor, ama arabalar hareket eder etmez korkudan ölecek hale gelip durmak için yalvarıyorlardı.

Neydi istedikleri? Madem serüveni seçmişler, sonuna kadar gitmeyi göze almaları gerekmez miydi? Yoksa bir yukarı çıkıp bir aşağı inmek yerine, atlıkarıncayla dönüp durmanın daha akıllıca olduğunu mu düşünüyorlardı?

Şu anda, aşkı düşünemeyecek kadar yalnızım, ama kendimi bütün bunların geçeceğine, bana uyan bir iş bulacağıma ve bu kaderi seçtiğim için burada olduğuma inandırmak zorundayım. Benim hayatım bir korku treni. Hayat ise, sert ve şaşırtıcı bir oyun; paraşütle atlayıp tehlikeleri göze almak, düşmek ve tekrar kalkmak demek. Dağcılıktaki gibi, kendindeki en yüksek noktaya çıkmayı istemek, bunu başaramadığında tatminsizlik ve sıkıntı duymak.

Ailemden, bütün heyecanlarımı ve duygularımı ifade edebildiğim dilden uzakta olmak kolay değil. Ne var ki, bugünden itibaren, ne zaman çöksem, o lunaparkı hatırlayacağım. Uykuya dalmış olsam ve ansızın bir korku treninde gözlerimi açsam, ne hissederdim acaba?

Ne olacak, önce tutsak olduğumu hissederdim, iniş

çıkışlardan korkar, kusmak ve oradan inmek isterdim. Ama, rayların kaderim olduğuna, makineyi Tanrı'nın yönettiğine emin olunca, kâbus heyecana dönüşürdü. Korku trenleri, kendileri olmaktan çıkar, bir sonu olan, tehlikesiz ve güvenilir bir eğlenceye benzerdi. Bununla birlikte, yolculuk boyunca çevremdeki manzaraya bakıp heyecanla haykırırdım.

Maria, kendince son derece bilgece bulduğu sözler yazabilse de, bunları hayata geçirmeyi başaramıyordu; ruhundaki çöküşler giderek sıklaşıyor, telefon da sessizliğini koruyordu. Bomboş geçen saatlerinde oyalanmak ve Fransızcasını ilerletmek için, magazin dergileri almaya başladı. Derken bunun çok masraflı olduğunu fark ederek, en yakındaki kütüphaneyi aramaya koyuldu. Kitapçı ona, dergileri ödünç vermediklerini, ama Fransızca'yı daha iyi konuşmasını sağlayacak birkaç kitap önerebileceğini söyledi.

"Kitap okuyacak vaktim yok ki."

"Nasıl, vaktiniz mi yok? Ne iş yapıyorsunuz?"

"Bir sürü şey: Fransızca çalışıyorum, günlük tutuyorum, bir de..."

"Bir de ne?"

Maria'nın içinden, "Telefonun çalmasını bekliyorum," demek geçti, ama dilini tutmayı yeğledi.

"Yavrum, gençsiniz, önünüzde koca bir ömür var. Okuyun. Kitaplar hakkında duyduklarınızı unutup okuyun."

"Zaten çok okudum ben."

Birden Maria, bir seferinde Maílson'un 'enerji' dediği şeyi hatırladı. Kütüphaneci bütün dünya altüst olsa bile ona yardım edebilecek duyarlı, yumuşak biri gibi göründü gözüne. İçgüdüleri, onunla dost olabileceğini söylüyordu. Onu fethetmek zorundaydı.

"... Ama daha da okumak istiyorum," diye ekledi Maria. "Rica etsem, kitap seçmeme yardım eder misiniz?"

Kadın ona *Küçük Prens*'i getirdi. Maria hemen o akşam kitabı karıştırmaya başladı. İlk sayfalarda, bir şapkayı temsil eden resimleri gördü, yazara bakılırsa, çocuklar bunun, fil yutmuş bir yılan olduğunu düşünürmüş. 'Ben hiç çocuk olmamışım,' diye geçirdi aklından Maria. 'Bana göre bu daha çok şapkaya benziyor.' Televizyonu olmadığından, sıkıntıdan Küçük Prens'e gezilerinde eşlik etti, hem de 'aşk' konusu her geçtiğinde hüzünlenmesine rağmen; intihara kalkışmaktan korkarak bunu düşünmeyi yasaklamıştı kendine. Bir prens, bir tilki ve bir gül arasındaki romantik ve acılı sahneler dışında, roman son derece sürükleyiciydi. Hem Maria da beş dakikada bir cep telefonunun şarjının dolu olup olmadığını kontrol etmiyordu bu sayede (muhteşem bir fırsatı bir ihmalkârlık yüzünden elinden kaçırmaktan korkuyordu aslında).

Maria kütüphaneye gidip gelmeye, tıpkı onun gibi çok yalnız birine benzeyen kütüphaneciyle gevezelik etmeye, hayattan ve yazarlardan konuşmaya, ondan önerilerde bulunmasını istemeye başladı; ta ki kenardaki parası eriyip bitene kadar. İki hafta daha dayanabilirdi, ondan sonra dönüş biletine bile yetmezdi elinde kalan.

Ve hayat ustalığını göstermek için hep en nazik anları beklediğinden, sonunda telefon çalıverdi.

'Avukat' sözcüğünü keşfetmesinden üç ay, bu sayede aldığı tazminatla yaşamaya başlamasından iki ay sonra, bir manken ajansından, Bayan Maria'nın hâlâ bu numarada olup olmadığını sordular. Cevap soğuk bir 'evet' oldu, kaygısını kesinlikle belli etmemek için uzun uzun prova ettiği şekilde. Böylece, ülkesinde moda dünyasında büyük söz sahibi olan bir Arap'ın fotoğraflarını çok beğendiğini ve onu bir defileye davet ettiğini öğrendi. Maria kısa süre önce bir başka Arap'la yaşadığı hayal kırıklığını hatırladı, ama sonra, umutsuzca ihtiyaç duyduğu parayı düşündü. Çok şık bir restoranda buluşma ayarlandı. Maria karşısında zarif, oldukça çekici ve kendi Arap arkadaşından daha olgun birini buldu. Adam sordu: "Bu tablonun kimin elinden çıktığını biliyor musunuz? Juan Miró'nun. Peki, Juan Miró'nun kim olduğunu biliyor musunuz?"

Maria bütün dikkatini Çin lokantalarındakine hiç benzemeyen yemeğe vermiş gibi, hiç sesini çıkarmıyordu. Ama kafasına birtakım notlar yazıyordu: Kütüphaneye bir daha gittiğinde, Juan Miró hakkında bilgi edinmeliydi.

Arap ısrarcıydı: "Şuradaki masa, Federico Fellini'nin en sevdiği yerdi. Fellini filmlerini sever misiniz?"

Maria, "Bayılırım," diye yanıtladı onu. Ancak Arap ayrıntılara girmeye kalkışınca, kültür sınavını geçemeyeceğini anlayarak dobra dobra konuşmaya karar verdi: "Hile yapmayayım. Bütün bildiğim, Coca-Cola'yla Pepsi arasındaki fark. Defileden konuşsak olmaz mı?"

Genç kızın dürüstlüğü, Arap'ta iyi bir izlenim uyandırmış gibiydi.

"Yemeğin üstüne bir içki içerken konuşuruz."

Bir sessizlik oldu. O sırada ikisi bakışıyor, biri ötekinin düşündüklerini kestirmeye çalışıyordu.

"Çok güzelsiniz," diye tekrar söze girdi Arap. "Benimle otelde bir içki içmeyi kabul ederseniz, size bin frank veririm."

Maria'nın zihni bir anda aydınlandı. Bu manken ajansının marifeti miydi acaba? Yoksa kendi suçu muydu; akşam yemeği konusunda daha fazla sorup soruşturması mı gerekirdi? Hayır, ne ajansta, ne kendinde, ne de Arap'ta bir hata vardı: İşler böyle yürüyordu. Birden *sertão*'yu, Brezilya'yı, annesinin kollarını özledi. Plajda üç yüz dolardan bahseden Maílson'u hatırladı; o zaman rakam çok cömertçe gelmişti kulağına, bir erkekle bir gece geçirmenin karşılığında umabileceğinin çok üstündeydi. Ne var ki, şu anda, dünya yüzünde konuşabileceği kimsenin, kesinlikle hiç kimsenin olmadığını hissediyordu;

oldukça iyi yaşanmış, ama en iyi yanıtı seçmekte ona hiçbir yardımı dokunmayan yirmi yıllık bir ömrün üstüne yabancı bir kentte yapayalnızdı.

"Bana biraz daha şarap verir misiniz lütfen?"

Arap ona şarap doldurdu, o sırada Maria'nın düşünceleri, gezegenler arasında gezinen Küçük Prens'ten daha hızlı hareket ediyordu. Serüven, para ve belki de bir koca bulmaya gelmişti; sonunda böyle teklifler alacağını bilmiyor değildi, masum sayılmazdı ve erkeklerin davranışlarına çoktan alışmıştı. Manken ajansları, başarı, zengin bir koca, bir aile, çocuklar, torunlar, kıyafetler, doğduğu ülkeye şaşaalı bir dönüş; içten içe hâlâ bütün bunlara inanıyordu. Sadece aklı, çekiciliği, iradesinin gücü sayesinde bütün zorlukların üstesinden geleceğini hayal ediyordu.

Gerçeklik üzerine çökmüştü işte. Arap'ı büyük bir şaşkınlığa boğarak, ağlamaya başladı. Bir taraftan gürültü kopmasından korkan, bir taraftan da içinde son derece erkeksi bir koruma içgüdüsü uyanan adam, ne yapacağını bilemiyordu. Garsona hemen hesabı getirmesi için işaret etti, ama Maria onu durdurdu: "Bunu yapmayın. Az daha şarap koyun bana, sonra bırakın biraz ağlayayım."

Ve Maria'nın aklı ondan kalem isteyen çocuğa, kapalı dudaklarını öpen delikanlıya, Rio de Janeiro'yu keşfetmenin verdiği coşkuya, karşılığında hiçbir şey vermeksizin ondan yararlanan erkeklere, yol boyunca kaybettiği tutkulara ve aşklara gitti. Görünüşte özgür olmasına karşın, Maria'nın hayatı, bir mucize, gerçek bir aşk, sonu filmlerde hep gördüğü, kitaplarda hep okuduğu gibi romantik bitecek bir serüven beklemekle geçen, bitip tükenmez bir saatler dizisiydi. Yazarın biri ne zamanın ne de bilgeliğin insanı dönüştürmediğini yazmıştı, bir varlığı değişmeye itebilecek tek şey, aşkmış. Ne büyük bir aptallık! O yazar madalyonun sadece bir yüzünü biliyormuş.

Aşk, bir insanın bütün hayatını göz açıp kapayana kadar kökünden değiştirebilirdi kuşkusuz. Ama –ki bu da madalyonun öbür yüzüydü–, insanoğlunu tasarılarında hiç yeri olmayan yönlere saptırabilecek bir duygu daha vardı: umutsuzluk. Evet, aşk belki kişiyi dönüştürebilir; ne var ki umutsuzluk bunu çok daha hızlı başarır. Maria koşarak kaçmalı, Brezilya'ya dönmeli, Fransızca öğretmeni olmalı, eski patronuyla evlenmeli miydi? Yoksa kimseyi tanımadığı, kimsenin de onu tanımadığı bir kentte, bir geceliğine, biraz daha ileri gitmeli miydi? Tek bir gece ve kazanması bu kadar kolay bir para, onu daha da uzağa, dönüşsüz bir noktaya iter miydi? Şu dakikada yaşanan neydi: Umulmadık bir fırsat mı, yoksa Bakire Meryem'in bir sınavı mı?

Arap'ın bakışları kâh Juan Miró'nun tablosunda, kâh Fellini'nin yemek yediği masada, kâh vestiyerde görevli genç kızda ya da girip çıkan müşterilerde geziniyordu.

"Bunu bilmiyor muydunuz?"

"Biraz daha şarap lütfen." Gözyaşları içindeki Maria'nın tek yanıtı bu oldu.

Garsonun masaya yaklaşıp olup bitenleri anlamaması için içinden dua ediyordu. Göz ucuyla sahneyi izleyen garson da, yanında bir çocukla oturan şu müşterinin hesabı çabuk istemesi için dua ediyordu, çünkü lokanta doluydu ve bekleyen çok müşteri vardı.

Maria, adama hiç bitmeyecek gibi gelen bir sürenin sonunda, nihayet konuştu: "Bir kadeh içki için bin frank mı demiştiniz?" Sesinin tonuna kendi bile şaşırmıştı.

"Evet," diye karşılık verdi Arap, teklifte bulunduğuna çoktan pişman olmuştu. "Ama hiçbir şekilde istemem ki..."

"Ödeyin hesabı. Gidip sizin otelde şu içkiyi içelim bakalım."

Kendini tanıyamıyordu Maria. O âna dek iyi yetiştirilmiş, neşeli bir genç kızdı ve bir yabancıyla asla bu ses tonuyla konuşmazdı. Besbelli ölmüştü o kız: Önüne bambaşka bir hayat serilmişti; kadehlerin bin frank ya da dünya çapında daha geçerli bir paraya dökersek, yaklaşık altı yüz dolar ettiği bir hayat.

Her şey harfiyen kararlaştırıldığı gibi oldu: Maria Arap'la birlikte otele gitti, şampanya içti, neredeyse kendini kaybedecek kadar sarhoş oldu, bacaklarını açtı, adamın orgazm olmasını bekledi (orgazm taklidi yapmaksa, aklına bile gelmedi), mermer kaplı banyoda yıkandı, parayı aldı; eve taksiyle dönme lüksünü de kendinden esirgemedi.

Yatağına kendini attığı gibi, rüyasız bir uykuya daldı.

Maria'nın günlüğünden, ertesi gün:

Her şeyi hatırlıyorum, o kararı verdiğim an hariç. Tuhaftır, hiç suçluluk duymuyorum. Eskiden, para için yatan kızları, hayatın başka seçenek bırakmadığı insanlar olarak görürdüm. Şimdi, bunun doğru olmadığını fark ediyorum. Evet ya da hayır diyebilirdim, beni herhangi birini kabul etmeye zorlayan yoktu.

Sokaklarda yürüyor, gelip geçenlere bakıyorum; onlar kendi hayatlarını seçebildiler mi acaba? Yoksa, tıpkı benim gibi, kader tarafından 'seçildiler' mi; manken olmayı hayal eden ev kadınları, müziğe yatkın banka memurları, kendini edebiyata vermek isteyen dişçiler, televizyonda çalışmak için ölüp biten, ama topu topu süpermarkette kasiyerlik işi bulabilen genç kızlar?

Kendime zerre kadar acıdığım yok. Lokantadan boş bir cüzdanla, ama onurumu korumuş olarak çıkabilirdim; demek ki bir kurban değilim ben. O adama bir ahlak dersi verebilir ya da karşısında oturanın, satın alınmaktansa kalbi kazanılmaya layık bir prenses olduğunu göstermeye çalışabilirdim. Yapabileceğim çok şey vardı, ama, çoğu insan gibi ben de izlenecek yolu kaderin çizmesine izin verdim.

Başkalarına bakıldığında, adaletsiz, sıra dışı bir kader sayılabilir benimki elbette. Ama, mutluluk arayışında hepimiz eşitiz, memur/müzisyen, dişçi/yazar, kasiyer/oyuncu, ev kadını/manken: Aramızda mutlu olan yok.

Hepsi bu muydu yani? Bu kadar kolay mıydı? Maria, kimseyi tanımadığı yabancı bir kentteydi. Daha düne kadar işkence gibi gelen şey, bugün ona uçsuz bucaksız bir özgürlük duygusu veriyordu: Hiç kimseye hesap vermek zorunda değildi.

Yıllardan beri ilk kez, bütün gününü kendini düşünmeye ayırmaya karar verdi. O âna dek, hep başkalarının yüzünden kaygılanmıştı: Annesinin, okul arkadaşlarının, babasının, manken ajansında çalışanların, Fransızca öğretmeninin, lokantadaki garsonun, kütüphanecinin, sokaktaki yabancıların ne düşüneceğinden korkmuştu. Aslında, kimsenin onun gibi zavallı bir yabancıya kafa yorduğu yoktu; ve yarın ölüp gitse yokluğunu kimse, hatta polis bile fark etmezdi.

Bu kadarı yeter. Sabah erkenden çıkıp her zamanki yerinde kahvaltı yaptı. Gölün çevresinde gezinirken, gösteri yapan göçmenlere rastladı. Yanında küçük bir köpekle dolaşan bir kadın, ona bunların Kürtler olduğunu söyledi. Maria gene olduğundan daha kültürlü ve akıllı görünmeye çabalamadan sordu: "Kürtler nereden gelir?"

Kadının verecek yanıtının olmaması onu şaşırttı. Dünya böyledir: İnsanlar bilmedikleri yokmuş gibi konuşur; oysa onlara soru sormaya cesaret ettiğinizde gayet bilgisiz olduklarını görürsünüz. Maria bir internet kafeye girdi; internette, Kürtlerin Ortadoğu'da yaşadığı yazıyordu. Maria, köpekli kadını bulmak için geldiği yere geri döndüyse de, kadın gitmişti bile.

"İşte buyum ben. Daha doğrusu buydum: kendini

sessizliğe gömmüş, bilgiçlik taslayan biri; ve derken şu Arap beni o kadar ürküttü ki, cesaretimi toplayıp bütün bildiğimin Coca-Cola'yla Pepsi arasındaki fark olduğunu söyleyiverdim. Hakkımdaki görüşü değişti mi peki? Kesinlikle hayır! Hatta, doğallığımı olağanüstü bulmuş olmalı. Ne zaman olduğumdan daha kurnaz görünmeye çalıştıysam, kaybettim. Artık yeter."

Manken ajansından gelen telefonu hatırladı. Oradakiler Arap'ın ne istediğini biliyorlar mıydı acaba? Eğer öyleyse Maria gene işi saflığa vurmuş gibi olmuştu. Yoksa onlar da gerçekten, adamın Maria'ya Arabistan'da defile teklif edeceğini mi düşünmüşlerdi?

Her ne olursa olsun, Maria, bu kül rengi Cenevre sabahında kendini eskisi kadar yalnız hissetmiyordu. Hava sıcaklığı sıfıra yakındı, tramvaylar tam vaktinde geliyor, mücevherler vitrinlere yerleştiriliyor, bankalar açılıyor, dilenciler uyuyor, İsviçreliler işe gidiyorlardı. Artık eskisi kadar yalnız değildi, çünkü yanı başında, gelip geçenlerin kesinlikle göremediği bir kadın vardı. Maria varlığını fark etmemişti o âna dek, ama kadın oradaydı.

Maria ona gülümsedi: Kadın İsa'nın annesi Bakire Meryem'e benziyordu. Maria'nın gülümsemesine karşılık verdi, ona dikkatli olmasını söyledi yumuşak bir dille, çünkü işler zannettiği kadar basit değildi. Maria bu öğüde kulak asmadan, ben seçimlerinin sorumluluğunu taşıyan bir yetişkinim, diye karşılık verdi; bütün dünyanın bana karşı komplo kurduğuna inanamam. Kendisiyle bir gece geçirmek için, bacaklarının arasında yarım saat kalmak için bin İsviçre Frangı ödemeye hazır insanların var olduğunu öğrenmişti ve karar vermesi gereken sadece, şu birkaç gün içinde bin frankla bir uçak bileti alıp evine mi döneceği, yoksa Cenevre'de biraz daha mı kalacağıydı. Ailesine bir ev, kendisi için güzel kıyafetler ve dünyada günün birinde gitmeyi hayal ettiği yerlere bilet alacak kadarını kazanıncaya dek.

Görünmez kadın, ısrarla, işlerin bu kadar basit olmadığını tekrarladı, ama Maria, bu beklenmedik arkadaşa sevinmesine karşın, ondan kafasını meşgul etmemesini rica etti: Önemli kararlar alması gerekiyordu.

Brezilya'ya dönme olanağını daha büyük bir dikkatle evirip çevirmeye koyuldu. Oldukları yerden bir adım öteye geçemeyen lise arkadaşları, uluslararası çapta bir yıldız olmaya yeteneği elvermediği için işten çıkarıldığını anlatacaklardı yemeyip içmeyip. Annesi vaat edilen paralar eline geçmediği için üzülecekti; Maria paraların postada çalındığını iddia etse bile. Babası ömrünün sonuna kadar, 'ben biliyordum' ifadesiyle bakacaktı yüzüne; Maria patronuyla evlenip kumaş mağazasında tekrar çalışmaya başlayacaktı... uçaklara bindikten, İsviçre'de peynir yedikten, Fransızca öğrendikten ve karlarda yürüdükten sonra.

Terazinin öbür kefesinde ise, bin franklık kadehler vardı. Belki uzun sürmezdi bu, güzellik rüzgâr gibi gelip geçer çünkü. Ama bir yıl içinde, bu kez kendi kurallarıyla oynayabileceği kadar para kazanmış olurdu. Elle tutulur tek sorun, ne yapacağını da, nereden başlayacağını da bilmemesiydi. Derken, samba dansçısı olarak çalışırken, kızın birinin Rue de Berne diye bir yerden bahsettiği geldi aklına.

Maria, Cenevre'de adım başı rastlanan panolardan birini incelemeye koştu; bunların bir yüzünde reklamlar, öbür yüzünde kent planı olurdu.

Yoldan geçen birine, Rue de Berne'i sordu. Adam kuşkuya kapılarak, gerçekten o sokağı mı, yoksa İsviçre'nin başkenti Bern'i mi sorduğunu öğrenmek istedi. "Hayır," diye karşılık verdi Maria, "Cenevre'deki Rue de Berne'i arıyorum." Adam onu tepeden tırnağa süzdü ve sonra, insanı herkesin önünde maskaraya çeviren bir kamera şakasına konu olduğundan emin, tek kelime etmeden uzaklaştı. Maria on beş dakika planın başından ayrılmadı; kent fazla büyük sayılmazdı ve sonunda Rue de Berne'i saklandığı yerden bulup çıkardı.

Kendisi pürdikkat plana bakarken sessizliğini koruyan görünmez arkadaşı, şimdi bir tartışma açmaya çalışıyordu; bir ahlak sorunu yoktu ortada, ama Maria çıkışsız bir yola girebilirdi. Maria buna karşılık olarak, cebinde İsviçre'den ayrılacak kadar parası olduğu sürece, her türlü durumdan kendini kurtarabileceğini söyledi. Hem ayrıca, karşısına çıkan insanlardan hiçbiri, sevdiği işi yapmayı seçmemişti. Gerçek buydu işte.

"Gözyaşlarıyla yıkanan bir vadideyiz," dedi görünmez arkadaşına. "Bir sürü hayal kurabiliriz, hayat serttir, amansızdır, üzücüdür. Ne demek istiyorsunuz; beni hapse mi atarlar? Kimsenin ruhu bile duymaz, üstelik bu sadece bir mevsim sürecek."

Kadın, şefkatle ama hüzünle gülümseyerek, gözden kayboldu.

Maria lunaparka kadar yürüdü, korku trenine bilet aldı. Herkes gibi çığlıklar atarken, bunun sadece bir eğlence olduğunun, dolayısıyla hiçbir tehlike taşımadığının sonuna kadar farkındaydı. Midesine ne girdiğini bilmeden bir Japon lokantasında öğlen yemeği yedi, sadece çok pahalı bir yer olduğunu biliyordu; bundan böyle kendinden hiçbir lüksü sakınmayacaktı. İçinde bir sevinç vardı, artık telefonun çalmasını beklemek ya da harcadığı kuruşları saymak zorunda değildi.

Gün biterken ajansı arayıp buluşmanın çok iyi geçtiğini söyledi ve telefonu teşekkürler ederek kapadı. Ciddi ciddi iş yapan insanlarsa, ona defileyi sorarlardı. Erkeklere kadın bulmakla uğraşıyorlarsa, onun için yeni buluşmalar ayarlarlardı.

Maria her ne olursa olsun, imkânı olsa bile, televizyon satın almamaya karar verdi: Düşünmeliydi, bütün vaktini düşünmek için kullanmalıydı.

Maria'nın günlüğünden, o akşam (kenarda şöyle bir not: "Tam ikna olmuş değilim."):

Bir erkeğin, kendisine eşlik eden bir kadına hangi amaçla para ödediğini anladım: mutlu olmak istediği için.

Bin frangı sadece orgazma ulaşmak için vermez erkek. Mutlu olmak ister. Ben de bunu istiyorum, herkes istiyor ve kimse başaramıyor. Bir süre şey... bu sözcüğü düşünmek de zor yazmak da... aman canım... bir süre fahişelik yapsam, ne kaybederim?

Namus. Onur. Kendime saygı. İyice düşünüldüğünde, şimdiye kadar bu üç şeyden herhangi birine sahip olmuş değilim. Doğmayı talep etmedim, kendimi sevdirmeyi beceremedim, hep kötü kararlar aldım ve şimdi, hayatın benim yerime karara varmasına izin veriyorum.

Ertesi gün, mankenlik ajansından biri onu arayıp fotoğrafları ve defilenin tarihini sordu, çünkü her iş bağlantısında onlar da komisyon alıyorlardı. Maria, Arap'ın onlarla bağlantı kuracağını söyledi. Telefon konuşmasından, ajanstakilerin durumdan haberleri olmadığını çıkarmıştı hemen.

Kütüphaneye gidip seks hakkında kitaplar istedi. Hiçbir bilgisinin olmadığı bir alanda ciddi ciddi çalışmayı tasarladığına göre –sadece bir yıl, diye söz vermişti kendi kendine–, ilk öğrenmesi gereken nasıl hareket edeceği, nasıl zevk vereceği ve karşılığında nasıl para alacağıydı.

Kütüphaneci, onu büyük bir hayal kırıklığına uğratarak, ellerinde sadece üç-beş tane teknik kitap bulunduğunu, çünkü burasının halka açık bir kurum olduğunu söyledi. Maria bunlardan birini alıp özetini okudu ve hemen geri verdi: İçinde ereksiyondan, birleşmeden, iktidarsızlıktan, gebelik önleyici yöntemlerden, insana keyif vermeyen bir dille akla gelebilecek her konudan söz ediliyordu. Maria sonunda, *Kadın Soğukluğu Üzerine Psikolojik Değerlendirmeler*'i almayı bile düşündü, çünkü kendisi, bir erkekle yatmaktan ve onu içinde hissetmekten çok keyif almasına rağmen, yalnızca mastürbasyonla orgazma ulaşabiliyordu.

Ne var ki, o an keyif değil, iş peşindeydi. Kütüphaneciyle vedalaşıp çıktı, bir dükkâna girdi ve ufukta görünen mesleğiyle ilgili ilk yatırımını yaptı – kendince iç gıcıklayıcı kıyafetler satın aldı. Ardından, harita üzerinde tespit ettiği yere gitti. Bir kilisenin hemen yanından başlayan Rue de Berne'in (tesadüfün böylesi, bir gün önce yemek yediği Japon lokantasına da çok yakındı!) iki yanında, ucuz saatlerle dolu vitrinler uzanıyordu; öbür uçta gece kulüpleri vardı, günün bu saatinde hepsi kapalıydı. Maria dönüp gölün çevresinde biraz dolaştı, –en ufak bir rahatsızlık duymadan– beş porno dergi satın alıp geceyi bekledi ve sonra tekrar Rue de Berne'e yöneldi. Rasgele, Brezilyalı adıyla onda hatıralar uyandıran bir bar seçti: *Copacabana.*

Daha hiçbir karar vermedim, dedi kendi kendine. Bu sadece bir testti. İsviçre'ye geldiğinden beri, kendini hiç bu kadar iyi ve özgür hissetmemişti.

"İş arıyorsun demek," dedi tezgâhın arkasında bardak yıkayan patron, sesine bir soru tonu bile katmamıştı. Mekânda bir dizi masa, köşede dans pistine benzeyen bir yer ve duvarlara yaslanmış birkaç divan vardı. "Kolay değil. Yasalara uyarız biz. Burada çalışmak için, en azından çalışma karnenin olması lazım."

Maria karnesini gösterdi. Adam şimdi biraz keyiflenmiş gibiydi.

"Deneyimin var mı?"

Maria ne diyeceğini bilemiyordu: Evet dese, adam daha önce nerede çalıştığını soracaktı. Hayır dese, onu geri çevirebilirdi.

"Bir kitap yazıyorum."

Sanki bir ses yardımına koşmuş gibi, bu fikir boşluktan fırlayıp gelmişti. Maria adamın, yalan olduğunu bile bile, inanmış gibi yaptığını anladı.

"Herhangi bir karar almadan önce, kızlara sor soruştur biraz. En az altı Brezilyalı var burada, senin nelerin beklediğini öğrenmiş olursun."

Maria kimsenin öğüdüne ihtiyacı olmadığını, henüz hiçbir karar almadığını söylemek istedi, ama adam barın öbür ucuna geçip bir bardak su bile vermeden onu yapayalnız bırakmıştı bile.

Kızlar gelince, patron içlerinden Brezilyalıları seçip yeni gelenle konuşmalarını buyurdu. Hiçbiri söylediğini yapmaya gönüllü görünmüyordu, Maria da bundan rekabetten korktukları sonucunu çıkardı. Kulüpte müzik başladı, birkaç Brezilya şarkısı yankılandı (doğaldı bu, mekânın adı *Copacabana*'ydı). Ardından Asyalılara benzeyen kızlarla Cenevre civarındaki karlı ve romantik dağlardan inmiş izlenimi uyandıran daha başkaları içeri girdi. Maria susuzluktan içi yanarak iki saat ya da buna yakın süre bekledi, birkaç sigara içti. Kötü bir seçim yaptığı duygusu giderek berraklaşıyor, 'Ne işim var burada?' sorusu bir nakarat gibi ikide bir aklına geliyordu. Hem patronun hem de kızların ona olan ilgisizliğine giderek öfkelenirken, sonunda Brezilyalı kızlardan birinin yanına geldiğini gördü: "Neden burayı seçtin?"

Maria gene kitap bahanesini ileri sürebilirdi ya da Juan Miró konusunda yaptığı gibi gerçeği söyleyebilirdi.

"Adı için. Nereden başlayacağımı bilemiyorum, ayrıca başlamayı isteyip istemediğimi de bilmiyorum."

Bu dolaysız ve dürüst açıklamaya şaşıran kız bir yudum viski içti, besbelli çalan Brezilya şarkısına kulak vermişti. Ardından sıla hasreti üzerine birkaç laf etti, bu akşam kulübün pek hareketli olmayacağını söyledi, çünkü Cenevre yakınlarında yapılması planlanan uluslararası bir kongre iptal edilmişti. Sonunda, Maria'nın gitmeye niyetli olmadığını anlayınca, "Çok basit," dedi. "Üç kurala uymak zorundasın. Bir: Müşterilere âşık olma. İki: Vaatlere inanma ve paranı hep peşin al. Üç: Uyuşturucudan uzak dur." Bir an durdu. "Ve hemen başla. Bu akşam, bir adam ayarlamayı beceremeden evine dönersen, bir kere daha düşünürsün ve geri dönecek cesareti bulamazsın."

Maria, geçici bir süre çalışırsın, türünden basit bir açıklamaya kendini hazırlamıştı; o an, insanı düşüncesizce karar almaya iten o duygunun kendisini köşeye sıkıştırdığını anladı – umutsuzluktu bu.

"İyi öyleyse. Bugün başlıyorum."

Bir gece önce başladığını itiraf etmedi. Kız, barın patronuna gitti.

"Güzel iç çamaşırın var mı?" diye sordu adam Maria'ya.

O güne dek kimse ona bu soruyu sormamıştı. Ne sevgilileri, ne Arap, ne kız arkadaşları, hele bir yabancı, asla. Ama bu mekânda hayat böyleydi: dobra dobra.

"Açık mavi külotum var. Sutyenim de yok," diye ekledi, kışkırtmak için.

Bütün kazancı, azar yemek oldu.

"Yarın siyah külot ve çorap giy, sutyen tak. Mümkün olduğu kadar fazla çamaşır çıkarmak, törenin bir parçası."

Karşısındakinin aceminin teki olduğuna artık emin olan Milan, hiç vakit kaybetmeden törenin kalanını öğretti ona: *Copacabana* hoş bir yer olmalıydı, bir kerhane değil. Erkekler bu kulübe girerken, yalnız bir kadınla karşılaşacaklarına inanmak isterlerdi. İçlerinden biri, yolu kesilmeden masasına yaklaşacak olursa (en önemlisi, bazı kızlar için 'özel müşteri' diye bir kavram vardı), kuşkusuz şu sözlerle onu davet ederdi: "Bir şeyler içmek ister misiniz?"

İşte Maria buna evet ya da hayır diye karşılık verebilirdi. Bir gecede birden fazla kişiye hayır demesinin salık verilmemesine rağmen, kiminle birlikte olacağına karar vermekte özgürdü. Cevabı olumluysa, bir meyve kokteyli isteyecekti, tesadüfe bakın ki listedeki en pahalı içkiydi bu. Alkol almak ya da müşterinin onun için seçim yapmasına izin vermek söz konusu bile olamazdı. Ardından, dans teklifini kabul edebilirdi. Müşterilerin çoğunun ayağı buraya alışıktı ve Milan'ın karışmadığı 'özel müşteriler' dışında, hepsi gayet tehlikesizdi. Polis ve Sağlık Bakanlığı, kızların bulaşıcı cinsel hastalık taşımadığından emin olmak için, her ay kan tahlili isterdi. Gerçi kıstasa uyulup uyulmadığını denetlemenin hiçbir yolu yoktu ama, prezervatif kullanmak da zorunluydu. Kızlar asla skandala yol açmamalıydılar; Milan evli barklı, çocuk sahibi bir aile babasıydı, hem kendi adının, hem de *Copacabana*'nınkinin üzerine titrerdi.

Töreni anlatmayı sürdürdü: Dans ettikten sonra yerlerine dönüp otururlardı ve müşteri ansızın aklına gelmiş gibi, onu birlikte bir otele gitmeye davet ederdi. Normal tarife üç yüz elli franktı, bunun da elli frangı masa kirası olarak Milan'a düşerdi (ileride adli karışıklıklar çıkmasını ve kâr amacıyla seks sömürüsü yapmakla suçlanmayı engellemek üzere düşünülmüş bir hileydi bu).

Maria tartışma açmaya çalıştı: "Ama ben bin frank kazandım..."

Patron ona uzaklaşması için işaret etti. Konuşmayı izleyen Brezilyalı hemen araya girdi: "Şaka yapıyor."

Ardından Maria'ya dönüp mükemmel bir Portekizce'yle, yüksek sesle konuştu: "Burası Cenevre'nin (burada kentin adı Genebra değil, Cenevre'ydi) en pahalı yeridir. Bir daha asla bunu söyleme. O piyasayı tanır ve kimsenin bin franga yatmadığını bilir, yalnızca –şansın ve yeteneğin varsa– 'özel müşteriler' hariç."

Maria'nın ileride Yugoslav olduğunu ve yirmi yıldır İsviçre'de yaşadığını öğreneceği Milan'ın bakışları, hiçbir kuşkuya yer bırakmıyordu:

"Tarife, üç yüz elli franktır."

"Evet, tarife bu," diye tekrarladı Maria uysalca.

Önce iç çamaşırlarının rengini soruyor, ardından bedenine fiyat biçiyordu.

Ama Maria'nın düşünecek vakti yoktu, adam talimatlarına devam etmekteydi: Eve ya da beş yıldızın altındaki otellere gitmeyi kabul etmemeliydi. Müşteri onu nereye götüreceğini bilemiyorsa, birkaç blok ötedeki oteli seçmeliydi, ama daima taksiyle; yoksa Rue de Berne'deki başka işletmelerdeki kadınlar yüzüne alışırlardı. Maria bunun tek kelimesine inanmadı, tam tersine, Milan'ın, başka bir kulüpte daha iyi koşullarla iş teklifi almasından korktuğunu düşündü. Ama düşündüklerini kendine sakladı, tarife konusundaki tartışmadan dersini almıştı.

"Tekrar ediyorum: Filmlerdeki polisler gibi, görev başındayken kesinlikle içmeyeceksin. Şimdi gidiyorum, hareket başlıyor."

"Ona teşekkür et," dedi Brezilyalı Portekizce.

Maria teşekkür etti. Adam gülümsedi, ama tavsiyeleri henüz bitmemişti: "Bir husus daha: İçkiyi ısmarlamanla kapıdan çıkmanın arası kesinlikle kırk beş dakikayı geçmesin. Saatler ülkesi İsviçre'de, Yugoslavlar ve Brezilyalılar bile çizelgelere uymayı öğrenir. Komisyonların sayesinde çocuk baktığımı unutma."

Maria bunu hatırlayacaktı.

Adam ona limon damlatılmış bir maden suyu getirdi –uzaktan cin toniğe benziyordu– ve beklemesini istedi kibarca.

Yavaş yavaş kulüp doldu; erkekler giriyor, etraflarına bakınıyor, yalnız başlarına bir yere oturuyorlardı. Çok geçmeden içlerinden biri yanaşıveriyordu; sanki herkesin birbirini tanıdığı bir şenlikteydiler ve çalışmakla geçen uzun bir günün sonunda biraz eğleneceklerdi. Ne zaman bir erkek kendine bir arkadaş bulsa, Maria rahat bir soluk alıyordu, daha şimdiden, gecenin başına göre kendini çok daha iyi hissetmesine rağmen. Belki burası İsviçre olduğundan, belki er ya da geç, hep hayal ettiği gibi serüvene, zenginliğe ya da kocaya kavuşacağını bildiğinden. Belki de –daha yeni fark ediyordu bunu– haftalardan beri ilk kez bir akşam müzikli, Portekizce konuşmalar duyabildiği bir yere geldiğinden. Çevresindeki kızlarla gülüşerek, meyve kokteyli içerek, neşeyle çene çalarak eğleniyordu.

Kızlardan biri bile gelip onu kutlamamış ya da iyi şanslar dilememişti, ama bu normaldi: Maria bir rakibe, bir hasım değil miydi? Hepsi aynı ganimetin peşinden koşuyordu. Maria üzülmek şöyle dursun, kendiyle gurur duyuyordu; eli böğründe bekleyeceğine savaşıyor, mücadele ediyordu. Her istediği an kapıdan çıkıp bir daha dönmemek üzere gidebilirdi, ama buraya gelecek, önceden asla düşünmeye cüret edemeyeceği konulara girip pazarlık edecek cesareti bulduğunu hiçbir zaman unutmayacaktı. Dakika başı, bir kader kurbanı olmadığını tekrarlıyordu içinden: Tehlikelere atılıyor, kendini aşıyor, ne kadar saçma görünse de, kül rengi yaşlılık günlerinde, yüreğinin sessizliğinde belli bir özlemle anacağı olaylar yaşıyordu.

Kimsenin kendisine yaklaşmayacağına emindi. Yarın, geriye çılgınca bir rüya kalacaktı sadece, çünkü gecede bin frangın tek bir kez kazanılabileceğini fark etmişti; Brezilya'ya dönüş biletini alması daha ihtiyatlıca olurdu. Zaman daha hızlı geçsin diye, aklından öbür kızların ne kadar kazandığını hesapladı: Gecede üç müşterinin peşine takılsalar, onun kumaş mağazasındaki iki aylık kazancını bir günde alırlardı.

Bu kadar çok muydu? Kendisi de bir gecede bin frank kazanmıştı, ama bu belki de acemi şansıydı. Her ne olursa olsun, bir fahişenin geliri, ülkesinde Fransızca dersleri vererek toplayabileceğinden çok daha yüksekti. Tek yapması gereken, bir süre barın birinde beklemek, dans etmek, bacaklarını açmaktı, hepsi bu. Sohbet etmeye bile gerek yoktu.

Paranın gerçekten iyi bir gerekçe olduğunu düşündü gene. Ama tek gerekçe bu muydu? Ya da buradaki insanlar, müşteriler ve kadınlar bir şekilde gönüllerini mi eğlendiriyordu? Yoksa dünya, okulda anlattıklarından çok mu farklıydı? Prezervatif kullanırsa, bütün tehlikelerin önünü alırdı. Ülkesinden birinin onu tanıması da söz konusu değildi. Kimse Cenevre'ye gelmezdi, –derste bir keresinde öğrettikleri gibi– bankalardan pek hoşlanan işadamları dışında. Ama Brezilyalıların çoğu daha ziyade mağazalara meraklıydı, özellikle Miami ya da Paris'te bulunanlara.

Günde dokuz yüz İsviçre Frangı, haftada beş gün. Bir servetti bu! Bir ayda annelerine ev alacak kadar para kazanıyorlarsa, bu kızların burada hâlâ ne işi vardı? Çalışmaya yeni mi başlamışlardı yoksa? Ya da –Maria sormaktan bile korkuyordu–, bu iş hoşlarına mı gidiyordu?

Gene canı içmek çekti, bir gece önce şampanya ona çok yardımcı olmuştu.

"Bir kadeh ikram edebilir miyim?"

Karşısında otuz yaşlarında biri duruyordu, üzerinde bir havayolu şirketinin üniforması vardı.

Maria sahneyi ağır çekimde seyretti ve bedeninden çıkıp kendini dışarıdan izlediği duygusuna kapıldı. Utançtan ölmesine rağmen yüzünün kızarmasını engellemeye çalışarak başıyla evet dedi, gülümsedi ve o dakikadan itibaren hayatının geri dönüşsüzce değiştiğini anladı.

Meyve kokteyli, sohbet, ne yapıyorsunuz burada, hava soğuk değil mi? Bu müziği severim, ama Abba'yı tercih ederim, İsviçreliler soğuk insanlar, Brezilya'dan mı geldiniz? Bana ülkenizi anlatın. Karnaval olur. Brezilyalı kadınlar çok güzel oluyor, bunu biliyor muydunuz?

Gülümseme ve övgüyü kabul etme, hatta belki hafiften çekingen bir havaya bürünme. Tekrar dansa kalkma, ama bu arada Milan'ın bakışlarına dikkat etme, onun zaman zaman kafasını kaşıyarak bileğindeki saati gösterişi. Adamın parfümü. Maria derhal, kokulara alışmak zorunda olduğunu anladı. Hiç olmazsa şimdiki parfüm kokusuydu. Birbirlerine sıkıca yapışarak dans ettiler. Bir meyve kokteyli daha, zaman geçiyordu, Milan kırk beş dakika dememiş miydi? Maria saatine baktı, adam ona birini mi beklediğini sordu, o da bir saat içinde arkadaşlarının geleceğini belirtti. Adam onu çıkmaya davet etti. Otel, üç yüz elli frank, birleşmenin üstüne duş (müşteri şaşkınlıkla, bunu ilk kez gördüğünü söyledi). Bedenindeki Maria değil, başka biriydi, hiçbir şey hissetmeyen, kurulmuş makine gibi bir tür ayini yerine getiren biri.

Bir oyuncu. Milan ona her şeyi öğretmişti, müşteriden nasıl ayrılacağı hariç; Maria teşekkür etti, adam da beceriksizdi, üstelik uykusu vardı.

Maria direndi, evine dönmeye can atıyordu, ama kulübe dönüp elli frangını Milan'a teslim etmek zorundaydı ve böylece, yeni bir erkek, yeni bir kokteyl, Brezilya hakkında sorular, otel, tekrar duş (bu kez yorum gelmedi), gene bara döndü, patron komisyonunu aldı, ona gidebileceğini söyledi, bu gece pek hareket yoktu. Maria taksiye binmedi, Rue de Berne'i baştan başa yürüyerek geçti, öbür kulüplere, saatçilerin vitrinlerine, köşedeki kiliseye baktı (kapalıydı, hep kapalıydı kilise...). Ona bakışlarıyla karşılık veren olmadı – her zamanki gibi.

Soğukta yürüyordu. Havayı hissetmiyor, ağlamıyor, kazandığı parayı düşünmüyordu, bir tür trans halindeydi. Bazı insanlar hayatı tek başlarına göğüslemek için doğarlar, ne iyidir ne de kötüdür bu. Maria da, böyle biriydi işte.

Olup bitenleri düşünmeye zorladı kendini: Daha yeni başlamıştı işe, buna rağmen şimdiden kendini profesyonel gibi görüyordu, sanki uzun zamandır böyleydi, hayatı boyunca bunu yapmıştı. Kendine karşı tuhaf bir sevgi duydu, kaçmadığı için memnundu. Şimdi, devam edip etmemeye karar vermek zorundaydı. Evetse, bu mesleğin en iyisi olacaktı – hiçbir zaman, ömrünün hiçbir ânında olmadığı gibi.

Hayat ona son sürat öğretmeye devam ediyordu, yalnızca güçlülerin ayakta kaldığını. Güçlü olmak içinse, kendi alanında en iyi olmak zorundadır insan, başka çare yoktur.

Maria'nın günlüğünden, bir hafta sonra:

Ben kendinde ruh barındıran bir beden değil, 'beden' denen görünür bir parçası bulunan bir ruhum. Akıp giden günler boyunca, hayal edebileceğimin tersine, bu ruh bütün ağırlığıyla mevcuttu. Tek kelime etmedi, hiçbir eleştiride bulunmadı, bana acımadı, tek yaptığı, beni gözlemek oldu.

Bugün bunun nedenini anladım: Aşkı düşünmeyeli çok uzun zaman olmuş. Benden kaçıyor sanki; ben artık hesapta yokmuşum, o da zaten benimle rahat edemiyormuş gibi. Oysa aşkı düşünmezsem, bir hiç olurum.

Copacabana'*ya ikinci gidişimde, insanların bakışları daha saygılıydı. Anladığım kadarıyla pek çok kız bir geceliğine boy gösterir, sonra da bir daha hiç geri dönmezmiş. Daha ileriye gidenler, bir tür ortak, bir tür yoldaş oluyorlar, çünkü böylesi bir hayatı seçmenin zorluklarını ve nedenlerini –daha doğrusu nedensizliğini– anlayabiliyorlar.*

Bütün kızlar, onlarda gerçek bir kadın, şehvetli bir yatak arkadaşı, bir dost keşfedecek birini hayal ediyor. Ama hepsi, yeni biriyle karşılaştıkları ilk dakikadan itibaren, bütün bunların gerçekleşmeyeceğini biliyor.

Aşk hakkında yazmalıyım. Aşk hakkında düşünmeli, düşünmeli, yazmalı ve yazmalıyım – yoksa ruhum dayanmayacak.

Maria kendi kendine aşkın temel olduğunu hep söylüyor, ama ilk akşam aldığı öğüdü de unutmadan, bu duyguyla sadece günlüğünün sayfalarında yüzleşmeye gayret ediyordu. Öte yandan umutsuzca işinde en iyi olmanın, kısa sürede bol para kazanmanın, fazla düşünmemenin, yaptıklarına iyi bir neden bulmanın yolunu arıyordu.

En zoru buydu: Neydi gerçek neden?

İhtiyacı olduğundan yapıyordu. Tam böyle sayılmazdı, herkes para kazanmayı diler, ama bu uğurda toplumun tamamen dışında yaşamayı seçmez. Maria bunu yapıyordu, çünkü yeni bir deneyim tatmak istiyordu. Gerçekten mi? Dünyada yaşanabilecek pek çok deneyim vardı –örneğin kayak yapmak ya da Cenevre Gölü'nde kanoyla gezinmek gibi–, ki bunlara karşı en ufak bir merak duymamıştı. Bunu yapıyordu, çünkü artık kaybedecek bir şeyi yoktu, çünkü hayatı değişmeyen, her gün tekrarlanan kırgınlıklardan ibaretti.

Hayır, bu yanıtların hiçbiri uygun değildi. En iyisi bu konuyu unutup kaderin yoluna çıkarttıklarına sarılmasıydı. O âna kadar karşılaştığı fahişelerle ve kadınlarla paylaştığı pek çok arzu vardı: Evlenmek ve güvenli bir hayat sürmek, hayallerin en büyüğüydü. Bunu düşünmeyenlerin ya zaten kocası vardı (iş arkadaşlarının yaklaşık üçte biri evliydi) ya da yeni boşanmışlardı. Dolayısıyla Maria kendi kendini daha iyi anlayabilmek için, diğer kadınların neden bu mesleği seçtiğini çözmeyi aklına koydu.

Onları sorgulamak, bildiklerine yeni bir şey katmadı. En sonunda, aldığı yanıtları alt alta sıraladı:

a) Ailenin ihtiyaçlarını karşılamakta kocalarına yardım etmek zorundaydılar. (Ya kıskançlık? Ya kocanın bir arkadaşı çıkagelirse? Ama Maria bu kadar ileri gitmeye cesaret edemedi.)

b) Annelerine bir ev almak istiyorlardı (gayet soylu görünen, kendininkine benzeyen bir bahane, en yaygını da buydu).

c) Dönüş bileti parasını toplamak zorundaydılar (Kolombiyalılar, Taylandlılar, Perulular ve Brezilyalılar bu gerekçeye bayılıyordu; söz konusu paranın pek çok kez ellerine geçmesine, kendilerininse her seferinde hayallerini gerçekleştirme korkusuyla derhal ondan kurtulmuş olmalarına rağmen).

d) Zevk olsun diye (bu da ortamla pek uyuşmuyor, kulağa sahte geliyordu).

e) Başka iş yapmayı beceremediklerinden (bu da iyi bir neden değildi, İsviçre'de adam başı temizlikçi, şoför, aşçı aranıyordu...).

Kısacası, herhangi bir geçerli neden bulamadı, böylece çevresindeki dünyayı anlamaya çabalamaktan vazgeçti.

Kulübün sahibi Milan'ın haklı olduğunu fark etti: Onunla birkaç saat geçirmek için, bin İsviçre Frangı öneren ikinci bir adam çıkmamıştı. Öte yandan üç yüz elli frank istediğinde hiçbir müşteri huysuzluk etmiyordu; sanki adamlar tarifeyi zaten biliyor, soruyu da sırf onu aşağılamak ya da tatsız bir sürprizin önünü almak için soruyorlardı.

Bir keresinde bir kız, "Fahişelik başka mesleklere benzemez," dedi. "Acemiler daha çok kazanır, deneyimlilerse daha az. Her zaman acemi gibi davran."

Maria, 'özel müşterilerin' kimler olduğunu henüz bilmiyordu; sadece ilk akşam bahsi geçen bu konu hakkında kimse onun önünde konuşmuyordu. Yavaş yavaş mesleğin birtakım püf noktalarını öğrendi; örneğin bir müşteriye asla özel hayatı hakkında soru sormamalı, mümkün olduğunca az gülümseyip konuşmalı, gece kulübünün dışında buluşmayı kesinlikle kabul etmemeliydi. En can alıcı öğüt, Nyah diye bir Filipinli'den geldi:

"Orgazm olurken inlemelisin. Öyle yaparsan müşteri sana bağlanır."

"İyi ama niye ki? Kendileri tatmin olsun diye para veriyorlar."

"Aldanma. Bir erkek, ufaklığın kalkmasıyla kanıtlamaz erkekliğini. Erkek, ancak bir kadına zevk verebiliyorsa erkektir. Hele bu kadın bir fahişeyse, o zaman kendini kral gibi hisseder."

Aradan altı ay geçti. Maria ihtiyacı olan ne varsa öğrendi; örneğin, *Copacabana*'nın işleyişi hakkında. Rue de Berne'in en pahalı yerlerinden biriydi, dolayısıyla müşterileri genellikle eve geç gitmeye izinli üst düzey beyaz yakalılardı, çünkü 'müşterileriyle dışarıda yemek yerlerdi', ama saat sınırı gece on biri aşmazdı.

Copacabana'da çalışan fahişelerin çoğunun yaşı on sekizle yirmi iki arasındaydı, işletmede yaklaşık iki yıl kalır, sonra da yerlerini yeni gelenlere bırakırlardı. Bundan sonra *Néon*'a, sonra da *Xenium*'a giderlerdi, yaşları ilerledikçe tarife düşer, çalışma saatleri de azalırdı. Hemen hepsi sonunda *Tropical Ecstasy*'ye düşerdi, otuz yaşın üzerindeki kadınları kabul ederdi orası. Ama kapağı oraya attıktan sonra, tek yapabildikleri, günde bir ya da iki öğrenciyle yatıp öğlen yemeklerini ve kiralarını çıkarmaktı (ortalama geçerli ücret: sıradan bir şişe şarap parası).

Maria pek çok erkekle yattı. Yaşlarına, kılıklarına hiç bakmazdı, ama 'evet' ya da 'hayır' demesini kokuları belirlerdi. Sigaraya hiçbir itirazı yoktu; ancak ucuz parfümlerden, yıkanmayan müşterilerden ve giysileri leş gibi alkol kokanlardan nefret ederdi. *Copacabana* sakin bir yerdi ve İsviçre de belki fahişelik yapmak için en iyi ülke – tabii oturma ve çalışma iznin varsa, kâğıtların düzgünse, sosyal ödenekler de titizlikle ödeniyorsa. Milan, magazin gazetelerine çıkıp çocuklarına rezil olmak istemediğini söylüyordu ikide bir; çalışanlarının durumunu kontrol etmek gerektiğinde de, bir polisten daha sert davranabiliyordu.

Sonuç olarak, birinci ya da ikinci gece atlatıldıktan sonra, bu da bütün ötekiler gibi bir meslekti. Sıkı çalışıyor, rakiplerle kıran kırana mücadele ediyor, kalite kıstaslarını tutturmaya uğraşıyor, çalışma saatlerine dikkat ediyor, biraz strese giriyor, iş yoğunluğundan şikâyet ediyor, pazarları da dinleniyorlardı. Fahişelerin çoğu inançlıydı; kutsal mekânlarını ziyaret eder, ayine katılır, dualarını eder, Tanrılarıyla buluşurlardı.

Maria ise, ruhunu kaybetmemek için günlüğüne sarılmıştı. Günlerden bir gün, şaşkınlıkla, her beş müşteriden birinin niyetinin sevişmek değil, azıcık da olsa konuşmak olduğunu fark etti. İçkileri, otelin parasını ödüyor, sıra soyunmaya geldiğinde gerekli olmadığını söylüyorlardı. İş hayatındaki baskılardan, onları aldatan karılarından söz etmek istiyorlardı, çünkü kendilerini yalnız hissediyorlardı ve içlerini dökecek kimseleri yoktu (Maria'nın gayet iyi bildiği bir durumdu bu).

Başta bunu tuhaf karşıladı. Derken, günün birinde, üst düzey mevkiler için kelle avcılığı yapan bir Fransız, otelde şunları söyledi ona (adam dünyanın en çekici işine sahipmiş gibi konuşuyordu): "Bu âlemde en yalnız insan kimdir, bilir misiniz? Meslek hayatında başarıya ulaşmış, son derece yüksek maaş alan, hem üstündekilerin hem altındakilerin güvenini kazanmış, ailesiyle tatillere çıkan, çocuklarının okul ödevlerine yardım eden ve günün birinde, herifin tekinin, şöyle bir öneriyle karşısına dikildiği bir beyaz yakalı: 'İş değiştirmek ve iki kat para kazanmak ister misiniz?'

"Kendini mutlu ve sevilen biri gibi hissetmek için her şeyi olan bu adam, dünyanın en sefil varlığı haline gelir. Neden mi? Çünkü, konuşacak kimsesi yoktur. Öneriyi kabul etmeye meyillidir ve bunu meslektaşlarıyla tartışamaz, yoksa onu gitmekten caydırmak için ellerinden geleni yaparlar. Yıllar boyunca meslek hayatındaki yükselişini desteklemiş, güvenli bir yaşamı seçmiş olan, risklerden hiç hoşlanmayan karısına da dökemez içini. Kimseye derdini açamaz ve ömrünün en esaslı seçimini yapmak zorundadır. Bu adamın neler hissedeceğini tahmin edebiliyor musunuz?"

Hayır, böyle biri dünyadaki en yalnız insan olamazdı, çünkü o insanı tanıyordu Maria: Kendisiydi bu. Bununla birlikte sıkı bir bahşiş umuduyla, Fransız'a sözde hak verir gibi yaptı; bahşişi de sahiden koparttı. Ve o günden sonra müşterilerini, hissettikleri büyük baskıdan kurtarmanın bir yolunu bulması gerektiğini anladı; bu, hizmet kalitesini artırır, ek ücret talep etmesinin yolunu açabilirdi.

Ruhu gerilimden kurtarmanın, en az bedeni gerilimden kurtarmak kadar kârlı olduğunu anlayınca, tekrar kütüphaneye gitmeye başladı. Aile sorunlarıyla, psikolojiyle, politikayla ilgili kitaplar istedi; kütüphaneci mutluluktan uçuyordu, çünkü büyük şefkat duyduğu ufaklığın ilgisi artık daha ciddi sorunlara yönelmişti. Maria düzenli olarak gazete okumaya başladı, müşterilerinin çoğunun beyaz yakalı olduğunu düşünerek ekonomi sayfalarını da elinden geldiğince izliyordu. Hemen hepsinin ondan öğüt beklediğini göz önüne alarak, psikolojik yardım konusundaki kitapları da inceledi. Duygular hakkında çeşitli kitaplar karıştırdı, çünkü bütün müşteriler acı çekiyordu, şu ya da bu nedenle. Maria saygıdeğer, farklı bir fahişeydi. Altı aylık meslek hayatının sonunda, epeyce sadık müşterisi olmuştu, bu da arkadaşlarında gıpta, kıskançlık, ama bir yandan da hayranlık uyandırıyordu.

Cinselliğe gelince; şimdiye dek hayatına hiçbir şey katmamıştı bu: Altı üstü bacaklarını açmaktan, prezervatif takmalarını istemekten, biraz inlemekten (Nyah sayesinde, Maria inlemekle kazancının elli franga kadar artabileceğini keşfetmişti), su ruhunu biraz yıkasın diye ilişkiden hemen sonra duş almaktan ibaretti. Hep aynı terane. Öpüşme yoktu – bir fahişe için öpüşmek, dünyadaki en kutsal eylemdi. Nyah, öpücüğünü hayatının aşkına saklaması gerektiğini öğretmişti ona, tıpkı Uyuyan Güzel gibi; onu uykusundan uyandıracak, İsviçre'nin tekrar çikolatalar, inekler ve saatler ülkesine dönüşeceği peri masalları âlemine götürecekti öpücük.

Orgazm, zevk ya da herhangi bir uyarılma da olmuyordu. Mesleğinin en iyisi olmak için yaptığı araştırmalarda, Maria işine yarayabilecek keşiflerde bulunma umuduyla birkaç kez porno film de seyretmişti. Bir sürü ilginç şey öğrenmiş, ama bunları müşterileriyle uygulamaya cesaret edememişti - çok vakit alırdı, hem Milan da kızların gecede üç müşteriyle çıkmasından yanaydı.

Altı ayın sonunda, Maria bankaya altmış bin İsviçre Frangı koymuş, en lüks lokantalara gitmeye başlamış, bir televizyon satın almıştı; gerçi onu da açtığı yoktu. Artık ciddi ciddi daha ferah bir eve taşınmayı düşünüyordu. Kendine kitaplar da satın alabilirdi, ama kütüphaneye gitmeye devam ediyordu - daha sağlam ve kalıcı olan gerçek dünyayla arasındaki köprüydü orası. Kütüphaneciyle ayaküstü sohbetlerin tadını çıkarıyordu; kadın Maria'nın büyük olasılıkla bir sevgili, hatta bir iş bulduğunu düşünüp seviniyor, ama ona hiç soru sormuyordu, çünkü İsviçreliler genelde mesafeli ve ketum insanlardır (bu da bir çelişkiydi, çünkü *Copacabana*'da ve yatakta gayet dizginsiz, şen şakrak ya da kompleksliydiler, tıpkı dünyadaki her halkın insanları gibi).

Maria'nın günlüğünden; donuk bir pazar günü, öğleden sonra:

İster kısa ister uzun, ister küstah, ister çekingen, sevimli ya da mesafeli olsunlar, bütün erkeklerin ortak bir özelliği var: Copacabana'*ya adım atarken korku içindeler. En deneyimliler korkularını yüksek sesle konuşarak saklıyor, içine kapanık olanlar oyun oynamayı beceremiyor ve bu duygunun geçeceğini umarak kendini içkiye veriyor. Ama hiç kuşkum yok: Çok nadir istisnalar dışında –ve bunlar Milan'ın henüz beni tanıştırmadığı 'özel müşteriler'–, hepsi korkuyor.*

Nedir korktukları? Aslında, benim dizlerimin titremesi gerekir. Mekânından ayrılıp yabancı bir yere giden, fiziksel yönden zayıf olan, silah taşımayan benim. Erkekler çok tuhaf; üstelik sadece Copacabana'*ya gelenleri değil, bugüne dek karşıma çıkanların hepsini kastediyorum. İstedikleri kadar vursunlar, bağırsınlar, tehditler savursunlar: Kadının teki, kolayca ödlerini patlatabilir. Belki evlendikleri kadın böyle değildir, ama yüreklerine korku saçıp her tür kaprisi yapan biri mutlaka çıkıyor. Ki bu, anneleri bile olabilir.*

Cenevre'ye geldiğinden beri tanıştığı her erkek, sanki bütün dünyanın ve kendi hayatının efendisiymiş gibi, kendine güveni tammış gibi görünmek için çırpınıyordu. Ama Maria, gözlerinde eşlerine duydukları korkuyu okurdu; ya da hizmetinin karşılığında para ödedikleri bir fahişenin karşısında bile ereksiyona geçememenin, gerçek bir erkek olmamanın paniğini. Mağazanın birinden bir çift ayakkabı alsalar ve sonra ondan hoşlanmasalar, satış fişiyle mağazaya dönüp paralarını geri isteyebilirlerdi. Ama, bir kadınla birlikte olmanın bedelini de parayla ödemelerine karşın, ereksiyona geçemezlerse, hikâyenin başkalarına yayılmasından korkarak aynı kulübe bir daha adım atmazlardı – utanç verici bir şeydi bu.

"Utanması gereken benim. Ama gerçek hayatta bunu onlar yaşıyor."

Bu nedenle Maria onları rahatlatmaya çalışıyordu, içlerinden birinin içkiyi fazla kaçırdığını ya da fazla nazik olduğunu hissettiğinde birleşmeden kaçınarak okşamalara ve mastürbasyona yoğunlaşıyordu –hepsi bayılıyordu buna–. Oysa mastürbasyonu kendi kendilerine de gayet güzel yapabileceklerine göre, gayet saçmaydı bu durum.

Utanç duymalarını kesinlikle engellemek gerekiyordu. İş hayatında gayet güçlü ve küstah olan, sürekli olarak çalışanlarla, müşterilerle, aracılarla, önyargılarla, sırlarla, yalanlarla, ikiyüzlülükle, korkuyla, baskıyla yüz yüze gelen bu adamlar, günün sonunda soluğu bir gece kulübünde alıyordu. Koca bir akşam kendileri olmaktan çıkmak karşılığında üç yüz elli frangı gözleri görmüyordu bile.

"Koca bir akşam mı? Baksana Maria, abartıyorsun. Aslında topu topu kırk beş dakika, hatta soyunmakla, mahsusçuktan şefkat göstermekle, birkaç anlamsız söz sarf etmekle, tekrar giyinmekle geçen süreyi de düşersen, sevişme için temiz on bir dakika kalır geriye."

On bir dakika. Dünyayı döndüren kuvvet, on bir dakikanın içindeydi.

Yirmi dört saatlik bir günün içinde bu on bir dakika yüzünden (hepsinin her gün karılarıyla seviştiklerini varsayarsak, ki bu da bir saçmalık ve çelişkidir) evlenir, ailelerinin ihtiyaçlarını karşılar, çocuklarının ağlamalarına katlanır, eve geç döndüklerinde bir sürü dil döker, Cenevre Gölü'nün kıyısında birlikte gezinmeye can atarak onlarca, yüzlerce başka kadına bakar, kendilerine lüks kıyafetler alırken onlara daha da pahalılarını hediye eder, eksikliklerini gidermek için fahişelere gider, dev bir kozmetik, rejim, jimnastik, pornografi, iktidar endüstrisini beslerlerdi. Başka erkeklerle birlikteyken, genellikle iddia edildiğinin aksine, kadınların lafını bile açmaz, işlerinden, paradan ve spordan konuşurlardı.

Bu uygarlıkta ters giden bir şeyler vardı. Ve gazetelerde yazdığının aksine, bunun Amazon ormanlarının yok olmasıyla, ozon tabakasıyla, pandaların soyunun kurumasıyla, tütünle, kanser yapan gıdalarla, hapishanelerin durumuyla ilgisi yoktu. Tam da Maria'nın mesleğinin konusundaydı terslik: seks.

Ne var ki, Maria'nın derdi insanlığı kurtarmak değil, banka hesabını kabartmak, altı ay daha yalnızlığa ve yaptığı seçime katlanıp annesine düzenli olarak para yollamak (kadıncağız, o güne dek, İsviçre postasının Brezilya postası kadar iyi çalışmaması yüzünden eline para geçmediğini öğrenince çok sevinmişti), ömrü boyunca kurduğu ve hiç gerçekleşmeyen hayallerine kavuşmaktı. Mevsimin henüz yaz olmasına rağmen, kaloriferli ve daha ferah bir eve taşındı. Pencereden bir kilise, bir Japon lokantası, bir süpermarket ve sevimli bir kafe görünüyordu; Maria zamanla, gidip kafede gazete okumayı alışkanlık haline getirdi. Öte yandan, kendi kendine söz verdiği gibi bu tekdüze hayata altı ay daha katlanması yeterli olacaktı: *Copacabana,* bir içki alır mıydınız, dans eder miydiniz, Brezilya hakkında ne düşünüyorsunuz, otel, parayı peşin ödetme, sohbet, tam gereken noktalara dokunmayı bilme –bedende olduğu kadar ruhta da, hatta özellikle ruhta–, mahrem sorunlara yardımcı olma, otuz dakikalığına arkadaş olma, ki bu dakikaların on biri bacakları açmakla, bacakları sıkmakla, orgazm taklidi yapıp inlemekle harcanacaktı. Teşekkürler, umarım önümüzdeki hafta tekrar görüşürüz, siz müthiş bir erkeksiniz, bir daha karşılaşırsak hikâyenin kalanını da dinlerim, okkalı bir bahşiş, ay hiç gereği yoktu, sizinle birlikte olmaktan büyük keyif aldım.

Her şey bir yana, aşktan kesinlikle uzak duracaksın. İlk günkü Brezilyalı kızın yanından ayrılmadan önce verdiği öğütlerin en önemlisi, en akla yatkınıydı - büyük olasılıkla kız kendisi de birisine gönlünü kaptırdığı için söylemişti bunu.

İki aylık çalışmanın sonunda, Maria bir sürü evlilik teklifi almıştı bile, içlerinden en az üçü de gayet ciddiydi: bir mali müşavirlik şirketinin müdüründen, ilk akşam çıktığı bir pilottan ve bir çakı ve bıçak mağazasının sahibinden. Üçü de Maria'ya 'onu bu hayattan kurtarmaya', eli yüzü düzgün bir ev, bir gelecek, belki çocuklar ve torunlar sunmaya söz vermişti.

Hepsi, altı üstü günde on bir dakikanın uğrunaydı ha! İnanılır gibi değildi! Şimdi *Copacabana*'da pişmiş olan Maria, bir tek kendisinin yalnızlık çekmediğini biliyordu. İnsanoğlu susuzluğa bir hafta, açlığa iki hafta katlanabilir, yıllar boyunca sokakta yaşayabilir, ama yalnızlığa dayanamaz. Bütün işkencelerin, bütün ıstırapların en kötüsüdür o. Bu erkekler ve yoldaşlığını arayan herkes, tıpkı Maria gibi şu yıkıcı duygunun acısını çekiyordu – dünya yüzünde kimse için zerre kadar önem taşımamak.

Maria gönlündeki aşk kıpırtılarının önünü almak için bütün yüreğini günlüğüne döküyordu. *Copacabana*'ya sadece bedeni ve beyniyle, giderek daha ateşli, daha bilinçli giriyordu. Kendi kendini Cenevre'ye gelip Rue de Berne'e düşmesinin üstün bir nedeni olduğuna ikna etmişti ve kütüphaneye her gittiğinde, buna bir kez daha emin oluyordu: Günün en temel anları olan bu on bir dakika üzerine gerektiği gibi yazan olmamıştı. Ne kadar zor görünürse görünsün, belki Maria'nın kaderi buydu: bir kitap yazmak, kendi öyküsünü, serüvenini anlatmak.

Buydu işte, Serüven. Kimsenin cesaret edip söyleyemediği bir sözcük olsa da –insanların büyük çoğunluğu Serüven'i televizyonda, dizi filmlerde seyretmeyi yeğlerdi–, Maria'nın aradığı buydu. Çöllere, bilinmeze yolculuğa, nehir ortasındaki bir gemide sohbete başlayan gizemli adamlara, uçaklara, film stüdyolarına, Kızılderili kabilelerine, buzullara, Afrika'ya yakışıyordu Serüven.

Kitap fikri hoşuna gitti Maria'nın, hatta bir ad bile düşündü: *On Bir Dakika.*

Müşterileri üç kategoride toplamaya başladı. Terminatörler (çok beğendiği bir filmin anısına), bunlar daha kapıdan girerken içki kokar, gözleri kimseyi görmezmiş gibi davranır ama herkesin kendilerine baktığını sanır, az dans eder ve dosdoğru hedefe yönelirlerdi: otele. Pretty Womanlar (başka bir filmin adından dolayı), zarif, kibar, yumuşak olmaya çalışırlardı, sanki dünyanın dönmesi böylesi iyiliklere bağlıymış gibi; ve gece kulübüne sanki gezinirken tesadüfen girmiş gibi yaparlardı; başta yumuşak davranır, ama otele gelince kendilerine güvenlerini kaybeder, hatta Terminatörlerden daha fazla mızmızlanırlardı. Son olarak da Babalar (gene bir filmin adından), kadın bedenine mal gözüyle bakarlardı. Bunlar en sahicileriydi, dans eder, konuşur, bahşiş bırakmaz, satın aldıkları şeyin değerini bilir, asla seçtikleri bir kadının sohbetine kapılıp gitmezlerdi. Son derece ince bir anlamda, Serüven sözcüğünün ne ifade ettiğini görenler, yalnız onlardı.

Maria'nın günlüğünden; âdet gördüğü için çalışamadığı bir gün:

Bugün birine hayatımı anlatmam gerekse, kendimi bağımsız, cesur ve mutlu bir kadın gibi gösterebilirim. Dünyada bundan kolayı yok: On bir dakikayı alt edebilecek biricik sözcüğü ağzıma almayayım, yeter.

Ömrüm boyunca, aşkı kabul edilmiş bir tür kölelik olarak anladım. Bu bir yalan: Özgürlük, ancak aşk olduğunda var. Kendini kayıtsız şartsız teslim eden, kendini özgür hisseden, sınırsızca sever.

Ve sınırsızca seven, kendini özgür hisseder.

İşte bu nedenle, yaşabileceklerime, yapabileceklerime, keşfedebileceklerime rağmen, her şey boş. Umarım bu zamanlar çabuk geçer de kendimi aramaya başlayabilirim tekrar – beni anlamayan, beni incitmeyen bir adama rastlayarak.

Neler saçmalıyorum ben? Aşkta kimse kimseyi yaralayamaz. Herkes kendi hissettiğinden sorumludur ve bu nedenle, ötekini ayıplama hakkından yoksundur.

Daha âşık olduğum adamları kaybettiğimde yaralanmıştım zaten. Bugün, kimsenin kimseyi kaybetmediğine, çünkü kimsenin kimseye sahip olmadığına eminim.

Özgürlüğü gerçekten yaşamak budur: dünyanın en önemli şeyini elinde tutmak, ama ona sahip olmamak.

Aradan üç ay daha geçti, sonbahar geldi, sonbaharla birlikte de takvime işaretlenmiş olan tarih: Brezilya'ya dönüş tarihinden geriye sayarak, doksanıncı gün. Her şey hem o kadar hızlı hem de o kadar yavaş ilerledi ki, diye düşündü Maria, ruh haline göre zamanın iki boyutta aktığını, ama her iki durumda da serüveninin sona yaklaştığını düşünerek. Böyle devam edebilirdi elbette, ama gölün etrafında dolaşırken ona eşlik eden, işlerin bu kadar basit olmadığını söyleyerek onu uyaran görünmez kadının hüzünlü gülümsemesini unutamıyordu. Bu hayatı sürdürmek için içi gitse de, yoluna çıkacak engellere ne kadar hazırlıklı olsa da, kendi kendiyle baş başa kaldığı bu aylar Maria'ya, bir noktada her şeyi bitirmek gerektiğini öğretmişti. Doksan gün sonra Brezilya'nın göbeğine dönecek, küçük bir çiftlik (sonuç olarak umduğundan fazlasını kazanmıştı), birkaç inek (Brezilya ineği, İsviçre ineği değil) alacak, babasıyla annesini yanına çağıracak, iki de işçi tutup işletmeyi götürecekti.

İnsanın sadece aşkla özgürleşebildiğini, kimsenin bir başka varlığa sahip olamayacağını düşünmesine rağmen, için için gizli intikam arzuları besliyordu hâlâ; Brezilya'ya yapacağı muhteşem dönüşü fırsat bilerek gerçekleştirebilirdi bunları. Çiftliğini hale yola koyduktan sonra kente gidecek, en iyi arkadaşının uğruna kendisini terk eden çocuğun çalıştığı bankaya uğrayıp sıkı bir miktar para yatıracaktı. "Selam, nasılsın, beni tanımadın mı?" diye soracaktı çocuk. Maria belleğini zorlarmış gibi yapacak ve sonunda hayır diyecekti, koca bir yılı AV-RU-

PA'da (gayet ağır telaffuz edecekti ki bankadaki bütün çalışanlar duyabilsin), daha doğrusu dünyanın en iyi bankalarının bulunduğu İS-VİÇ-RE'de (bu da Fransa'dan daha egzotik ve daha serüvenli gelecekti kulağa) geçirdiğini söyleyecekti... Tanıyamamıştı.

Çocuk lise günlerinden söz edecekti. Maria da, "Ah! Galiba hatırlıyorum," diyecekti, aslında hatırlamazmış gibi yaparak.

Güzel, intikam böylece alınmış olacaktı; şimdi işe koyulmak zamanıydı; her şey Maria'nın tasarladığı gibi yürümeye başlayınca, o da kendisi için en önemli olana kafasını verebilecekti: büyük aşkı, yıllardır onu bekleyen, ama bir türlü karşılaşamadığı adamı keşfetmeye.

Maria, *On Bir Dakika* adında bir kitap yazma fikrini tamamen aklından sildi. Artık çiftliğe, gelecek hakkındaki planlarına dikkatini vermek zorundaydı, yoksa dönüşünü ertelemek gibi kaderini etkileyecek bir karar alabilirdi.

Öğleden sonra, en iyi –ve biricik– arkadaşı olan kütüphaneciyi görmeye gitti. Ona çiftlik işletmeciliğiyle ve hayvancılıkla ilgilendiğini söyledi ve bu konuda kitaplar istedi. Kütüphaneci ona bir itirafta bulundu:

"Biliyor musunuz, birkaç ay önce, seksle ilgili kitaplar sorduğunuzda, sizin için kaygılanmıştım. Sonuç olarak, pek çok genç ve güzel kız, kendini kolay para yalanına kaptırıyor ve günün birinde yaşlanacaklarını, hayatlarının erkeğine rastlama fırsatını kaçıracaklarını unutuyorlar."

"Fuhuşu mu kastediyorsunuz?"

"Bu çok ağır bir kelime."

"Size söylemiştim, et ithalatı ve ihracatı yapan bir şirkette çalışıyorum. Ama, varsayalım ki fahişelik yapmaya niyetlendim, vaktinde durmayı bilirsem sonuçlar gene de çok mu ağır olur? Ne olursa olsun, genç olmak biraz da hata yapmak demektir."

"Bütün uyuşturucu müptelaları bunu söyler: vakti geldiğinde durmayı bilmek. Oysa hiçbiri duramaz."

"Kuşkusuz siz de çok güzel bir kadınmışsınız vaktiyle. İnsanların iyi yaşadığı bir ülkede doğdunuz. Bu mutlu olmanıza yetti mi?"

"Engelleri nasıl aştığımı düşündükçe, kendimle gurur duyuyorum."

Kütüphaneci hikâyesinin devamını getirecek miydi? Haydi ama, bu kızın biraz hayat bilgisine ihtiyacı vardı.

"Mutlu bir çocukluk geçirdim, Bern'in en iyi okullarından birinde okudum. Cenevre'ye iş için geldim. Burada karşıma çıkan bir adamı sevdim ve evlendim. Onun için her şeyi yaptım, o da benim için her şeyi yaptı, derken zaman geçti ve emeklilik geldi çattı. Vaktini istediği gibi kullanmakta özgür kalınca, kocamın gözlerine bir hüzün çöktü – belki de ömrü boyunca, hiç kendini düşünmemişti. Aramızda hiç ciddi bir kavga geçmedi, ateşli duygularımız da olmadı, beni asla aldatmadı ya da başkalarının yanında küçük düşürmedi. Normal bir hayatımız oldu, o kadar normal ki, işsiz kalınca kendini yararsız, anlamsız hissetti ve bir yıl sonra kanserden öldü."

Harfi harfine gerçeği dile getiriyordu, ama sözleri karşısındaki genç kızı olumsuz yönde etkileyebilirdi.

"Her ne olursa olsun, sürprizsiz bir hayat daha iyidir," diye bağladı sözünü. "Aksi takdirde kocam belki daha erken ölürdü."

Maria, kolunun altında kitaplarıyla kütüphaneden çıkarken, çiftlik yönetimini öğrenmeye gayet kararlıydı. Öğleden sonra işi olmadığından biraz gezinmek istedi ve derken üzerinde bir güneş resmiyle bir yazının olduğu sarı bir tabela gördü: 'Saint-Jacques Yolu'. Bu da neyin nesiydi? Artık bilmediği her konuyu deşmeyi öğrenmişti; merakını gidermek üzere yolun karşı tarafındaki bara girdi.

"En ufak bir fikrim yok," diye karşılık verdi tezgâhın arkasındaki kız.

Nezih bir yerdi burası, kahve başka yerlere göre üç kat pahalıydı. Ama Maria, hazır buradayken, cebinde de parası varken bir kahve içmek istedi; günün kalanını da çiftçilik konusuna ayırmaya karar verdi. Kitabını büyük bir coşkuyla açtıysa da kendini bir türlü okuduğuna veremedi – fazlasıyla sıkıcıydı çünkü. Bu konuyu müşterilerinden birine sorsa daha hoş olurdu – onlar parayı yönetmenin en iyi yolunu bilirlerdi daima. Hesabı ödedi, kalktı, garsona teşekkür etti, yüklü bir bahşiş bıraktı (bu konuda bir batıl inanç uydurmuştu: çok verirse çok alacaktı), kapıya yöneldi; ve tam o sırada, yaşadığı ânın önemini fark etmeden, tasarılarını, geleceğinin akışını, çiftliğini, mutluluk düşüncesini, kadınsı ruhunu, erkeksi tavırlarını, dünyadaki yerini kökünden oynatacağını bilmediği şu cümleyi duydu:

"Bir dakika."

Şaşırarak yan tarafa bir bakış attı. Nezih bir bardı burası, erkeklerin böyle sözleri rahatlıkla söyleyebildiği *Copacabana* gibi değildi, kadınlar şu yanıtı vermekte özgür olsa bile: "Gidiyorum ve siz de beni engelleyemezsiniz."

Atılan lafı duymazlıktan gelmekti niyeti, ama merakı ağır basınca kafasını sesin geldiği yöne çevirdi. O zaman tuhaf bir sahneyle karşılaştı: Yaklaşık otuz yaşlarında, uzun saçlı bir adam ('bir çocuk' mu demeliydi yoksa; dünyası vakitsiz yaşlanmıştı Maria'nın), yere diz çökmüş, etrafına saçılmış bir sürü fırçanın arasında, sandalyede oturan, yanında da bir kadeh rakı duran bir beyefendinin resmini çiziyordu. Maria içeri girerken onları fark etmemişti.

"Gitme. Şu portreyi bitireyim, sonra senin de resmini çizmek isterim."

Maria karşılık verdi ve bunu yaparken evrendeki eksik bağı kurmuş oldu.

"Hiç ilgimi çekmiyor."

"Sende bir ışık var. İzin ver de en azından bir eskiz yapayım."

Eskiz de ne demekti? 'Işık' da neydi? Ne var ki kendini beğenmiş bir genç kadındı Maria; dolayısıyla, ciddi görünen birine resmini yaptırması ne demekti, düşünebiliyor musunuz? Aklı hızla çalışmaya başladı: Ya adam ünlü bir ressamsa? Maria bir tuvalde ölümsüzlüğe kavuşurdu eğer öyleyse! Paris'te ya da Salvador de Bahia'da sergilenirdi tablo! Bir efsane olurdu!

Öte yandan, adamın son derece lüks, kuşkusuz çok müşterisi olan bir barda, bu hayhuyun ortasında işi neydi?

Garson kız, Maria'nın aklından geçenleri okuyarak mırıldandı: "Çok ünlü bir sanatçıdır o."

Maria'nın sezgileri doğru çıkmıştı. Soğukkanlılığını korumaya çalıştı.

"Arada bir buraya gelir ve her seferinde yanında önemli bir müşteri olur. Söylediğine göre, buranın dekorunu seviyormuş, ona ilham veriyormuş; Cenevre'yi simgeleyen insanların olduğu bir tablo yapıyor şimdi. Belediye ısmarlamış."

Maria, ressamın portresini yaptığı adama baktı. Garson kız gene onun düşüncelerini okudu.

"Devrim yaratan bir buluş yapmış bir kimyacıdır o. Nobel Ödülü aldı."

"Sakın gitme," dedi gene ressam. "Beş dakika içinde bitiyor işim. Ne istersen ısmarla ve benim hesabıma yazdır."

Maria, hipnotize olmuş gibi gidip bara oturdu, rakı istedi (içkiye alışkın olmadığından, aklına Nobel Ödüllü adamı taklit etmekten başka çare gelmemişti) ve ressamın çalışmasını seyretmeye başladı. 'Ben Cenevre'nin tanınmışlarından değilim, demek ki başka bir şey ilgisini çekti. Ama benim tipim değil,' diye düşündü kurulmuş makine gibi. *Copacabana*'da işe girdiğinden beri kendi kendine söyleyip durduğu şeyi tekrarlıyordu aslında; bu onun can simidi ve gönül tuzaklarına kesin olarak sırt çevirme tarzıydı.

Olay açıklığa kavuştuğuna göre, biraz beklemenin ona hiçbir zararı olmazdı; hem belki garson kız haklıydı ve bu adam ona oldum olası hayalini kurduğu yabancı bir dünyanın kapılarını açabilirdi: Sonuç olarak, modellik yapmayı da istemiyor muydu?

Adamın çevik ve hızlı hareketlerle işini bitirmesini seyretti. Besbelli kocaman bir tuvaldi önündeki, ama yarı yarıya katlanmıştı. Maria da bu nedenle çizilmiş öbür yüzleri göremiyordu. Ya bu onun için yeni bir fırsatsa? Adam (Maria onun bir çocuk değil, adam olduğuna karar vermişti; yoksa daha bu yaşta kendini yaşlı hissetmeye başlayacaktı), sırf onunla bir gece geçirmek için böyle bir teklifte bulunacak birine benzemiyordu. Beş dakika sonra, söz verdiği gibi işini bitirmişti, o sırada Maria da, planlarını tehlikeye düşürebilecek ilişkilere girmenin, hiçbir yarar getirmeyeceğine ikna etmeye çabalıyordu kendini.

"Teşekkürler, artık kıpırdayabilirsiniz," dedi ressam kimyagere; kimyager bir rüyadan uyanıyor gibiydi. Ardından ressam, Maria'ya dönerek lafı hiç dolandırmadan ekledi: "Şu köşeye yerleş ve rahatla. Işık mükemmel."

Sanki kader ağlarını örmüş ve bu da dünyanın en doğal şeyiymiş gibi, sanki Maria ömrü boyunca bu adamı tanımış ya da bu ânı rüyasında yaşamış, şu anda ne yapması gerektiğini biliyormuş gibi, rakısını, çantasını, kitaplarını aldığı gibi ressamın ona gösterdiği yere yöneldi – pencere kenarındaki bir masaya. Ressam da fırçaları, tuvali, çeşit çeşit renklerle dolu bir sürü şişeyi, bir paket sigarayı getirip yanı başına çömeldi.

"Böyle kal."

"Şansını zorluyorsun; benim hayatım sürekli hareket içinde geçer."

Maria'nın gayet derin bulduğu bir cümleydi bu, ama ressam hiç umursamadı. Adamın bakışlarının uyandırdığı rahatsızlığa rağmen doğal davranmaya çalışan Maria, pencereden sokağı ve tabelayı işaret etti:

"Saint-Jacques Yolu ne demek?"

"Bir hac yolu. Hacılar Yolu ya da Kamino diye de bilinir. Ortaçağ'da, Avrupa'nın dört bir köşesinden gelen bütün hacılar İspanya'daki Santiago de Compostela'ya bu yoldan geçerek giderlerdi."

Tuvali biraz açıp fırçalarını hazırlamaya koyuldu. Maria hâlâ nasıl davranacağını kestiremiyordu.

"Peki, bu yolu izlersem, İspanya'ya ulaşır mıyım?"

"İki-üç ay alır. Bana bir iyilik yapar mısın? Sessiz dur; on dakikadan fazla sürmez. Bir de şu paketi kaldır masanın üstünden."

"Onlar kitap," diye yanıt verdi Maria, adamın sesindeki otoriter tondan hafif bir rahatsızlığa kapılarak. Karşısında mağaza yerine kütüphaneye giden, kültürlü bir kadın olduğunu bilmeliydi. Ama ressam kitapları kendi alıp daha fazla merasim yapmadan yere koyuverdi.

Maria onu etkilemeyi başaramamıştı. Zaten onu etkilemek için en ufak bir niyeti de yoktu. Şu anda iş saatleri dışındaydı, çekiciliğini, olanca cömertlikleriyle acılarını dindirecek adamlara saklasa daha iyi olurdu. Şu ressamla niye ilişkiye girsindi? Otuz yaşına gelmiş bir erkek saçlarını uzatmamalıydı, bu gülünçtü. Maria neden onun parasız olduğunu düşünüyordu? Bardaki kız, onun tanınmış biri olduğunu söylemişti – yoksa ünlü olan kimyager miydi? Maria ressamın kılığına baktı, ama bu onu bir adım ileriye götürmedi; hayat ona rasgele giyinen erkeklerin –o da bu durumdaydı– takım elbise ve kravatla dolaşanlardan daha zengin olabileceğini öğretmişti.

"Niye adamı düşüneyim ki? Beni ilgilendiren, tablo."

On dakika, bir tuvalde ölümsüzleşmek için yüksek bir bedel sayılmazdı. Maria, ressamın onu ödüllü kimyagerin yanında resmettiğini fark etti; kendisinden herhangi bir karşılık isteyip istemeyeceğini merak etti.

"Yüzünü pencereye çevir."

Maria hiç huyu olmadığı halde, gene soru sormadan söyleneni yaptı. Gelip geçenlere, Saint-Jacques tabelasına baktı, bir yandan da bu yolun yüzyıllar önce de var olduğunu hayal ediyordu, dünyadaki ve insanlardaki gelişmelere, dönüşümlere direnmiş bir yerdi bu. Bu iyi bir işaret miydi yoksa? Bu tablonun da kaderi aynı olabilir, beş yıl yüz sonra bir müzede yerini alabilirdi...

Adam çizmeye başladı, o çalıştıkça Maria giderek coşkusunu kaybetti, kendini anlamsız hissetmeye başladı. Bu bara girdiğinde, nazik bir karar alma –para getiren bir mesleği terk etmek–, daha da zor bir savaşı göğüsleme –memleketinde bir çiftlik idare etmek gibi– yeteneğine sahip bir kadındı. Şimdi ise, içinde tekrar güvende olmadığı izlenimi uyanmıştı, ki bir fahişenin bunu hissetmek gibi bir lüksü yoktu.

Sonunda rahatsızlığının nedenini keşfetti: Aylardan beri ilk kez, biri ona nesne ya da kadın gözüyle değil, kavranamaz bir biçimde bakıyordu, en yakın şöyle tanımlanabilirdi: "Ruhumu, korkularımı, kırılganlıklarımı; hükmeder gibi göründüğüm, ama aslında hakkında hiçbir şey bilmediğim bir dünyayla savaşma yeteneğinden yoksun olduğumu görüyor."

Gülünçtü bu, kendi kendine kuruyordu gene.

"İsterdim ki..."

"Lütfen, konuşma," dedi adam. "Işığını görüyorum."

Maria'ya bunu söyleyen olmamıştı hiç. 'Taş gibi memelerinizi görüyorum', 'biçimli kalçalarınızı görüyorum', 'tropiklerin egzotik güzelliğini görüyorum', hatta daha iyisi, 'bu hayattan kurtulmak istediğinizi görüyorum, bana bir şans verin, size bir ev açayım'. Maria'nın kulağının alışık olduğu sözler bunlardı, ama... ışık? Vaktin geç olduğunu mu söylemek istiyordu acaba?

"Sendeki özel ışık," diye ekledi adam, Maria'nın hiçbir şey anlamadığını fark ederek.

Kişiye özel ışık. Bak sen şu işe, hiç kimse, yaşı otuzu bulmuş olmasına rağmen hayatı hiç tanımayan şu saf ressam kadar uzak olamazdı gerçeklikten. Herkesin bildiği gibi, kadınlar erkeklerden daha çabuk olgunlaşırlar ve Maria da –sabahlara kadar gözünü kırpmadan felsefi çelişkiler üzerine kafa yormasa da– en azından bir şeyi biliyordu: ressamın 'ışık' dediği, kendisininse 'özel bir parıltı' diye yorumladığı şeye sahip olmadığını. Herkes gibi bir insandı o, sessizce yalnızlığın acısını çekiyor, her yaptığına haklı bir neden bulmaya çalışıyor, zayıfken kendini güçlü gösteriyor, güçlüyken zayıf taklidi yapıyordu. Tehlikeli bir iş uğruna bütün tutkulara sırt çevirmiş olmakla birlikte, şimdi hedefe çok yaklaşmışken geleceğe dair planları, geçmişle ilgili pişmanlıkları vardı ve bu durumdaki bir varlık herhangi bir 'özel parıltı'ya sahip olamaz. Kuşkusuz ressamın onu aptal gibi sessizce, kımıldamadan durmaya kandırmak için bulduğu bir yoldu bu.

"Kişiye özel ışıkmış. Başka laf bulamamış. 'Yandan çok hoş görünüyorsun,' örneğin."

Işık bir eve nasıl girer? Ardına kadar açık pencerelerden. Işık bir insanın içine nasıl girer? Aşk kapısından, eğer açıksa. Ve Maria'nınki sımsıkı kapalıydı. Kötü bir ressam olmalıydı bu adam, işten hiç anlamıyordu.

"Bitirdim," dedi.

Maria yerinden kımıldamadı. Tabloyu görmek istiyordu, ama isteğinin cahillik olarak anlaşılmasından korkuyordu. Merakı ağır bastı. Ressama söyledi, o da kabul etti.

Adam onun sadece yüzünü çizmişti; Maria'ya benziyordu bu, ama modelin kim olduğunu bilmeden tabloyu görse, oradakinin kendisinden çok daha güçlü, aynaya baktığında göremediği bir 'ışık'la dolu bir kadın olduğunu söylerdi.

"Adım Ralf Hart. Uygunsan, sana bir içki daha ısmarlayayım."

"Hayır, teşekkürler."

Anlaşılan, karşılaşma, ne yazık ki tahmin edilmesi kolay bir renge bürünmeye başlamıştı: Erkek, kadını ayartmaya çalışıyordu.

"Bize iki rakı daha verir misiniz lütfen," diye sordu adam, Maria'nın yanıtını hesaba katmadan.

Maria'nın başka yapacak ne gibi işleri vardı? Çiftçilikle ilgili sıkıcı bir kitap okumak. Daha önce yüzlerce kez yaptığı gibi, göl kenarında dolaşmak. Ya da onda kendinin bilmediği bir ışık gören bir adamla gevezelik etmek, tam da, 'deneyiminde' geri sayımın başladığı gün.

"Ne iş yapıyorsun sen?"

Maria'nın duymak istemediği bir soru varsa, o da

buydu; herhangi bir nedenle birileri onunla yakınlaşmaya kalktığında, ki bu da çok nadir olurdu, çünkü İsviçreliler yapıları gereği mesafeli insanlardır; kaç tanesiyle tanışmasını engellemişti. Ne yanıt verebilirdi?

"Bir gece kulübünde çalışıyorum."

İşte bu kadar. Omuzlarından büyük bir yük kalkmıştı ve İsviçre'ye geldiğinden beri öğrendiklerinden mutluluk duydu; başkalarının ne düşüneceğine kafa yormadan soru sormak (Saint-Jacques Yolu ne demek?) ve yanıt vermek (bir gece kulübünde çalışıyorum).

"Seni daha önce gördüm gibime geliyor."

Maria adamın içinden lafı daha ileri götürmek geçtiğini hissetti ve küçük zaferinin tadını çıkardı. Daha birkaç dakika önce ne istediğinden emin görünen ve ona emirler veren ressam, yabancı bir kadın karşısında güvenini kaybeden bütün öbür erkeklere benziyordu şimdi.

"Ya bu kitaplar?"

Maria gösterdi. Tarım. Çiftçilik. Güveni tekrar zayıfladı.

"Seks işinde mi çalışıyorsun?"

Ressam tehlikeyi göze almıştı. Acaba Maria bir fahişe gibi giyindiği için mi? Her ne olursa olsun, Maria zaman kazanmak zorundaydı. Oyun ilginç bir hal almaya başlamıştı ve kaybedecek hiçbir şeyi yoktu.

"Neden erkeklerin aklı fikri bundadır?"

Adam kitapları elinden bıraktı.

"Seks ve çiftlik idaresi. Her ikisi de son derece sıkıcı konular."

Nasıl yani? Maria birden kendisine meydan okunduğunu hissetti. Ne hakla mesleği hakkında ileri geri konuşurdu? Tamam, ne iş yaptığını tam olarak bilmiyordu, kuşkusuz basmakalıp bir fikirdi ileri sürdüğü, ama onu yanıtsız bırakamazdı.

"Ne tesadüf, ben de resimden daha sıkıcı bir şey yoktur, diye düşünürüm: donup kalmış bir nesne, yarıda kalmış bir hareket, aslına kesinlikle sadık olmayan bir resim. Miyadı dolmuş bir uğraş, artık kimsenin ilgisini çekmiyor, ressamlar hariç – kendini kültürlü, üstün hisseden, aslında dünyanın geri kalanı gibi gelişememiş insanlar. Juan Miró'yu duymuş muydun? Ben hiç duymamıştım, sadece bir keresinde bir lokantada bir Arap söyledi ve bu hayatımda zerre kadar değişiklik yaratmadı."

Fazla ileri gidip gitmediğini anlamaya imkân yoktu, çünkü içkiler gelmişti, böylece konuşma yarım kaldı. Bir an sessizliğe gömüldüler. Maria gitme zamanı, diye düşündü, belki Ralf Hart da içinden aynısını geçirmişti. Ama masada iki dolu bardak vardı ve bu birlikte kalmak için bir bahaneydi.

"Çiftçilik kitabıyla ne yapıyorsun?"

"Ne demek istiyorsun?"

"Rue de Berne'e gittim daha önce. Seni orada, çok pahalı bir gece kulübünde gördüğümü hatırlıyorum. Ama resmini çizerken hatırlayamadım bunu; ışığın fazlasıyla güçlüydü çünkü."

Maria, zeminin ayaklarının altından kaydığını hissetti. Hiçbir neden olmamasına rağmen, ilk kez mesleğinden utanıyordu. Ailesinin ve kendisinin ihtiyaçlarını karşılamak için çalışıyordu. Rue de Berne'e gittiği için asıl o utanmalıydı; bir saniye içinde, doğabilecek olan büyü yitip gitmişti.

"Dinleyin Mösyö Hart. Brezilyalı olabilirim, ama dokuz aydır İsviçre'de yaşıyorum. Öğrendiğim kadarıyla İsviçreliler mesafeli insanlardır, çünkü, az önce gördüğümüz gibi herkesin ya da hemen herkesin birbirini tanıdığı küçücük bir ülkede yaşarlar. İşte bu nedenle kimse kimseye hayatı hakkında soru sormaz. Gayet yersiz ve kaba bir yorumda bulundunuz – ama amacınız beni aşağılayıp kendinizi daha rahat hissetmekse, boşuna vakit harcadınız. Şu berbat rakı için teşekkürler, tek damlasını bırakmamacasına içeceğim onu. Ardından bir de sigara yakacağım. En sonunda da kalkıp gideceğim. Ama siz hemen gidebilirsiniz, çünkü ünlü bir ressamın bir fahişenin masasına oturması doğru olmaz. Biliyor musunuz, ben buyum işte! Bir fahişe. Zerre kadar suçluluk duymayan, saç tellerinin ucundan ayak parmaklarına dek - bir fahişe. Benim erdemim de bu: Ne kendimi aldatıyorum ne de sizi. Çünkü değmez, siz yalanı hak etmiyorsunuz. Bir düşünsenize hele, kafenin öbür ucundaki şu ünlü kimyager kim olduğumu anlasa neler olur?" Sesini yükseltti. "Bir fahişe! Ve biliyor musunuz? Şu lanet ülkeyi tam doksan gün sonra, cebimde bir dolu parayla, geldiğim zamankinden daha kültürlü, şarabın iyisinden anlayan, valizleri karda çekilmiş fotoğraflarla dolu, insanın yapısını daha iyi bilen biri olarak terk edeceğimi düşünmek, içimi rahatlatıyor!"

Bardaki kız, korku içinde dinliyordu. Kimyager Maria'ya dikkat etmemiş gibiydi. Bütün bunların sebebi belki alkol, belki Maria'nın kısa süre sonra tekrar taşralı bir Brezilyalı olacağını kesin olarak bilmesi, belki mesleğini itiraf edişini eleştiren bakışları, kızgın hareketleri umursamamanın rahatlığıydı.

"İyi anladınız mı, Mösyö Hart? Tepeden tırnağa, başımdan ayaklarıma, ben bir fahişeyim ve bu benim meziyetim, erdemim!"

Adam sessizliğini korudu. Kılını bile kıpırdatmadı. Maria, güveninin yerine geldiğini hissetti.

"Ve siz, siz modellerini zerre kadar anlamayan bir ressamsınız. Belki şurada uyuklayan şu kimyager de, aslında demiryollarında memurdur. Ve hatta tablonuzdaki bütün öbür kişiler de göründüklerinden başkadırlar. Yoksa, az önce öğrendiğiniz gibi, altı üstü BİR FA-Hİ-ŞE PARÇASI olan bir kadında özel bir 'ışık' hissettiğinizi iddia etmezdiniz!"

Bu son sözler üzerine basa basa, yüksek sesle söylenmişti. Kimyager uyandı, garson kız da hesabı getirdi.

"Bu öyle ya da böyle fahişe olmanla değil, kadınlığınla ilgili." Ralf hesabı görmezden geldi ve gene tane tane, ama alçak sesle yanıt verdi: "Sende bir ışık var: Birtakım önemli şeyleri, daha önemli saydığı başka şeyler uğruna feda edebilecek bir varlığın iradesindeki ışık. Gözler. Bu ışık, gözlerde gösterir kendini."

Maria elinin kolunun bağlandığını hissetti; adam tahrike kapılmamıştı. Onun tek derdinin, kendisini baştan çıkarmak olduğuna inanmak istedi. Kendine –en azından önündeki doksan gün boyunca–, şu dünyada ilgi çekici adamların var olabileceğini düşünmeyi yasaklamıştı.

"Şu önündeki rakıyı görüyor musun," diye devam etti ressam. "Böyle işte, sadece bir rakı görüyorsun. Ben daha ötesine geçmek zorunda olduğumdan, kaynağındaki bitkiyi, atlattığı fırtınaları, tohumları toplayan elleri, bir kıtadan ötekine gemiyle taşınmasını, alkolle buluşmadan önce bitkinin sahip olduğu kokuyu ve rengi görüyorum. Günün birinde bu sahneyi çizmem gerekse, bütün bunları resmederdim - ne var ki, sen tabloyu gördüğünde, onu bir bardak dolusu sıradan bir rakı sanırdın.

"Aynı şekilde, sen sokağı seyredip Saint-Jacques yolunu düşünürken –bunu düşündüğünü biliyorum–, ben senin çocukluğunu, ilkgençliğini, gerçekleşmeyen rüyalarını, gelecek planlarını –kafamı en çok kurcalayan da bu– çizdim. Tabloya baktığında..."

Maria, sonradan yıkmanın çok zor olacağını bile bile, bir savunma duvarı ördü.

"O ışığı gördüm...

"... oradaki sadece sana benzeyen bir kadın olsa bile."

Gene rahatsız edici bir sessizlik çöktü ortalığa. Maria saatine baktı.

"Gitmek zorundayım. Seks neden sıkıcıymış?"

"Bu konuda sen benden daha bilgili olmalısın."

"Evet, bilgim var, çünkü işim bu. Kısacası, her gün aynı şey. Ama sen, otuzunda bir erkeksin..."

"Yirmi dokuz."

"Genç, çekici, ünlü birisin. Rue de Berne'de kendine

arkadaş aramaya ihtiyaç duymaman lazım."

"İhtiyacım vardı. Birkaç meslektaşınla yattım, ama kadın bulmakta zorluk çektiğimden değil. Benim derdim kendimle."

Maria kıskançlığın içine iğne gibi battığını hissetti ve korkuya kapıldı. Gerçekten gitmesi gerektiğini anlamıştı artık.

"O da son denememdi. Vazgeçtim artık," dedi Ralf, bir taraftan da yere saçılmış olan malzemelerini topluyordu.

"Vücudunda mı sorun var?"

"Hiçbir sorun yok. Sadece ilgisizlik."

Bu mümkün değildi.

"Hesabı öde. Gidip yürüyelim. Aslında, bana öyle geliyor ki pek çok insan senin gibi hissediyor, ama kimse bunu itirafa yanaşmıyor. Bu kadar dürüst biriyle konuşmak çok iyi oluyor."

Saint-Jacques yolunda, göle dökülen nehre doğru yürümeye başladılar; nehir dağlarda yoluna devam ediyor, sonunda İspanya'daki uzak bir bölgede akışını noktalıyordu. Öğlen yemeğinden gelen yayalarla karşılaştılar, bebek arabalarını iten anneler, gölün ortasındaki fıskiyenin fotoğrafını çeken turistler, başları örtülü Müslüman kadınlar, jogging yapan kızlar ve oğlanlar; hepsi şu efsanevi Santiago de Compostela kentinin peşindeki hacılardı; belki hiç var olmamıştı bile bu kent, belki hayatlarına bir anlam katabilmek için insanların inanmaya ihtiyaç duyduğu bir efsaneydi yalnızca. Bunca zamandır bunca insanın gelip geçtiği bu yolda, şimdi de fırçalar, boya şişeleri, tuvaller, kalemlerle dolu ağır bir çantayı sırtlamış uzun saçlı şu adamla, koltuğunun altına çiftçilik kitapları sıkıştırmış olan, biraz daha genç bir kız yürüyordu. İkisinin de aklına, bu hac yolculuğunu neden birlikte yaptıklarını sormak gelmedi, dünyada daha doğalı yoktu – erkek kız hakkında her şeyi biliyordu, kız onun hakkında hiçbir şey bilmese de.

İşte bundan dolayı sorular sormaya karar verdi Maria – artık, her konuda soru sorabiliyordu. İlk başta adam çekingen davrandı, ama Maria bir erkekten neyi nasıl koparacağını biliyordu. Sonunda onun iki kere evlendiğini (yirmi dokuz yaşındaki biri için bir rekordu bu!), çok yolculuk yaptığını, krallarla, ünlü aktörlerle tanıştığını, unutulmaz eğlencelere katıldığını öğrendi. Cenevre'de doğmuş, Madrid'de, Amsterdam'da, New York'ta ve Fransa'nın güneyinde yer alan, Tarbes diye bir kentte yaşamıştı; bildik turistik gezi programlarında yer almayan bir yerdi Tarbes, ama kendisi dağlara yakınlığı ve halkının canayakınlığı nedeniyle çok seviyordu orayı. Sanatsal yeteneği yirmi yaşındayken keşfedilmişti; bir keresinde, önemli bir tablo simsarı tesadüfen, doğduğu kentte bulunan, dekorasyonunu Ralf'ın yaptığı bir Japon lokantasına yemeğe gelmişti. Çok para kazanmıştı, gençti, sağlıklıydı; canının her çektiğini yapabilir, dilediği yere gidip dilediği insanla birlikte olabilirdi; bir erkeğin yaşayabileceği bütün hazları tatmıştı zaten; mesleğini de seviyordu. Ne var ki, üne, paraya, kadınlara, yolculuklara rağmen mutsuzdu ve hayatında tek bir sevinç kaynağı vardı: resim.

"Kadınlar sana bu kadar çok mu acı çektirdi?" diye sordu Maria ve daha ağzından çıktığı anda bunun aptalca bir soru olduğunu fark etti; *Kadınların Bir Adamı Elde Etmek İçin Bilmesi Gereken Her Şey* diye bir kitaptan alınmış gibiydi.

"Bana hiç acı çektirmediler. Evliliklerimde çok mutlu oldum. Her birliktelikte olduğu gibi aldatıldım ve aldattım, ama bir süre sonra seksten sıkılıyordum. Sevgim sürüyordu, dostluğunu özlüyordum, ama seks... Niye seksten konuşuyoruz ki?"

"Sen kendin söyledin ya, ben bir fahişeyim de ondan."

"Hayatımın pek ilginç bir tarafı yok. Genç yaşta başarıya ulaşmış bir sanatçıyım ben, nadir olur bu, hele de resimde iyice nadir. Bugün iyi para edecek her türden tablo yapabilirim, sanatın ne olduğunu bir tek kendilerinin bildiğini düşünen eleştirmenler kızsa bile. Her soruya bir cevabı olduğu sanılan insanlardanım ben: Ne kadar susarsan, seni o kadar zeki buluyorlar."

Hayatını anlatmaya devam etti. Her hafta bir yerlere davet ediliyordu. Barcelona'da bir ajansı vardı – Maria biliyor muydu Barcelona'nın nerede olduğunu? Evet, biliyordu, İspanya'da. Bu kadın bütün para işleriyle, davetlerle, sergilerle ilgileniyor, ama canının çekmediği şeyler yapmaya kesinlikle zorlamıyordu onu. Yıllarca birlikte çalıştıktan sonra, sanat piyasasında belli bir üne ulaşmışlardı.

"Bu ilginç bir hikâye mi?" Sesinde belli bir rahatsızlık seziliyordu.

"Biraz sıradan geldi bana. Bir sürü insan senin yerinde olmaya can atardı."

Ralf, Maria'nın kim olduğunu merak ediyordu.

"Üç kişi var bende, yanımdaki insana göre değişiyor. Karşısındaki adama hayranlıkla bakan, anlattığı iktidar ve zafer hikâyelerinden etkilenmiş gibi yapan Saf Küçük Kız. Kendilerinden daha az emin görünenlere bir anda saldıran Meşum Kadın; böylece kontrolü ele geçirerek erkekleri rahatlatıyor; çünkü artık herhangi bir şeyden kaygılanmalarına gerek kalmıyor. Ve son olarak da Şefkatli Anne; öğüt dinlemeye meraklı erkekleri şımartıyor, bir kulağından girip ötekinden çıkan hikâyeleri anlayışlı bir edayla dinliyor. Sen hangisini tanımak istersin?"

"Seni."

Maria her şeyi anlattı, buna ihtiyacı vardı. Brezilya'dan ayrıldığından beri ilk kez yapıyordu bunu. Hikâyesini bitirince, çizgi dışı bir meslekle uğraşmasına rağmen, Rio'da geçirdiği haftadan ve İsviçre'deki ilk ayından sonra büyük heyecanlar yaşamadığını fark etti. Evden işe, işten eve.

Sözlerini bitirdiğinde, bir başka barda oturuyorlardı

– bu seferki kentin öbür ucundaydı, Saint-Jacques'a çok uzaktı. İkisi de, kaderin ötekine ne hazırladığını düşünüyordu.

"Daha ne söyleyeyim?" diye sordu Maria.

"Örneğin, hoşçakal."

Evet. Bu öğleden sonra ötekilerden farklı geçmişti. Maria kendini kaygılı, gergin hissediyordu, sanki bir kapı açmıştı ve şimdi nasıl kapatacağını bilemiyordu.

"Tabloyu ne zaman görebileceğim?"

Ralf ona, Barcelona'daki ajansının kartını uzattı.

"Hâlâ Avrupa'da olursan, altı ay sonra ona telefon et. *Cenevre'nin Yüzleri*, ünlüleri ve ünsüzleri, ilk olarak Berlin'deki bir galeride sergilenecek. Ardından Avrupa'nın çeşitli yerlerini dolaşacak."

Maria kafasındaki takvimi, önünde kalan doksan günlük süreyi, herhangi bir ilişkinin ya da bağın doğurabileceği tehlikeleri hatırladı.

"Bu hayatta nedir en önemlisi? Yaşamak mı, yoksa yaşamış gibi yapmak mı? Şimdi bir tehlikeyi göze alsam, birinin eleştirilerde ya da yorumlarda bulunmaya kalkışmadan beni dinlediği şu akşamüstünün, burada geçirdiklerimin en güzeli olduğunu söylesem mi? Yoksa çelik bir iradeye ve 'ışık'a sahip kadın zırhını üzerime geçirip tek kelime etmeden gitsem mi?"

Saint-Jacques'ta yürürlerken ve kendi hayatını anlatışı kulağına gelirken, Maria kendini mutlu hissetmişti. Bununla yetinebilirdi – zaten bu başlı başına kaderin büyük bir armağanıydı.

"Seni görmeye gelirim," dedi Ralf Hart.

"Bunu yapma. Yakında Brezilya'ya dönüyorum. Birbirimize söyleyecek hiçbir şeyimiz yok."

"Müşteri olarak geleceğim sana."

"Bu beni aşağılamak olur."

"Beni kurtarman için geleceğim."

Maria'ya, sekse ilgi duymadığını itiraf etmişti. Maria'nın içinden aynı durumda olduğunu söylemek geçti, ama kendini tuttu; zaten kendini yeterince ele vermişti, susmak daha akıllıca olurdu.

Acıklı bir durumdu bu. İşte gene küçük bir çocuk vardı yanında; bu kez ondan kalem değil, biraz dostluk istiyordu. Maria geçmişine döndü ve ilk kez kendini affetti: Suç onda değil, daha ilk denemede pes eden oğlandaydı. İkisi de çocuktu, çocuklar da böyle davranırdı; aslında ne o kusurluydu ne de oğlan. Bu içine büyük bir rahatlık verdi, kendini daha iyi hissediyordu artık, ömründe karşısına çıkan ilk fırsata sırt çevirmiş değildi. Herkes böyle davranır, kayıp yarısını arayan insanoğulları arasına katılmanın ilk adımlarındandır bu.

Ama şimdi durum farklıydı. Nedenler ne kadar geçerli olsa da (Brezilya'ya döneceğim, bir gece kulübünde çalışıyorum, birbirimizi tanıyacak vaktimiz olmadı, seks beni ilgilendirmiyor, aşkın adını bile duymak istemiyorum, çiftlik idaresini öğrenmem gerek, resimden hiç anlamam, ayrı dünyaların insanlarıyız), hayat ona meydan okuyordu. Maria artık çocuk değildi, bir seçim yapmak zorundaydı.

Herhangi bir yanıt vermemeyi tercih etti. Bu ülkenin âdetine uyarak ressamın elini sıktı ve evine döndü. Eğer gerçekten düşündüğü gibi bir adam olsa, sessizliğinden ürkmezdi.

Maria'nın günlüğünden, aynı gün yazılanlar:

Bugün, göl kenarında, şu tuhaf Saint-Jacques yolunda yürürken, yanımdaki adam –benimkiyle taban tabana zıt bir hayat süren bir ressam– suya küçük bir taş attı. Taşın düştüğü yerde oluşan halkalar giderek büyüdü, tesadüfen oradan geçen bir ördeğe değdi. Kuş, bu beklenmedik dalgadan korkacak yerde, onunla oynamaya karar verdi.

Birkaç saat önce bir kafeye girmiştim, bir ses duydum ve sanki Tanrı oraya bir taş atmış gibi oldu. Enerji dalgaları bir bana değdi, bir de bir köşede resim yapan bir adama. Taşın titreşimlerini o da, ben de hissettik. Ya şimdi?

Bir ressam, karşısına bir model çıktığında anlar. Müzisyen, çalgısının akordunun düzgün olduğunu bilir. Burada, günlüğümdeki bazı cümlelerin benim değil, 'ışık' dolu bir başka benin, reddettiğim bir kadının elinden çıktığını biliyorum.

Böyle devam edebilirim. Öte yandan göldeki ördek gibi gönlümü eğlendirebilir, bir anda suyun yüzeyini hafifçe hareketlendiren dalganın tadını çıkarabilirim.

Bu taşın bir adı var: tutku. Bu sözcük, iki kişi arasında çakan bir şimşeğin güzelliğini anlatabilir, ama bununla sınırlı değildir. Tutku, beklenmedik olanın verdiği heyecanda, ateşle hareket etme isteğinde, bir hayali gerçekleştirmeyi başaracağını kesin olarak bilmekte. Tutku, hayatımıza kılavuzluk eden işaretler gönderir ve ben de bu işaretleri çözmeyi bilmeliyim.

Tanımadığım, planlarımda yer almayan birine âşık olduğuma inanabilsem keşke. Aşkı kontrol altında tutmakla, reddetmekle geçen bütün bu ayların bende tam tersi bir etkisi olmuş: Bana başkalarından farklı bir şekilde ilgi gösteren ilk insana kendimi kaptırıveriyorum galiba.

Neyse ki ondan telefon numarasını istemedim, nerede oturduğunu bilmiyorum, fırsatı kaçırdığım için kendimi suçlu hissetmeden kaybedebilirim onu.

Ve eğer durum buysa, onu çoktan kaybettiysem bile, hayattan mutlu bir gün çalmış oldum. Şu dünyada mutlu bir gün, bir mucize demek.

Maria akşam *Copacabana*'ya gittiğinde, ressam onu bekliyordu. Başka müşteri yoktu zaten. Brezilyalı kızı oldukça merakla izleyen Milan, genç kızın savaşı kaybettiğini anladı.

"Bir içki ısmarlayabilir miyim?"

"Çalışmak zorundayım. İşimi kaybedemem."

"Ben bir müşteriyim. Sana iş teklif ediyorum."

Öğleüzeri kafede kendinden o kadar emin görünen, iyi fırça oynatan, yüksek tabakadan insanlarla düşüp kalkan, Barcelona'da bir ajansı olan ve kuşkusuz iyi para kazanan bu adam, şimdi kırılgan tarafını ortaya koyuyordu. Adımını bile atmaması gereken bir sahneye girmişti; artık Saint-Jacques'taki romantik kafede değildi. Akşamüstünün büyüsü kaybolmuştu birden.

"Evet, kabul ediyor musun?"

"Ediyorum, ama şimdi olmaz. Bugün beni bekleyen müşterilerim var."

Milan onun cümlesini bitirmesini bekledi; yanılmıştı, ufaklık aşk vaatlerinin tuzağına kaptırmamıştı kendini. Gene de, oldukça durgun geçen gecenin sonunda, kızın neden önce ihtiyarın tekiyle, sonra sıradan bir muhasebeciyle ve bir sigortacıyla birlikte olmayı tercih ettiğini merak etti...

Neyse, bu onun sorunuydu. Ona komisyonunu ödediği sürece, kiminle yatacağına ya da yatmayacağına karar vermek Milan'a düşmezdi.

Maria'nın günlüğünden; yaşlı bir adam, bir muhasebeci ve bir sigortacıyla geçirdiği akşamdan sonra:

Bu ressam benden ne istiyor? Farklı ülkelerden, farklı kültürlerden geldiğimizi bilmiyor mu? Hazlar hakkında ondan daha fazla bilgim olduğunu sanıyor da bir şeyler mi öğrenmeye hevesleniyor yoksa?

Neden bana sadece şunu söyledi: 'Ben müşteriyim'? Oysa 'Seni özledim' ya da 'Birlikte geçirdiğimiz akşamüstü bana büyük keyif verdi' demek ne kadar kolay. Ben de öyle karşılık verirdim (bir profesyonelim çünkü). Kaygılarımı anlamak onun görevi, çünkü ben bir kadınım, kırılganım ve üstelik bu kentte bambaşka biriyim.

O bir erkek. Bir sanatçı. Şunu biliyor olmalı, insanoğlunun amacı mutlak aşkı anlamaktır. Aşk başkasında değil, kendimizdedir; onu biz uyandırırız. Ama uyanması için, bir başkasına ihtiyaç duyarız. Evren, sadece heyecanlarımızı paylaşacak biri olduğunda anlam kazanır.

Seksten yorulmuş mu acaba? Ben de öyleyim ve buna rağmen ne o ne de ben biliyoruz aşkın ne olduğunu. Hayatın temel taşlarından birinin ölmesine izin veriyoruz – beni kurtarmasına ihtiyacım vardı, onun da benim onu kurtarmama ihtiyacı vardı, ama bana seçim şansı bırakmadı.

Maria korkuyordu. Bunca piştikten sonra, ruhundaki bir baskı, bir deprem, bir yanardağ patlama işaretleri veriyordu; bu gerçekleştiği andan itibaren, bir daha duygularını kontrol edemezdi. Birlikte sadece birkaç saat geçirdiği, ona elini bile sürmeyen, onu baştan çıkarmaya çalışmayan –daha beteri olabilir miydi?– şu lanet olasıca sanatçı kimin nesiydi? Üstelik, hayatı hakkında yalan söylemiş de olabilirdi.

Neden yüreğinde alarm zilleri çalıyordu? Neden onun da aynı şeyi hissettiğini düşünüyordu? Ama besbelli yanılıyordu. Ralf Hart'ın arzusu, sönmekte olan ateşini bir nebze de olsa canlandırabilecek bir kadın bulmaktı; Maria'yı kendi muhteşem seks tanrıçası yapmak istiyordu; özel bir 'ışık'la donanmış (bu konuda dürüst davranmıştı), elinden tutup ona hayata dönüş yolunu göstermeye hazır bir tanrıça. Maria'nın da sekse karşı aynı ölçüde ilgisiz olduğunu, kendince dertleri olduğunu (onca adam gelmiş geçmiş, ama o, ilişki sırasında hâlâ orgazm olmamıştı), daha o sabah planlar yaptığını ve memleketine görkemli bir dönüş tasarladığını kavrama yeteneğinden yoksundu.

Neden Maria'nın aklından çıkmıyordu bir türlü? Neden Maria, belki de tam şu anda başka bir kadının resmini çizen, onda özel bir 'ışık' gördüğünü, ona bir seks tanrıçası olabileceğini söyleyen bir adamı düşünüp duruyordu?

"Çünkü onunla konuşabildim."

Gülünçtü bu! Kütüphaneciyi düşündüğü oluyor

muydu? Hayır. *Copacabana*'dakiler arasında azıcık da olsa duygularını paylaşabildiği tek kadın olan, Filipinli Nyah hiç aklına geliyor muydu? Hayır, oysa bunlar, yanlarında kendini rahat hissettiği insanlardı.

Dikkatini havanın sıcaklığına, ya da önceki akşam gidemediği süpermarkete çevirmeye çabaladı. Babasına, almayı istediği arazi hakkında ailesini mutluluktan havaya uçuracak ayrıntılarla dolu, uzun bir mektup yazdı. Dönüş tarihini belirtmedi, ama yakın olduğunu ima etti. Uyudu, uyandı, tekrar uyudu, tekrar uyandı. İsviçrelilere uygun olan çiftçilik kitabı, Brezilyalıların hiçbir işine yaramazdı; birbirinden fazlasıyla farklı iki dünyaydılar.

Öğleden sonra, depremin, yanardağın, baskının yatıştığını hissetti. Gevşedi; böylesi ani tutkuları daha önce de tatmıştı ve ertesi gün daima etkisi azalır, neyse ki dünyası aynı kalırdı. Onu seven bir ailesi, yolunu bekleyen ve şu sıralar sık sık yazıp kumaş mağazasının çok iyi para kazandığını anlatan bir erkeği vardı. Daha o akşam uçağa atlayıp gitmeye karar verse, küçük bir arazi alacak kadar paraya sahipti. En zorlu engelleri, dil sorununu, yalnızlığı, Arap'la lokantaya gittiği ilk günü aşmış, ruhunu bedeninin yaptıkları yüzünden fazla yakınmamaya ikna etmişti. Hayalinin ne olduğunu gayet iyi biliyordu ve onu gerçekleştirmek için her şeye razıydı. Zaten, bu hayalin içinde erkeklere yer yoktu. En azından anadilini konuşmayan, onun memleketinde yaşamayan erkeklere.

Deprem sona erdiğinde, Maria şunu söylememiş olduğu için kısmen suçlu olduğunu anladı: "Yalnızım, senin kadar mutsuzum. Dün bendeki 'ışığı' gördün; buraya geldim geleli ilk kez bir erkekten bu kadar güzel ve dürüst sözler duydum."

Radyoda eski bir şarkı çalıyordu: *Aşklarım daha doğmadan ölüyor.* İşte buydu Maria'nın kaderi.

Maria'nın günlüğünden; her şeyin normale dönmesinden iki gün sonra:

Tutkunun etkisi altındayken, insan beslenmeyi, uyumayı, çalışmayı, huzuru unutuyor. Pek çok insan korkar tutkudan, çünkü geçmişle ilgili önüne çıkan ne varsa ezip geçer.

Kimse dünyasının düzeninin bozulmasından hoşlanmaz. İşte bu nedenledir ki pek çokları bu tehlikeyi kontrol altında tutmayı başarır, baştan beri tozdan dumandan oluşan bir yapıyı ayakta tutabilir. Bunlar, geçmişte kalmış şeyler üzerinde çalışan mühendislerdir.

Kimileri de tam tersi görüştedir: Böyleleri, tutku sayesinde bütün sorunlarına çözüm bulacaklarını umut ederek düşünmeden kendilerini bırakırlar. Mutlulukları konusunda bütün sorumluluğu ötekine yıkar, böylece yaşayabilecekleri mutsuzlukların da suçlusu haline getirirler onu. Hep ya mutludurlar, çünkü harika bir şey yaşamışlardır, ya da bunalımdadırlar, çünkü beklemedikleri bir olay ne var ne yoksa mahvetmiştir.

Tutkudan kendini korumak ya da körlemesine kendini ona bırakmak; bu iki tutumdan hangisi insana daha az zarar verir?

Bilmiyorum.

Üçüncü gün, sanki ölüler arasından dirilmişçesine, Ralf Hart tekrar geldi; az kalsın çok geç kalmış olacaktı: Maria bir müşteriyle konuşmaya başlamıştı bile. Ama ressamı görünce, müşterisine kibarca dans etmek istemediğini, beklediği birinin olduğunu söyledi.

Ancak o an anladı Maria, günlerdir ressamın yolunu gözlediğini. O saniye, kaderin yoluna dizdiği her şeyi kabul etti.

Bundan dolayı sızlanmadı: Mutluydu, kendine bu lüksü sunabilirdi, çünkü günün birinde bu kenti terk edecekti. Bu aşkın imkânsız olduğunu biliyordu; dolayısıyla herhangi bir umut beslemediğinden, hayatının bu evresinden bütün beklediklerini alacaktı.

Ralf ona bir içki önerdi, Maria da bir meyve kokteyli ısmarladı. Barda duran patron, bardakları yıkar gibi yaparak, anlayamadan Brezilyalı kadına baktı: Fikrini değiştirmesine neden olan neydi acaba? Bütün gece oturup içki içmeyeceğini umuyordu; kadının adamı dans pistine sürüklediğini görünce rahatladı. Ritüeli yerine getiriyorlardı, kaygılanmak için hiçbir neden yoktu.

Maria erkeğin elini belinde, yüzünü yüzünde hissediyordu, neyse ki ses çok yüksek olduğundan, iki kelime bile etmeleri imkânsızdı. Bir meyve kokteyli tekrar cesaretini toplamasına yetmemişti; sarf ettikleri üç-beş söz de son derece resmiydi. İş, zamana kalmıştı şimdi: Otele gidip sevişecekler miydi? Hiç zor değildi, mesleğinin gerektirdiği gibi davranacaktı sadece. Bu da, tutkunun bütün izlerini silmesine yardım edecekti. İçinden, ilk görüşmelerinden bu yana neden kendine bu kadar işkence ettiğini sorup duruyordu.

O akşam, Şefkatli Anne olacaktı. Ralf Hart, tıpkı binlercesi gibi umutları tükenmiş bir erkekti. Maria rolünü iyi oynarsa, *Copacabana*'ya ilk girdiğinden bu yana kendine çizdiği senaryodan şaşmamayı başarırsa, kaygılanması için bir neden de kalmazdı. Gene de bu adamla birlikte olmakla çok büyük bir tehlikeye atıyordu kendini, şimdi kokusunu hissediyor –ve seviyor–, teninin temasını keşfediyor –ve seviyor–, onu beklediğini biliyordu ve bütün bunlar hiç hoşuna gitmiyordu.

Kırk beş dakika içinde, ritüelin bütün aşamalarını yerine getirmişlerdi; adam kulübün patronuna, "Bütün gece benim," dedi. "Üç müşteri parası ödeyeceğim."

Patron omuz silkti ve yine, genç Brezilyalı kızın aşk tuzağına düşeceğini geçirdi aklından. Maria ise, şaşırmıştı: Ralf Hart'ın kuralları bu kadar iyi bildiğinden habersizdi.

"Bana gidelim."

Belki de en iyi karar buydu, diye düşündü Maria. Milan'ın talimatlarına taban tabana zıt olsa da, bir istisna yapmaya karar verdi. Böylece hem Ralf'ın evli olup olmadığını öğrenebilir, hem de ünlü ressamların nasıl yaşadığını görmüş olurdu. Ülkesine döndükten sonra bir ara yerel gazetede bu konuda bir yazı yayınlatabilirdi; böylece dosta düşmana da, Avrupa'dayken entelektüel ve sanatsal çevrelere girdiğini göstermiş olurdu.

Ne saçma bir bahaneydi bu!

Yarım saat sonra, Cenevre yakınlarında, Cologny diye bir köye gelmişlerdi; bir kilise, bir fırın, bir idare binası, hepsi yerli yerindeydi. Ve ressam bir dairede değil, dubleks bir evde yaşıyordu! Bir: Gerçekten bol parası olmalıydı. İki: Evli olsa, dedikodudan korkar, Maria'yı evine davet etmeye kesinlikle cesaret edemezdi.

Demek ki, zengin ve bekârdı.

Girdikleri koridorda, üst kata çıkan bir merdiven vardı; ama onlar düz yürüyüp dipteki bahçeye bakan iki odaya ulaştılar. Duvarları tablolarla kaplı olan, yemek odası yerine geçiyordu. Ötekinde birkaç divan, sandalyeler, kitap dolu raflar, küllükler ve kirli bardaklar vardı.

"Kahve yapayım."

Maria başıyla reddetti. Hayır, bu sefer bana farklı davranamaz. Bütün yeminlerimi çiğneyerek kendi vicdanıma meydan okuyorum. Ama sakin olmalıyım; ruhumda şefkate susamış bir kız yatıyorsa da, bugün fahişe, kadın arkadaş ya da Şefkatli Anne rolünü oynayacağım. Ancak her şey bittikten sonra bana kahve yapabilirsin.

"Atölyem bahçenin öbür ucunda, ruhum da orada. Burada, bütün bu tablolarla kitapların arasında ise beynim ve fikirlerim var."

Maria kendi dairesini düşündü. Bahçesi yoktu. Kütüphaneden ödünç aldıkları dışında kitap da yoktu, çünkü bedavaya edinebildiği bir şey için para harcaması anlamsız olurdu. Tablo da bulunmuyordu evde, sadece günün birinde seyretmeyi hayal ettiği Şangay Akrobasi Sirki'nin bir posteri asılıydı duvarda.

Ralf bir şişe viski alıp ona uzattı.

"Hayır, teşekkür ederim."

Ralf kendine bir bardak doldurdu, buz koymadan bir dikişte içti. Hararetle konuşmaya başladı; Maria, sohbeti son derece ilginç bulmasına rağmen, şimdi baş başayken, bu adamın olup biteceklerden korktuğunu biliyordu. Kontrol tekrar Maria'ya geçiyordu.

Ralf kendine tekrar içki koydu, sonra, önemsiz bir şey söylercesine, "Sana ihtiyacım var," dedi.

Bir duraklama. Uzun bir sessizlik. Ralf bu sessizliği bozmaya çalışmıyor, bakalım arkasını nasıl getirdi.

"Sana ihtiyacım var, Maria. Sende bir ışık var, henüz bana güvenmesen de, bunu söylerken tek derdimin seni baştan çıkarmak olduğunu zannetsen de, sorma bana,

'Neden ben? Benim ne özelliğim var?' diye. Kendime açıklayabildiğim hiçbir özelliğin yok. Ne var ki –hayatın gizemi de bu işte–, artık başka bir şey düşünemez oldum."

"Sormazdım zaten," diye yalan söyledi Maria.

"Bir neden arasam, şöyle derdim: Karşımda duran kadın, acıyı yenmeyi, onu olumlu, yaratıcı hale getirmeyi başarmış. Ama bu her şeyi açıklamıyor."

Kaçmak zorlaşıyordu.

Ralf tekrar konuşmaya başladı: "Ya ben? Olanca yaratıcılığım, dünya çapında galerilerin kapıştığı tablolarım, gerçekleşmiş hayallerim, gözbebeği olduğum köyüm, benden asla nafaka talep etmemiş karılarım, kusursuz sağlığım, yakışıklılığım, bir erkeğin arzulayabileceği her şeyimle... ve bir kafede rastladığım, topu topu bir akşamüstünü birlikte geçirdiğim bir kadına, 'Sana ihtiyacım var,' diyorum. Yalnızlığın ne olduğunu bilir misin?"

"Bilirim."

"Ama insan içine çıkma olanağın varken, her gün bir eğlenceye, bir kokteyle, bir tiyatro galasına davet edilirken, telefon bir türlü susmazken ve arayanlar sanatına hayran olan, seninle yemek yemeye can atan güzel, akıllı, kültürlü kadınlarken yalnız olmanın ne olduğunu bilmezsin. Bir şey seni geri iter ve sana, 'Gitme,' der. 'Eğlenmeyeceksin. Gene geceni onları etkilemeye çalışarak geçireceksin, enerjini herkesi elde edebileceğini kendine kanıtlamaya çabalayarak boşa harcayacaksın.' Ben de evde kalıyorum, atölyeme gidip sende gördüğüm ışığı arıyorum ve o ışığa sadece çalışırken ulaşabiliyorum."

"Sahip olmadığın neyi verebilirim sana?" diye yanıtladı onu Maria. Başka kadınların adı geçince kendini biraz aşağılanmış hissetmişti, ama sonra, sonuç olarak Ralf'ın onunla birlikte olmak için para ödediğini hatırladı.

Ralf üçüncü viskisini de mideye indirdi. Maria zihninde ona eşlik etti, alkol boğazını, midesini yaktı, kanına karışarak içini cesaretle doldurdu ve Maria sarhoşluğun kollarına yuvarlandığını hissetti... Ralf'ın sesi tekrar sertleşti: "Pekâlâ. Aşkını satın alamam, ama bana, seks hakkında bilmediğim yok, demiştin. Öyleyse, öğret bana. Ya da Brezilya'dan bahset. Aklına ne gelirse, yeter ki yanında olabileyim."

Ya şimdi?

"Ülkemde iki şehir tanırım sadece: doğduğum yeri, bir de Rio de Janeiro'yu. Sekse gelince; sana herhangi bir şey öğretebileceğimi sanmam. Yaşım neredeyse yirmi üçü buldu, aramızda sadece altı yaş var, ama senin benden çok daha dolu dolu yaşadığını biliyorum. Birlikte olduğum adamlar, canlarının çektiğini yapmak için para veriyorlar bana, benim canımın çektiğini değil."

"Bir erkeğin bir ya da aynı anda iki-üç kadınla yapmayı hayal edebileceği ne varsa yaptım. Ve çok şey öğrendiğimden emin değilim."

Odaya tekrar sessizlik çöktü. Şimdi konuşma sırası Maria'daydı. Ressam, Maria'dan ne kadar yardım gördüyse, kendisi de o kadar yardım etmişti.

"Beni profesyonel olarak mı istiyorsun?"

"Sen nasıl istersen, öyle."

Hayır, bu yanıtı vermiş olamazdı, Maria'nın duymayı arzuladığı sadece buydu. Yine deprem, yanardağ, kasırga. Bir süre sonra, kendi tuzağından kaçması imkânsız olacaktı, bu adamı gerçekte hiç sahip olmamışken kaybedecekti.

"Sen biliyorsun, Maria. Öğret bana. Belki bu beni kurtarır, seni kurtarır, can verir bize. Haklısın, senden yalnızca altı yaş büyüğüm, ne var ki pek çok hayata bedel bir ömür sürdüm. Tamamen farklı deneyimler yaşadık, ama ikimiz de umutsuzuz. Bize huzuru getirebilecek tek şey, birlikte olmamız."

Neden söylüyordu bu sözleri? Mümkün değildi, ama doğruydu. Tek bir kez görüşmüşlerdi ve daha şimdiden birbirlerine ihtiyaç duyuyorlardı. Düşünün hele, görüşmeye devam etseler nasıl bir felaket olurdu! Maria zeki bir kadındı, aylarını okumaya ve insanoğlunu gözlemlemeye adamıştı; hayatta bir amacı vardı elbette, ama bir de ruhu vardı, kendi 'ışığını' keşfetmek zorunda olan bir ruh.

Kendi olmaktan bıkmıştı. Brezilya'ya dönüş yolculuğunu planlamak önemli bir meydan okuma olsa da, burada öğrenebilecekleri tükenmemişti henüz. Ralf Hart pek çok engeli göğüslemiş bir adamdı ve şimdi şu kızdan, şu fahişeden, şu anlayışlı anneden kendisini kurtarmasını diliyordu. Ne saçmalık!

Başka erkekler de Maria'dan aynı şeyleri istemişlerdi. Pek çoğunun organı sertleşememiş, kimileri kendilerine çocuk gibi davranılsın istemiş, daha başkaları da Maria'yla evlenmek istediklerini, çünkü bir sürü sevgilisi olan bir eş düşününce heyecanlandıklarını söylemişlerdi. Henüz 'özel müşterilerden' biriyle bile karşılaşmamış olmasına rağmen, Maria insan ruhundaki dev fantezi yuvasını keşfetmişti. Ama bu erkeklerden, Maria'ya, 'Beni buradan uzaklara götür,' diyen olmamıştı. Tam tersine, onların derdi, Maria'yı kendileriyle birlikte sürüklemekti.

Onlar gittikten sonra kendini biraz zenginleşmiş, ama enerjisini tüketmiş hissetmesine rağmen, bu adamların ona hiçbir şey öğretmemiş olması mümkün değildi. Bununla birlikte, birtakım insanlar gerçekten aşk peşinde koşuyorsa ve seks de bu arayışın sadece bir parçasıysa, Maria kendisine nasıl davranılmasını isterdi? İlk karşılaşmada nasıl bir önemli olay meydana gelmeliydi? Böyle bir şeyin olmasını gerçekten ister miydi?

"Bir armağan almak," dedi Maria.

Ralf Hart anlamadı. Bir armağan mı? Gecenin parasını takside gelirken peşin ödemişti, çünkü ritüeli biliyordu. Maria ne demek istiyordu?

Maria birden, şu dakika bir kadınla bir adamın ne

hissetmesi gerektiğini kavrayıvermişti. Ralf'ı elinden tutup salona götürdü.

"Odaya çıkmayalım," dedi.

Işıkların hemen tümünü söndürdü, halıya oturdu, Ralf'tan da karşısına oturmasını istedi. Derken odada bir şömine olduğunu fark etti.

"Ateş yak."

"Ama mevsim yaz."

"Ateş yak. Bu akşam ikimize kılavuzluk etmemi istiyordun, ben de bunu yapıyorum işte."

Ralf'a kararlı bir bakış attı, onun gene 'ışığını' fark edebileceğini umuyordu. Ralf ışığı sahiden de gördü anlaşılan, çünkü bahçeye çıkıp yağmurdan ıslanmış birkaç odun parçası buldu ve üzerine birkaç eski gazete koydu. Ardından mutfağa gidip bir şişe viski daha aldı, ama Maria onu durdurdu.

"Ne istediğimi sordun mu bana?"

"Hayır."

"İyi öyleyse, yanındakinin insan olduğunu bil. Onu düşün. Ona viski mi, cin mi, yoksa kahve mi istediğini sor. Ne arzu ettiğini sor."

"Ne içersin?"

"Şarap. Ve bana eşlik edersen sevinirim."

Ralf viskiyi bırakıp bir şişe şarapla geri geldi. O sırada ateş odunları yalamaya başlamıştı bile; Maria yanık kalan üç-beş lambayı da söndürerek odayı aydınlatmayı alevlere bıraktı. Şunun ilk adım olduğunu sanki doğduğu günden beri bilirmiş gibiydi: ötekini kabul etmek, orada olduğunu bilmek.

Çantasını açıp içinden süpermarketten aldığı tükenmez kalemi çıkardı. Her ne olursa işini görürdü.

"Bu senin. Çiftçilik konusundaki fikirlerimi not etmek için ihtiyacım olur diye satın almıştım. İki gün kullandım onu, yorgun düşene kadar çalıştım. Biraz terimden, biraz dikkatimden, biraz irademden var üzerinde ve şimdi onu sana armağan ediyorum."

Kalemi usulca Ralf'ın eline bıraktı.

"Sahip olmaktan hoşlanacağın bir nesne yerine, bana, gerçekten bana ait bir eşya veriyorum. Bir armağan. Karşımdakine duyduğum saygının bir kanıtı bu, yanında olmanın benim için ne kadar önem taşıdığını ona anlatmanın bir yolu. Şimdi, kendi isteğimle, durup dururken verdiğim küçük bir parçama sahip o kişi."

Ralf kalkıp rafa gitti, oradan bir şey alıp Maria'ya uzattı: "Çocukluğumdaki elektrikli trenin bir vagonu bu. Tek başıma oynamama izin vermezlerdi; babama sorarsan Amerika'dan ithal edilmiş ve çok pahalıymış. Dolayısıyla bana da, babamın keyfinin gelmesini, treni salonun ortasına kurmasını beklemek kalırdı, ama o da pazar günlerini genellikle opera dinleyerek geçirirdi. Böylece tren, bana hiçbir mutluluk vermeden bütün çocukluğum boyunca sağlam kaldı. Rayları, lokomotifi, evleri, hatta kullanma kılavuzunu tavan arasına kaldırdım; çünkü bana ait olmayan, oynayamadığım bir trendi o. Keşke o da bana verilen ve hatırlamadığım bütün öbür oyuncaklar gibi kırılıp dökülmüş olsaydı! Kırıp dökme tutkusu, bir çocuğun dünyayı kavrayışının ayrılmaz bir parçasıdır. Bu sapasağlam tren ise, bana çocukluğumun yaşamadığım bir bölümünü hatırlatır hep; gerekçe de trenin pahalılığı ya da babamın başka işi olmasıydı. Ya da belki de, treni her kurduğunda, bana olan sevgisini kanıtlamaktan korkuyordu."

Maria gözlerini şöminedeki alevlere dikti. Bir şeyler olup bitmekteydi ve bunun nedeni şarap ya da insana kucak açan dekor değil, karşılıklı armağanlar verilmesiydi.

Ralf da ateşe doğru döndü. Alevlerin çıtırtısını dinlediler sessizce. Konuşmak gereksizmiş gibi, şarap içtiler. Orada, birlikte, aynı yöne bakmaktaydılar; ve başka hiçbir şeyin önemi yoktu.

"Hayatımda pek çok sapasağlam tren var," dedi Maria. "Bunlardan biri, yüreğim. Ben de onunla ancak başka birileri rayları kurduğunda oynardım ve hiçbir zaman doğru anda gelmezlerdi."

"Ama sevdin."

"Evet, sevdim. Çok sevdim. O kadar sevdim ki, sevdiğim benden bir armağan istediğinde korkuya kapılıp kaçtım."

"Anlamıyorum."

"Değmez. Bilmediğim bir şeyi keşfettim, sana da öğreteyim: Armağan, sana ait bir nesneyi birine bağışlamak. Birinden önemli bir istekte bulunmadan önce, ona bir şey vermelisin. Artık sen benim hazineme sahipsin: birtakım hayallerimi yazdığım tükenmez kalem. Bendeki de senin hazinen: çocukluğunun yaşamadığın bir parçası. Senin geçmişinden bir zamanı taşıyorum, sende de benim bugünümün birazı var. Bu çok güzel."

Maria bütün bunları kılını bile kıpırdatmadan, kendi davranışına şaşırmadan, sanki böyle hareket edilebileceğini uzun zamandır bilirmiş gibi söyledi. Yavaşça kalktı, portmantodan ceketini aldı ve Ralf'ın yanağına bir öpücük kondurdu. Hipnotize olmuş gibi ateşe bakan, belki de babasını düşünen Ralf Hart'ın aklına bile gelmemişti ayağa kalkmak.

"Bu vagonu niye sakladığımı hiçbir zaman tam olarak anlayamadım. Ama artık açık bunun nedeni: Bir akşam, şöminede ateş yanarken, birine sunmak içinmiş meğer. Bu ev, şimdi hafifledi."

Rayları, vagonları, lokomotifi, gösterişli dumanlar çıkaran yuvarlak kartuşları yarından tezi yok, bir yetimhaneye bağışlayacağını söyledi.

Maria, "Belki bu tren artık nadir bulunan bir nesnedir, çok para ediyor olabilir," diye uyarıda bulunduysa da, hemen pişman oldu. Önemli olan bu değil, yüreğimize çok daha pahalıya mal olan bir duygudan kurtulmaktı.

Maria, tekrar münasebetsiz sözler söylemeye başlamadan, Ralf'ın yanağına bir öpücük daha kondurup kapıya yöneldi. Ralf'ın gözleri hâlâ ateşteydi; Maria kibarca gelip kapıyı açmasını istedi ondan.

Ralf kalktı; Maria, ülkesine ait tuhaf bir batıl inancı anlattı ona: Bir yere ilk kez gelen Brezilyalılar, giderken kapıları kendileri açmazlardı; yoksa o eve bir daha adım atamayabilirlerdi.

"Tekrar gelmek isterim."

"Soyunmadık, içine girmedim, sana elimi bile sürmedim, ama seviştik."

Maria güldü. Ralf onunla gelmeyi önerdi, ama o reddetti.

"Yarın *Copacabana*'ya gelip görürüm seni."

"Bunu yapma. Bir hafta bekle. Beklemek en zorudur ve buna alışmak istiyorum; yanımda olmasan da, benimle olduğunu bilmeye."

Cenevre'de sık sık yaptığı gibi, gene karanlıkta ve soğukta yürüdü Maria; normal zamanlarda bu gezintilerin altında hüzün, yalnızlık, Brezilya'ya dönme isteği, yeni öğrendiği bu dilin onda yarattığı melankoli krizleri, para hesapları olurdu. Ama bugün, kendi kendiyle buluşmak için yürüyordu; ışıkla, bilgelikle, deneyimle, büyüyle dolu olarak, bir adamla birlikte ateşin karşısında kırk dakika geçirmiş olan o kadınla buluşmak için. Maria bir süre önce, yüzünü görür gibi olmuştu onun; göl kıyısında dolaşıp kendini yepyeni bir hayata adayıp adamamayı düşünürken; o öğleden sonra, kadının yüzünde hüzünlü bir gülümseme belirmişti. Ardından Maria onun yüzünü katlanmış bir tuvalde görmüştü ve şimdi varlığını tekrar hissediyordu. Çok uzun süre sonra, o sihirli varlığın silinip gittiğini, onu her zamanki gibi yalnız bıraktığını fark edince taksiye bindi.

Anısını yıpratmamak ve kaygının, geçirdiği güzel anların yerini almasına izin vermemek için en iyisi bu akşamı düşünmemekti. Eğer bu öteki Maria gerçekten varsa, tekrar gelirdi.

Maria'nın günlüğünden; Ralf'ın ona elektrikli trenin vagonunu armağan ettiği gece yazdıkları:

Derin arzu, en gerçek arzu, birine yaklaşmak için duyulandır. O noktadan itibaren, tepkiler dile gelir, erkekle kadın oyuna dalar, ama onları bir araya getiren çekim söze dökülemez. Bu, katıksız arzudur.

Arzu hâlâ katıksız durumdayken, erkekle kadın hayata tutkuyla bağlanır, her saniyeyi bilinçle, hayranlıkla yaşar, daima Tanrı'nın bir sonraki lütfunu kutlamak için uygun ânı beklerler.

Bunu bilen insanlar telaşsızdır, olayları yersiz müdahalelerle hızlandırmazlar. Kaçınılmaz olan neyse, onun kendini belli edeceğini, gerçekliğin kendini göstermek için mutlaka bir yol bulacağını bilirler. Tereddüt etmez, hiçbir fırsatı kaçırmaz, tek bir büyülü ânın bile boşa geçmesine izin vermezler, çünkü her saniyenin ayrı bir önemi olduğunu kabul ederler.

Bunu izleyen günlerde, Maria var gücüyle uzak durmaya çalıştığı tuzağa bir kez daha düştüğünü anladı. Ne var ki ne hüzün, ne de kaygı duyuyordu. Tam tersine, kaybedecek hiçbir şeyi olmadığına göre, özgürdü.

Durum ne kadar romantik olursa olsun, günün birinde Ralf Hart'ın onun sadece bir fahişe, kendisininse saygıdeğer bir sanatçı olduğunu anlayacağını biliyordu; Maria'nın dünyanın bir ucunda bulunan bir kriz ülkesinden geldiğini, oysa kendisinin, en basit vatandaşın hayatının bile, daha doğduğu gün düzenlenip korunduğu bir cennette yaşadığını da. O en iyi okullara gitmiş, dünyadaki en büyük müzeleri gezmişti, Maria ise liseyi zor bitirmişti. Özetle, böylesi hayaller sonsuza dek sürmez ve Maria gerçekliğin hayallere uymadığını fark edecek kadar görmüş geçirmişti. Şimdi, en büyük mutluluk şuydu onun için: gerçekliğe, ona ihtiyaç duymadığını, mutluluğunun olup bitenlere bağlı olmadığını söylemek.

"Tanrım, amma romantiğim."

Hafta içinde, Ralf Hart'ı neyin mutlu edebileceğini düşündü: Bir daha geri gelmemecesine kaybettiğini sandığı bir onur ve 'ışık' bahşetmişti Maria'ya; Maria'nın ise, bunun karşılığını vermesinin tek yolu, Ralf'ın onun özelliği olarak gördüğü seksti. Ne var ki, *Copacabana*'daki tekdüze hayat milim kımıldamadığından, başka bilgi kaynaklarından yararlanmaya karar verdi.

Birkaç porno film seyretti, ama bu da hiçbir ilginç keşif getirmedi; belki sadece, partnerlerin sayısının değiştiği birkaç çeşidi hariç. Filmler pek işine yaramayınca, Cenevre'ye geldiğinden beri ilk kez kitap satın almaya karar verdi; üstelik evini bir kere okunduktan sonra bir daha hiçbir yararı kalmayacak kitaplarla doldurmamayı daha mantıklı bulmasına rağmen. Ralf'la Saint-Jacques'ta gezinirken gözüne çarpan bir kitapçıya gidip bu konuda kitap sordu.

"Sürüsüne bereket," diye karşılık verdi kitapçı. "Aslına bakarsanız, galiba insanların aklı fikri bir tek bunda. Konuya özel bölümün dışında, şurada gördüğünüz bütün romanlarda en az bir seks sahnesi var. Dokunaklı aşk öykülerinin ya da insan davranışları hakkında kuru, kısır incelemelerin arkasına saklansalar da, işin doğrusu şu ki, insanların başka şey düşündüğü yok."

Maria, edindiği deneyimlere dayanarak, genç kadının yanıldığını biliyordu: Daima, bütün dünyanın sadece seks düşündüğüne inanmak isteriz. İnsanlar rejim yapar, peruk takar, kuaförde ya da spor salonlarında saatler geçirir, arzulanan kıvılcımı çakabilmek için kışkırtıcı kıyafetler giyerler. Ya sonra? Sıra eyleme geçmeye geldiğinde, on bir dakika ve hepsi bu kadar. Kişiyi cennet katına çıkartacak hiçbir yaratıcılık yoktur; kıvılcım, göz açıp kapayana kadar, ateşi canlı tutmayı sağlayacak gücünü yitirmiştir bile.

Dünyanın kitaplarla açıklanabileceğini sanan sarışın kızla tartışmak yararsızdı. Maria, seks kitaplarının olduğu bölümü görmek istedi ve orada gay'ler, lezbiyenler, rahibeler –Kilise'yle ilgili açık saçık hikâyeler– hakkında bir sürü kitap, ayrıca Doğu tekniklerinin anlatıldığı resimli kitaplar buldu. İçlerinden sadece bir tanesi ilgisini çekti: *Kutsal Seks.* Hiç olmazsa bu ötekilerden farklı olmalıydı.

Kitabı alıp eve gitti, radyoda düşüncelere dalmaya uygun bir müzik kanalı buldu, kitabı açtı ve sadece bir sirk akrobatının becerebileceği pozisyonları gösteren çeşitli resimler gördü. Metin ise sıkıcıydı.

Maria, her şeyin sevişme pozisyonuna bağlı olmadığını, genellikle değişikliğin dans adımları atarken olduğu gibi, bilinçsizce, kendiliğinden geliverdiğini bilecek kadar deneyim sahibiydi. Gene de, kafasını okuduklarına vermeye çalıştı.

İki saat sonra, iki şeyin farkına vardı. Birincisi, yemek vaktinin yaklaştığıydı, çünkü *Copacabana*'ya gidip çalışması gerekiyordu. İkincisi, bu kitabın yazarının bu işten ZERRE KADAR anlamadığıydı. Sürüyle teori, Doğu'ya göndermeler, yüzeysel ritüeller, tuhaf öneriler. Anlaşılan Himalaya'da meditasyon yapmış (Maria Himalaya'nın neresi olduğunu da araştırmak zorunda kaldı), yoga dersleri almış (Maria duymuştu yoga diye bir şey) bir sürü yazar saydığına göre konu hakkında bol bol okumuştu, ama aslolandan habersizdi. Seksin kuramlarla, tütsü yakmakla, temas edilen noktalarla, eğilip bükülmelerle ve buna benzer gösterilerle ilgisi yoktur. Bu insan (aslında bir kadın), Maria'nın işin içinde olduğu halde iyi tanımadığı bir konu hakkında yazmaya nasıl cüret edebiliyordu? Belki Himalaya yüzündendi bu, belki de güzelliği yalınlıkta ve tutkuda yatan bir konuyu karmaşık hale getirmek için duyulan ihtiyaçtan. Bu kadın bu kadar aptalca bir kitap yayınlatabildiğine göre, Maria kendi kitabı *On Bir Dakika* hakkında ciddiyetle düşünebilirdi: *On Bir Dakika,* edepsizliğe ya da ikiyüzlülüğe kaçmadan, sadece onun hikâyesini anlatacaktı, tek kelime fazlasını değil.

Ama bu konuda kafa yoracak keyfi de yoktu, zamanı da; bütün enerjisini Ralf Hart'ı mutlu etmeye ve çiftlik yönetmeyi öğrenmeye yoğunlaştırmalıydı.

Maria'nın günlüğünden; sıkıcı kitabı bir kenara atmasından az sonra:

Bir adam çıktı karşıma ve ona kendimi kaptırdım. Hiçbir beklentimin olmaması gibi basit bir nedenle, âşık olmak için kendime izin verdim. Üç ay sonra uzaklarda olacağımı, onun bir anı olup çıkacağını biliyorum, ama aşksız yaşamaya daha fazla katlanamazdım; bıçak kemiğe dayanmıştı.

Ralf Hart için bir hikâye yazıyorum, adamın adı bu. Çalıştığım gece kulübüne tekrar gelir mi, bilmiyorum; ama, ömrümde ilk kez bunu hiç önemsemiyorum. Onu sevmek, zihnimde onunla olmak, ayak seslerinin, sözcüklerinin, şefkatinin bu güzelim kente renk katması bana yetiyor. Bu ülkeyi terk ettiğimde, onun bir yüzü, bir adı olacak, şöminede yanan bir ateşin anısını götüreceğim yanımda. Burada yaşadığım başka ne varsa, atlattığım bütün zor deneyimler, hiçbiri onunla kıyaslanamayacak.

Benim için yaptığını, onun için yapabilmek isterdim ben de. Çok düşündüm ve sonunda, o kafeye tesadüfen girmediğimi fark ettim; en önemli karşılaşmalar, bedenler daha birbirini görmeden ruhlar tarafından hazırlanır.

Genellikle bu karşılaşmalar, belli bir sınıra ulaştığımızda gerçekleşir, duygusal olarak ölüp tekrar doğmaya ihtiyaç duyduğumuzda. Buluşmalar bizi bekler, ama çoğunlukla biz onları engelleriz. Gene de, eğer umutsuz değilsek, artık kaybedecek hiçbir şeyimiz yoksa ya da hayat bize coşku veriyorsa, o zaman bir yabancı ortaya çıkıverir ve dünyamız yolundan sapar.

Herkes sevmeyi bilir, doğuştan gelir bu. Kimileri bunu kendi doğallığında yaşar, ama çoğunluk sevmeyi yeniden öğrenmek, hatırlamak zorundadır ve istisnasız hepsinin geçmiş heyecanların ateşinde yanması, mutlulukları ve acıları, düşüp kalkmaları yeniden yaşaması gerekir, ta ki her yeni karşılaşmanın ardında var olan ipucunu fark edene dek.

Bundan sonra bedenler ruhun diliyle konuşmayı öğrenir: Buna seks denir, bana ruhumu yeniden kazandıran erkeğe verebileceğim de bu, hayatımda ne kadar önemli olduğunu o hiç bilmese de. Benden bunu istedi, öyleyse alacak; onun mutlu olmasını istiyorum.

Hayat bazen çok cimridir: İnsanın yeni bir duygu tatmaksızın, günler, haftalar, aylar, hatta yıllar geçirdiği olur. Sonra, bir kapıyı bir kere açınca –Maria'nın Ralf Hart'la yaşadığı da buydu–, ortaya çıkan boşluğa âdeta bir çığ iner. Bir an hiçbir şeyiniz yoktur, bir sonraki an, kabul edebileceğinizden fazlasına sahipsinizdir.

Günlüğüne yazdıktan iki saat sonra, Maria *Copacabana*'dan içeri girdiğinde, patronu Milan yanına geldi: "Söyle bakalım, şu ressamla çıktın mı?"

Ralf işletmede tanınan biri olmalıydı, Maria bunu, fiyatı sormaya ihtiyaç duymadan üç kişilik para ödemesinden anlamıştı. Maria sadece başıyla 'evet' dedi, gizemli bir hava yaratmak istemişti. Ama Milan bunun üzerinde hiç durmadı, çünkü bu âlemi Maria'dan çok daha iyi tanıyordu.

"Belki bir ileri aşama için hazırsındır. Seni isteyip duran bir 'özel müşteri' var. Deneyimsiz olduğunu söyledim, o da bana güveniyor. Artık deneme vakti gelmiştir belki de."

'Özel müşteri' mi?

"Ressamla ne ilgisi var?"

"O da 'özel müşteri'."

Yoksa, Ralf'la bütün yaptıklarını, öbür kızlardan biri de mi yapmıştı daha önce? Maria dudaklarını ısırarak sessiz kaldı; güzel bir hafta geçirmişti, yazdıklarını unutması mümkün değildi.

"Ressamla yaptıklarımın aynısını mı yapacağım?"

"Ne yaptığınızı bilemem, ama bugün, sana içki teklif eden olursa kabul etme. Özel müşteriler daha çok para verir, pişman olmazsın."

Gece her zamanki gibi başladı. Taylandlılar birlikte oturuyorlardı , Kolombiyalıların üzerinden bıkkınlık akıyordu, kendi dahil üç Brezilyalı, yeni ya da ilginç bir şey yokmuş gibi kendi içlerine dalmışlardı. Bir Avusturyalı, iki de Alman vardı, pastanın geri kalanını Doğu Avrupalı kadınlar bölüşüyordu, hepsinin gözleri kocaman ve renkliydi; güzel kızlardı; zaten hep ötekilerden daha çabuk evlenip giderlerdi.

İçeri erkekler girdi - Ruslar, İsviçreliler, Almanlar, her zamanki gibi çalışmaktan bitkin düşmüş, dünyanın en pahalı kentlerinden birinde en pahalı fahişelere para dökebilen üst düzey insanlar. Maria'nın masasına yönelenler oldu, ama Maria her göz attığında Milan ona reddetmesi için işaret ediyordu. Maria memnundu: Bu akşam bacak açması, kokulara katlanması, doğru dürüst ısıtılmamış banyolarda duş alması gerekmeyecekti. Bütün yapacağı, seks yorgunu bir adama nasıl sevişeceğini öğretmekti. Ve iyi düşünüldüğünde, değme kadın o âna uygun bir hikâye uyduracak yaratıcılığa sahip olamazdı.

Bir yandan da kendi kendine sorup duruyordu: "Neden her şeyi denedikten sonra, tekrar başa dönmek isterler?" Neyse, bu onu ilgilendirmezdi... İyi para verdikleri sürece, hizmetlerindeydi.

Ralf Hart'tan daha genç gösteren bir adam girdi içeri: Kara saçlı, yakışıklı biriydi; dişleri inci gibiydi. Üzerinde, Çin modeli bir takım vardı - kravat yok, sadece dik boyunlu, kar gibi beyaz bir gömlek. Bara yöneldi. Milan'la ikisi Maria'ya baktılar ve müşteri onun yanına geldi: "Bir içki ister misin?"

Milan başını sallayınca Maria da adamı masasına davet etti. Kendine bir meyve kokteyli söyledi, dans teklifini beklerken adam kendini tanıttı: "Adım Terence, İngiltere'de bir plak şirketinde çalışıyorum. Burada güvenilir insanlar olduğunu bildiğimden, söylediklerimin aramızda kalacağına inanıyorum."

Tam Maria Brezilya'dan bahsetmeye başlayacakken, adam sözünü kesti:

"Milan, ne istediğimi bildiğini söyledi."

"Ne istediğini bilmiyorum. Ama ne yaptığımı biliyorum."

Ritüel yerine getirilmedi; Terence hesabı ödeyip Maria'yı koluna aldı. Bir taksiye bindiler; hemen ardından adam bin frank uzattı. Bir an, ünlü tablolarla süslenmiş o lokantada eşlik ettiği Arap geldi Maria'nın aklına. İkinci kez böyle yüklü para alıyordu ve bu onu tatmin edeceği yerde sinirlendiriyordu.

Taksi, kentin en lüks otellerinden birinin önünde durdu. Adam kapıcıya selam verdi, böylece buraya alışık olduğunu göstermiş oldu. Dosdoğru odaya çıktılar, nehre bakan bir süitti bu. Terence herhalde nadir bulunan bir şarap açtı ve Maria'ya bir kadeh uzattı.

Maria şarabını içerken bir yandan da ona bakıyordu. Böylesi zengin, yakışıklı bir adam, bir fahişeden ne bekleyebilirdi? Terence'in ağzından laflar dirhemle döküldüğünden, o da sesini çıkarmadan bir 'özel müşteri'yi neyin tatmin edebileceğini düşündü kendi kendine. Girişi yapmanın kendisine düşmediğini hissetmişti; bununla birlikte, başladıktan hemen sonra, olaya gerektiği kadar ortak olmayı hesaplıyordu. Hepsi bir yana, her akşam bin frank kazanmıyordu.

"Vaktimiz bol," dedi Terence. "Aceleye lüzum yok. İstersen burada uyuyabilirsin."

Maria'nın içine gene bir rahatsızlık çöktü. Adam ürkmüş görünmüyor, öbür müşterilerden farklı olarak sakin bir sesle konuşuyordu. Ne istediğini biliyordu; mükemmel bir kentte, nehre bakan mükemmel bir odada, mükemmel bir müzik açtı, sesi de mükemmel ayarladı. Kıyafeti çok iyi kesimliydi, bir köşedeki valizi küçüktü, sanki yolculuk yapmak için fazla bir şeye ihtiyaç duymuyormuş ya da Cenevre'ye sadece bu gece için gelmiş gibi.

"Gidip evimde uyuyacağım," diye karşılık verdi Maria.

Karşısındaki adam bir anda değişti. Kibar bakışlarına buz gibi bir parıltı yerleşti.

"Otur şuraya," dedi, çalışma masasının yanındaki sandalyeyi işaret ederek.

Bu bir emirdi! Gerçek bir emir. Maria isteneni yaptı ve bundan tuhaf bir heyecan duydu.

"Dik dur. Haydi, dikil bakalım, klas bir kadın gibi. Yoksa sana ceza veririm."

Ceza vermek mi! Özel müşteri! Maria şimşek hızıyla her şeyi anladı, çantasındaki bin frangı çıkarıp masanın üstüne bıraktı.

"Ne istediğini biliyorum," dedi gözlerini buz mavisi gözlere dikerek. "Hazır değilim."

Adam normal haline döner gibi oldu ve Maria'nın doğru söylediğini fark etti.

"Şarabını iç," dedi. "Seni hiç zorlamayacağım. İstersen biraz daha kal, istersen git."

Maria içinin tekrar rahatladığını hissetti.

"Bir işim var. Patronum beni koruyor, bana güveniyor. Senden rica ediyorum, ona hiçbir şey söyleme." Bu sözleri yalvarma tınısı barındırmayan bir sesle söylemişti, dile getirdiği gerçeğin ta kendisiydi.

Terence tekrar kendi olmuştu - ne yumuşak, ne sert, yalnızca öbür müşterilerin tersine, ne istediğini bildiği izlenimini veren bir erkek. Bir transtan, başlayamamış bir tiyatro oyunundan çıkar gibiydi.

Peki 'özel müşteri' sözünün anlamını bile keşfedemeden, böyle gitmeye değer miydi?

"Tam olarak ne istiyorsun?"

"Biliyorsun. Acı. Istırap. Ve büyük haz."

'Acı ve ıstırap, hazla pek yakışmıyor,' diye düşündü

Maria, aslında umutsuzca tersini düşünmek, hayatındaki olumsuz deneyimlerden bir bölümünü olumlu hale getirmek istediği halde.

Terence onu elinden tutup pencereye götürdü: Gölün öbür kıyısında bir katedralin çan kulesi seçiliyordu; Maria Saint-Jacques'ta Ralf Hart'la yürürken oradan geçtiğini hatırlıyordu.

"Şu nehri, gölü, şu evleri, şu kiliseyi görüyor musun? Beş yüz yıldan fazla zaman önce, hepsi aşağı yukarı bugünkü gibiydi. Tek fark, kentin neredeyse tamamen ıssız olmasıydı. Bilinmedik bir hastalık bütün Avrupa'yı sarmıştı ve kimse onca insanın neden öldüğünü bilmiyordu. Hastalığa kara veba dediler, Tanrı'nın günahları yüzünden insanlara verdiği bir cezaydı bu. Bunun üzerine, bir grup insan, insanlık adına kendilerini feda etmeye karar verdiler: En çok korktukları şeye, fiziksel acıya teslim oldular. Gece gündüz, kendilerini kırbaçlarla ya da zincirlerle döverek şu köprüleri, şu sokakları arşınlamaya koyuldular. Tanrı adına çile çekiyor, acılarıyla Tanrı'yı yüceltiyorlardı. Kısa zamanda, ekmek pişirdikleri, toprağı ekip biçtikleri, hayvan besledikleri zamana göre daha mutlu olduklarını keşfettiler. Acı artık ıstırap değil, günahların kefaretini ödemenin verdiği hazdı. Acı neşeye, hayatın anlamına, hazza dönüştü."

Maria'nın birkaç dakika önce gördüğü soğuk parıltı tekrar gözlerine yerleşti Terence'in. Terence masanın üzerine koyduğu parayı aldı, içinden yüz elli frangı çekip Maria'nın çantasına soktu.

"Patronu merak etme. İşte onun komisyonu, ona tek kelime etmeyeceğime söz veriyorum. Gidebilirsin."

Maria bütün paraları geri aldı.

"Hayır!"

Şaraptan oldu bu, lokantadaki Arap'tan, hüzünle gülümseyen kadından, bir daha asla bu lanetli yere gelmeyeceği düşüncesinden, bir erkeğin çizgilerinde kendini gösteren aşkın korkusundan, annesine gönderdiği, mesleğinde giderek ilerlediğini anlattığı mektuplardan, çocukken ondan bir kalem isteyen oğlandan, kendine karşı verdiği savaşlardan, suçluluk duygusundan, meraktan, para hırsından, kendi sınırlarını arayışından, yanından geçip gittiği şanslar ve fırsatlardan. Başka bir Maria vardı şimdi: Armağanlar vermiyor, kendini kurban ediyordu.

"Korkum geçti. Daha ileri gidelim. Gerekirse cezalandır beni, çünkü ben bir isyankârım. Yalan söyledim, ihanet ettim, beni sevip koruyanlara yanlış davrandım."

Oyunun içindeydi artık. Söylenmesi gerekenleri söylüyordu.

"Diz çök!" diye emretti Terence boğuk ve ürkütücü bir sesle.

Maria boyun eğdi. O güne dek hiç kimse ona böyle davranmamıştı; bunun iyi mi yoksa kötü mü olduğunu bilmiyor, sadece daha ileri gitmek istiyordu. Hayatında bütün yaptıkları için aşağılanmayı hak ediyordu. Yeni bir insanın, hiç tanımadığı bir kadının maskesine bürünmüştü.

"Cezanı çekeceksin. Çünkü beş para etmezsin sen, kuralları bilmiyorsun, seks, hayat, aşk hakkında sıfırsın."

Terence konuşurken çift kişilikli oluyordu: Erkeklerden biri Maria'ya sakince kuralları anlatıyor, öbürüyse, kendini dünyanın en sefil insanı gibi hissetmesine neden oluyordu.

"Bunu neden kabul ediyorum, biliyor musun? Çünkü birini, bilinmedik bir evrene sokmaktan daha büyük zevk yok. Onun bekâretini bozmak demek bu – bedeninin değil, ruhunun bekâretini, anlıyor musun?"

Anlıyordu.

"Bugün soru sormakta serbestsin. Ama bir dahaki sefer, tiyatromuzun perdesi açıldığında oyun başlayacak ve kesintisiz sürecek. Eğer durursa, ruhlarımız uyuşamadı demektir. Unutma: Bu bir tiyatro. Hiçbir zaman olmaya cesaret edemediğin o kişinin kalıbına girmek zorundasın. Yavaş yavaş, o kişinin bizzat sen olduğunu keşfedeceksin, ama bunu tam olarak anlamadığın sürece, taklit yap, yaratıcı olmaya çalış."

"Ya acıya katlanamazsam?"

"Acı yok, sadece lezzete, gizeme dönüşen bir duygu var. 'Öyle yapma, çok canım yandı!' demek de oyunun bir parçası. 'Dur, dayanamıyorum!' demek de öyle. Yani, tehlikeyi savuşturmak için... Eğ kafanı, bana bakma!"

Dizüstü çökmüş olan Maria, başını eğip gözlerini yere dikti.

"Bu ilişkinin bedenlerimize ciddi zararlar vermemesi için, iki şifremiz olacak. İkimizden biri 'sarı' derse, bu şiddetin biraz azaltılması anlamına gelecek. 'Kırmızı' dersek, hemen durulacak."

"'İkimizden biri' mi dedin?"

"Rolleri sırayla oynayacağız. Biri olmadan öteki de yoktur ve kimse kendisi aşağılanmadan aşağılamayı öğrenemez."

Bunlar, Maria'nın tanımadığı bir evrenden, gölgelerden, çamurdan, çürümüşlükten oluşan bir evrenden gelen korkunç sözlerdi. Gene de daha ileri gitmek istiyordu, bedeni korkudan ve heyecandan titriyordu.

Terence'in eli, beklenmedik bir şefkatle başına dokundu.

"Bitti."

Ondan kalkmasını isterken özel bir sıcaklık göstermedi, ama az önceki kuru saldırganlığı da yoktu. Hâlâ titreyen Maria ceketini üzerine geçirdi. Terence onun ne halde olduğunu anlamıştı.

"Bir sigara iç de öyle git."

"Hiçbir şey olmadı."

"Olması gerekmiyordu. Oyun, ruhunda kendi yolunu bulur. Gelecek sefer buluştuğumuzda, hazır olacaksın."

"Bu gece bin frank eder miydi?"

Terence karşılık vermedi. O da bir sigara yaktı, birlikte sessizliğin tadını çıkararak şarabı bitirdiler, müzik dinlediler. Ardından, bir şeyler söyleme vakti geldiğinde, kendi sözleri Maria'yı şaşırttı:

"Bu çamurun içinde yürümeyi niye istediğimi anlayamıyorum."

"Bin frank için."

"Ondan değil."

Görünüşe bakılırsa Terence, bu karşılığı beğenmişti.

"Ben de kendime sordum bu soruyu. Marquis de Sade, bir erkeğin yaşayabileceği en önemli deneyimlerin, onu en uç noktalara götürenler olduğunu söylüyordu. Böyle böyle öğreniyoruz, çünkü bütün cesaretimizi kullanmak zorunda kalıyoruz. İşçisini aşağılayan bir patron, karısını aşağılayan bir adam ya alçağın tekidir ya da hayattan intikam almaktadır. Kendi ruhlarının derinliklerine bakmaya asla cüret edememiştir onlar. Vahşi hayvanı serbest bırakma arzusunun kaynağını keşfetmeye; seksin, acının, aşkın erkek için sınırlı deneyimler olduğunu anlamaya yanaşmamışlardır. Sadece bu sınırları tanıyanlar hayatı bilir; kalanı vakit geçirmektir altı üstü, aynı işi tekrarlayıp durmak, şu ölümlü dünyaya niye geldiğimizi gerçekte anlayamadan yaşlanıp ölmektir."

Gene sokak, gene soğuk, gene yürüme isteği. Bu adam yanılıyordu, Tanrı'yı bulmak için insanın kendindeki iblisleri tanıması gerekli değildi. Maria, bir bardan çıkan bir öğrenci grubuna rastladı; neşeliydiler, biraz içmişlerdi, yakışıklı, sağlık doluydular; bugün yarın okullarını bitireceklerdi ve onlar için 'gerçek hayat' denen zaman dilimi başlayacaktı. İş, evlilik, çocuklar, rutin hayat, üzüntüler, yaşlılık, büyük kayıplar, yoksunluklar, hastalık, sakatlık, muhtaçlık, yalnızlık, ölüm.

Neler oluyordu? Maria da 'gerçek hayatını' yaşamak için huzur peşinde koşuyordu. İsviçre'de, daha önce aklına bile gelmeyen bir mesleği yaparak geçirdiği zaman dilimi, herkesin er ya da geç göğüslediği zor bir dönemdi sadece. Bu süre içinde, Maria *Copacabana*'-ya gidip geliyor, para için erkeklerle çıkıyor, müşterisine göre Saf Küçük Kız, Meşum Kadın ya da Şefkatli Anne gibi davranıyordu. Bu sadece, azami profesyonellik –bahşişlerin hatırına– ve asgari ilgiyle –alışmaktan korktuğundan– kendini verdiği bir işti. Dokuz ayı çevresindeki insanları kontrol ederek geçirmişti; şimdi evine girmek üzereyken, hiçbir karşılık beklemeden sevebileceğini, nedensizce acı çekebileceğini keşfediyordu. Sanki hayat kendindeki gizemlerin bir bölümünü, kendi ışığını ve karanlıklarını ona tanıtmak için bu tuhaf, iğrenç yöntemi seçmişti.

Maria'nın günlüğünden, Terence'le karşılaştığı günün akşamı:

Sade'ın adını andı, yazdığı tek bir satırı bile okumadım, ama sadizm hakkındaki alışılagelmiş yorumlarını duymuştum daha önce: İnsan ancak kendi sınırlarına dokunduğu zaman kendini gerçekten tanırmış. Orası kesin. Ama aynı zamanda da yanlış bu, çünkü insanın kendini tam anlamıyla tanıyamaması da mümkün. İnsanoğlu yalnızca bir şeyleri anlamak için değil, aynı zamanda toprağı ekip biçmek, yağmuru beklemek, buğdayını ekmek, taneleri toplamak, ekmek yoğurmak için de yaratılmış.

Bende iki kadın var: Bunlardan biri neşeyi, tutkuyu, hayatın ona sunabileceği serüvenleri tanımayı istiyor, öteki ise tekdüzeliğin, aile hayatının, planlanıp yerine getirilebilen ufak tefek işlerin kölesi. Aynı bedende birbirleriyle savaşıp duran ev kadını da benim, fahişe de.

Bir kadının kendisiyle yüzleşmesi, ciddi tehlikeler barındıran bir oyundur. Kutsal bir dans. Kendimizle karşı karşıya geldiğimizde, iki tanrısal enerji, çarpışan iki evrenizdir. Yüzleşmede gerektiği kadar saygı yoksa, bir evren ötekini yok eder.

Yine Ralf Hart'ın salonu, yine şöminede ateş, şarap, ikisi yere oturmuşlar ve Maria'nın bir gece önce şu İngiliz plak şirketi müdürüyle birlikteyken hissettiği her şey, şimdi sadece bir rüya ya da bir kâbus. O anda yaşama nedenini arıyordu, daha doğrusu, insanın hiçbir karşılık beklemeden yüreğini sunduğu o çılgınca teslimiyetin peşindeydi.

O ânı beklerken büyük ilerleme kaydetmişti. Sonuç olarak, gerçek aşkın hayalindekiyle hiç ilgisinin olmadığını anlamıştı; yani aşk enerjisinin tetiklediği bir dizi olay değildi gerçek aşk – aşkın doğuşu, sevgililik, evlilik, çocuklar, bekleyiş, birlikte yaşlanma, bekleyişin bitmesi ve yerini kocanın emekliliğinin, hastalıkların, hayalleri birlikte yaşamak için artık çok geç olduğu duygusunun alması.

Kendini vermeye karar verdiği adama baktı, ona asla tek kelime etmeyecekti hissettikleri hakkında, çünkü heyecanları henüz şekillenmemiş, bedenine bile yansımamıştı. Ralf, hayatının büyüleyici bir döneminden geçercesine keyifliydi. Gülümsüyor, büyük bir müzenin müdürüyle görüşmek üzere geçenlerde Münih'e yaptığı yolculuğu anlatıyordu.

"*Cenevre'nin Yüzleri* tablosunun hazır olup olmadığını sordu. Resmini çizmek istediğim bir insanla tanıştığımı söyledim ona. Işık dolu bir kadınla. Ama şimdi kendimden bahsetmek değil, seni öpmek istiyorum. Seni arzuluyorum."

Arzu. Arzu? Arzu! Bu gecenin çıkış noktası buydu işte, Maria'nın noktasına virgülüne kadar tanıdığı bir şey!

Örneğin: Arzu uyandırmak için, arzu nesnesini hemen teslim etmemek gerekir.

"Öyleyse arzula beni. Şu anda yaptığımız bu zaten. Aramızda bir metre bile yok, bir gece kulübüne gittin, hizmetimden yararlanmak için para ödedin, bana dokunma hakkın olduğunu biliyorsun. Ama buna cesaret etmiyorsun. Bak bana. Bak bana ve belki de bana bakmanı istemediğimi düşün. Giysilerimin altında neyin saklandığını hayal et."

Maria hep siyah elbise giyer, *Copacabana*'daki öbür kızların niye cırtlak renkli dekolte, kışkırtıcı kıyafetlerle dolaştığını bir türlü anlamazdı. Ona göre bir adamı tahrik etmenin yolu, onun işte, trende ya da karısının bir arkadaşının evinde karşılaşabileceği herhangi bir kadın gibi giyinmekti.

Ralf ona baktı. Maria, gözleriyle kendisini soyduğunu hissetti ve bu şekilde, temas olmaksızın arzulanmak hoşuna gitti – tıpkı bir lokantada ya da sinemada bilet kuyruğunda olduğu gibi.

"Bir gardayız," diye tekrar söze başladı Maria. "Yanında durmuş tren bekliyorum, sen beni tanımıyorsun. Ama gözlerim tesadüfen seninkilere takılıyor ve başımı çevirmiyorum. Ne anlatmaya çalıştığımı bilmiyorsun, çünkü varlıklardaki 'ışığı' algılayabilen zeki bir adam olmana rağmen, bu ışığın neyi aydınlattığını görebilecek kadar duyarlı değilsin."

'Tiyatro'yu unutmamıştı. O İngiliz plakçının yüzü belleğinden hızla silinseydi keşke; ama oradaydı, hayal gücüne kılavuzluk ediyordu.

"Dimdik gözlerinin içine bakıyorum ve belki de kendi kendime şunu soruyorum: 'Acaba onu daha önce bir yerde görmüş olabilir miyim?' Belki de dalmışım. Ya da beni sevimsiz bulmandan korkuyorum. Beni tanıyor da olabilirsin, sana birkaç saniyelik bir kuşku payı tanıyorum, sonunda bunun doğru olduğunu, birbirimizi tanıdığımızı anlayacağız. Belki de bir yanlış anlama var. Ama dünyanın en basit şeyini istiyor olmam da mümkün: bir erkekle tanışmak. Bana acı veren bir aşktan kaçıyorumdur, kimbilir... Taze bir aldatılmanın intikamını almaya çalışıyor, gara bir yabancı bulmaya gelmiş de olabilirim. Bir geceliğine senin fahişen olmayı arzulayabilirim, sadece hayatımın tekdüzeliğini kırmak için. Hatta, belki de iş arayan bir fahişeyim."

Sessizlik. Maria'nın gözleri dalmıştı birden. Gene o otele dönmüştü, aşağılama, 'sarı', 'kırmızı', 'acı ve büyük haz'. Bütün bunlar, iğrenç eller gibi değmişti ruhuna.

Ralf halini hemen fark etti ve onu tekrar gara çekmeye çalıştı:

"Bu karşılaşmada, sen de beni arzuluyor musun?"

"Bilmiyorum. Konuşmuyoruz, sen de bilmiyorsun."

Dalgın saniyeler. Her ne olursa olsun, 'tiyatro' fikri Maria'ya çok yardımcı oluyordu; gerçek kişilik ortaya çıkıyor, insanın içindeki bütün sahte kişilikleri uzaklaştırıyordu.

"Ama durum şu ki, gözlerimi kaçırmıyorum ve sen de ne yapacağını bilemiyorsun. Yaklaşmalı mısın? Reddedilir misin? Polis çağırır mıyım? Yoksa seni bir kahve içmeye mi davet ederim?"

"Münih'ten geliyorum," dedi Ralf Hart, sesi değişmişti, sanki gerçekten ilk kez karşılaşıyorlarmış gibi. "Seksin kahramanları üzerine bir dizi resim yapmak niyetindeyim. Gerçek bütünleşmelerden kaçınmak için insanların ardına sığındığı sayısız maskeyi çizmek istiyorum."

'Tiyatro'yu biliyordu. Milan onun da bir 'özel müşteri' olduğunu söylemişti. Beyninde bir alarm zili çaldı, ama Maria'nın düşünmek için zamana ihtiyacı vardı.

"Müze müdürü bana dedi ki: 'Çalışmanızın temeline neyi oturtmayı düşünüyorsunuz?' Şöyle karşılık verdim ben de: 'Para için sevişmekte sakınca görmeyen kadınları.' Yorumu şu oldu: 'Bu mümkün değil, onlara fahişe derler.' Yanıt verdim: 'Evet, fahişeler. Onların öykülerini inceleyecek, sonra da müzenize gelen ailelerin zevkine daha uygun, daha entelektüel bir şey yapacağım. Biliyorsunuz, hepsi bir kültür sorunu. Marifet, hazmedilmesi zor olanları hoş bir biçimde sunabilmekte.

"Müdür diretti: 'Ama seks artık bir tabu değil. Hakkında öyle çok konuşuldu ki, bu konuda bir yenilik yaratmak zor.' Karşılık verdim: 'Peki, cinsel arzunun neden kaynaklandığını biliyor musunuz?' 'Bu bir içgüdü,' dedi müdür. 'Evet, bir içgüdü, ama bunun herkes farkında. Sadece bilimden bahsedersek güzel bir sergi olur mu hiç? İnsanoğlunun bu çekimi anlatma biçiminden söz etmek istiyorum, örneğin bir felsefecinin diliyle.' Müdür bir örnek vermemi istedi. Eve gitmek için trene bineceğimi ve bir kadın bana baktığında onunla konuşacağımı söyledim; ona madem yabancıyız, hayal ettiklerimizi yapmakta, bütün fantezilerimizi yaşamakta özgürüz, diyeceğim; sonra da evlerimize, eşlerimize döneriz, bir daha da hiç görüşmeyiz. Ve derken, garda seni gördüm."

"Anlattığın hikâye o kadar ilginç ki, arzuyu öldürüyor."

Ralf gülerek bunu kabul etti. Şarap bitmişti, mutfağa gidip bir şişe daha getirdi. Maria ateşe bakarken bir sonraki aşamanın ne olacağını biliyor, bir yandan da İngiliz'i unutarak, kendini tekrar akışa bırakarak bu sıcak atmosferin tadını çıkarmaya çalışıyordu.

Ralf iki bardağa şarap doldurdu.

"Sırf meraktan soruyorum," dedi Maria, "şu müze müdürüyle olan hikâyenin sonunu nasıl getirirdin?"

"Karşımdaki okumuş biri olduğundan, bir Yunan filozofundan bahsederdim önce. Platon'a göre, Yaratılış'ın başında, erkeklerle kadınlar bugünküne hiç benzemezlerdi; sadece bir gövdesi, bir boynu ve her biri ayrı yönlere bakan çift yüzlü kafaları olan androjen varlıklar mevcuttu. Sanki iki yaratık sırt sırta yapıştırılmış gibi, iki cinsel organı, dört bacağı, dört kolu vardı bunların.

"Ama kıskanç Yunan tanrıları, dört kollu bir yaratığın çok fazla çalışabildiğini fark ettiler; ters tarafa bakan iki yüz sürekli tetikteydi, dolayısıyla bu varlıklara kalleşçe saldırmak mümkün değildi; dört bacak sayesinde fazla yorulmadan uzun süre ayakta durabiliyor ya da yürüyebiliyorlardı. Ve en tehlikelisi: Çift cinsiyet organlı bu yaratığın üremek için kimseye ihtiyacı yoktu. Bunun üzerine, Olympos'un mutlak hâkimi Zeus, dedi ki: 'Şu ölümlülerin gücünü elinden almak için bir planım var.' Şimşeğini fırlattığı gibi androjenleri ikiye bölerek erkekle kadını yarattı. Dünyanın nüfusu bir anda artıverdi, aynı zamanda da üzerinde yaşayanlar güçten düştüler ve yollarını şaşırdılar; artık kayıp yarılarını aramak, yeniden onunla kucaklaşmak ve bu sarılmayla eski güçlerine, ihaneti önleme becerilerine, yorgunluğa karşı dirençlerine tekrar kavuşmak zorundaydılar. İki bedenin tek beden olmak üzere kaynaştığı bu kucaklaşmaya, seks diyoruz."

"Bu hikâye gerçek mi?"

"Evet, Platon'a göre öyleymiş."

Maria büyülenmiş gibi bakıyordu ona; bir önceki akşam yaşadığı deneyim tamamen aklından silinmişti. Maria'da keşfettiği 'ışık'la bizzat kendisi dolmuş olarak karşısında duran, bu tuhaf hikâyeyi coşkuyla anlatan, gözleri artık arzuyla değil, neşeyle parlayan bu erkeği görüyordu sadece.

"Senden bir şey isteyebilir miyim?"

Ralf, aklına ne gelirse isteyebileceğini söyledi.

"Şunu öğrenir misin; tanrılar tarafından ikiye bölündükten sonra, bu dört bacaklı yaratıklardan bazıları neden kucaklaşmanın sıradan bir iş olduğunu, insanların enerjisini çoğaltacağına boşaltacağını düşünmüşler?"

"Fuhuştan mı bahsediyorsun?"

"Evet, öyle. Seksin ne zaman kutsal olmaktan çıktığını öğrenebilir misin?"

"İstersen yaparım," diye karşılık verdi Ralf. "Hiç düşünmemiştim bunu ve bildiğim kadarıyla düşünen de olmadı; bu konuda bilgi bulamayabiliriz de."

Maria ısrar etti:

"Kadınların, özellikle fahişelerin de sevebileceği aklına geldi mi daha önce?"

"Evet. İkimiz kafede otururken, sendeki ışığı gördüğümde. Sana bir içki önerirken her şeye inanmayı seçmiştim; uzun süre önce terk ettiğim dünyaya beni geri gönderebileceğine bile."

Artık dönüş mümkün değildi. İşinin ehli Maria derhal yardıma gelmeliydi, yoksa bu Maria Ralf'ı öpecek, kucaklayacak, ondan kendisini hiç terk etmemesini isteyecekti.

"Gara dönelim," dedi. "Daha doğrusu, bu salona ilk geldiğimiz, varlığımı kabul ettiğin, bana bir armağan verdiğin güne. Ruhuma girmek için ilk girişimindi bu, hoş karşılanıp karşılanmayacağını bilmiyordun. Ama, anlattığın hikâyede de söylendiği gibi, ademoğulları bölünmüştür ve o günden beri onları bir araya getirecek kucaklaşmayı ararlar. Bu, bizim içgüdümüzdür; arayış sırasında karşımıza çıkan bütün zorluklara katlanmamızın nedenidir.

"Bana bakmanı istiyorum, aynı zamanda bunu belli etmekten kaçınmanı. İlk arzu önemlidir, çünkü saklı, yasak, kabullenilmemiştir. Karşındakinin kaybettiğin yarın olup olmadığını bilmiyorsun, o da bilmiyor, ama bir şey sizi çekiyor, işte ona inanmak gerek."

'Bütün bunları nereden buluyorum?' diye düşündü Maria. 'Hepsini ruhumun derinliklerinden çekip çıkarıyorum, çünkü hep böyle olmasını istedim. Bu hayalleri, kendi kafamdaki kadın hayalinden alıyorum.'

Elbisesinin askısını biraz indirdi, göğsünün bir parçasını, sadece küçücük bir parçasını açıkta bırakacak kadar.

"Arzu gördüğün değil, hayal ettiğindir."

Ralf üzerinde saçları kadar kara bir elbiseyle salonda yerde oturan, bir sürü tuhaf istekte bulunan –örneğin yaz ortasında şöminede ateş yakmak gibi– kadına bakıyordu. Evet, o elbisenin neyi sakladığını hayal etmek istiyordu, göğüslerinin büyüklüğünü tahmin edebilirdi, belki mesleği gereği taktığı sutyenin çok gerekli olmadığını biliyordu. Göğüsleri ne iriydi ne küçük, körpeciktiler. Bakışları kendini ele vermiyordu; ne işi vardı burada? Peki kendisi neden, sanki kadın bulması zormuş gibi bu tehlikeli, saçma ilişkiyi sürdürüyordu? Zengin, genç, ünlü, yakışıklıydı. İşine deli gibi bağlıydı, evlendiği kadınları sevmiş, onlar tarafından sevilmişti. Sonuç olarak, avazı çıktığı kadar, 'Mutluyum!' diye haykırması için bütün kıstaslar tamdı.

Ama mutlu değildi. İnsanların çoğu bir parça ekmek, başını sokacak bir çatı, namuslu yaşamalarını sağlayacak bir iş için birbirlerini öldürürken, Ralf Hart bütün bunlara sahipti, ki bu da onun mutsuzluğunu koyulaştırıyordu. Hesaplasa, son zamanlarda belki iki ya da üç kez uyandığında güneşe –ya da yağmura– bakmış, yaşama sevinci hissetmişti, sadece sevinç; hiçbir şey arzu etmeden, hiçbir plan yapmadan, hiçbir karşılık beklemeden. Bu nadir günler dışında, kendini kaldırabileceğinin çok üstünde hayaller, işler, kendini aşma isteği ve yolculuklarla bitirip tüketmişti. Kime ya da neden olduğunu tam olarak bilemiyordu ama, ömrünü bir şeyleri kanıtlamaya çalışarak geçirdiği kesindi.

Karşısında duran, zarif, siyah elbiseli güzel kadına bakıyordu; daha önce bir gece kulübünde görmüş ve oraya yakışmadığını fark etmiş, sonradan tesadüfen karşılaşmıştı onunla. Ralf'tan arzu bekliyordu. Ralf onu çok arzuluyordu, Maria'nın hayal edebileceğinden çok daha fazla; ama istediği göğüsleri ya da bedeni değil, yanında olmasıydı. Şarap ve bir-iki sigara içip sessizce ateşi seyrederek onu kollarında tutmak, ona yeterdi. Hayat basitti aslında, Ralf bilemediği bir şeyleri arayarak geçirdiği bütün bu yıllardan yorulmuştu.

Bununla birlikte, ona dokunduğu anda her şey yitip

gidecekti. Sahip olduğu 'ışık'a rağmen, Ralf, bu kadının, yanında olmanın güzelliğini anladığından emin değildi. Para mı ödüyordu? Evet, onun kalbini çalana, onunla birlikte göl kıyısında oturup aşktan konuşabilene – ve karşılığında aynı sözleri duyana kadar para ödemeyi sürdürecekti de. Tehlikeden, olayları hızlandırmaktan kaçınmalı, susmalıydı.

Ralf Hart kendine işkence etmekten vazgeçip tekrar birlikte yarattıkları oyuna verdi dikkatini. Karşısındaki kadın haklıydı: Şarap, ateş, sigara, yan yana durmak yeterli değildi. Başka tür bir sarhoşluk, başka bir alev gerekliydi.

Kadının üzerinde askılı bir elbise vardı, bir göğsü açıktaydı, Ralf onun beyazdan daha mat tenini görebiliyordu. Onu arzuladı. Onu çok arzuladı.

Maria, Ralf'ın gözlerindeki değişimi gördü. Arzulandığını bilmek onu her şeyden daha fazla tahrik ediyordu. Bildik reçeteyle hiç ilgisi yoktu bunun – seninle sevişmek istiyorum, evlenmek istiyorum, orgazma ulaşmanı istiyorum, çocuk istiyorum, taahhütler istiyorum. Hayır, arzu özgür bir duyumdu, boşlukta bir titreşim, hayatı zenginleştiren bir istek. Ve bu istek dağları yıkar, Maria'nın en önde yürümesini... ve cinsel organının ıslanmasını sağlardı.

Arzu her şeyin kaynağıydı – ülkesini terk etmesinin, yeni bir dünya keşfetmesinin, Fransızca öğrenmesinin, önyargılarını alt etmesinin, bir çiftlik hayal etmesinin, karşılık beklemeksizin sevmesinin, bir erkeğin bakışlarında kadınlığını hissetmesinin. Hesaplı bir yavaşlıkla öbür askısını da indirince, elbisesi bedeninden kaydı. Ardından, sutyenini açtı. Çıplak gövdesiyle durdu bir an; Ralf'ın üzerine atlayıp ona dokunarak aşk yeminleri mi edeceğini, yoksa arzunun içinde seksin gerçek hazzını hissedecek kadar duyarlı mı olduğunu merak etti.

Odanın içindeki bütün sesler silinmişti, şömine, tablolar, kitaplar kaybolmuş, yerlerini, içinde sadece arzunun karanlık nesnesini barındıran, başka hiçbir şeyin artık önem taşımadığı bir tür trans hali almıştı.

Erkek kımıldamadı. Başlangıçta, Maria onun gözlerinde belli bir çekingenlik okudu, ama bu hemen kayboldu. Ralf ona bakıyor, hayalinde diliyle onu okşuyordu. Sevişiyor, terliyor, kucaklaşıyor, şefkatle şiddeti birleştiriyor, birlikte bağırıyor ve inliyorlardı.

Ama gerçekte tek kelime etmiyor, kımıldamıyorlardı, bu da Maria'yı iyice tahrik ediyordu, çünkü o da ne isterse düşünmekte özgürdü. Hayalinde Ralf'tan usulca okşamasını istiyor, kendisi bacaklarını açıp onun karşısında mastürbasyon yapıyor, romantik ve kaba sözleri arada hiç fark yokmuş gibi söylüyor, defalarca orgazma ulaşıyor, komşuları uyandırıyor, çağlıklarıyla dünyayı ayağa kaldırıyordu. Ona haz ve neşe veren erkeği buradaydı; yanındayken kendi olabileceği, cinsel sorunlarından söz edebileceği, gecenin, haftanın, hayatın kalanını zevkle yanında geçirebileceği kişiydi o.

Alınlarından terler süzülüyordu artık. Şöminedeki ateş yüzünden, diyorlardı birbirlerine içlerinden. Ama ikisi de kendi sınırlarına ulaşmış, hayal güçlerini sonuna kadar tüketmiş, birlikte güzel anlardan bir sonsuzluk yaşamışlardı. Burada durmak zorundaydılar, çünkü bir adım daha atarlarsa gerçeklik büyüyü bozacaktı.

Son derece yavaş hareketlerle –çünkü bitirmek, başlamaktan daha zordur hep– Maria tekrar sutyenini takıp göğüslerini örttü. Dünya eski haline döndü, çevrelerindeki eşyalar yeniden belirdi, Maria beline inmiş olan elbiseyi kaldırdı, gülümsedi ve usulca Ralf'ın yüzüne dokundu. Ralf onun elini tutup yanağına bastırdı, ne orada ne kadar tutması gerektiğini biliyordu, ne de ne kadar sıkması.

Maria'nın içinden, onu sevdiğini söylemek geldi. Ama bu her şeyi mahvedebilir, Ralf'ı ürkütebilirdi, ya da, daha kötüsü o da 'seni seviyorum' diye karşılık verebilirdi. Maria bunu istemiyordu: Onun aşkının özgürlüğü, bir istek ya da beklenti barındırmamasındaydı.

"Hissetme yeteneğine sahip olanlar, ötekine dokunmadan bile zevk alınabileceğini bilirler. Sözcükler, bakışlar, bütün bunlar dansın sırrını taşır kendinde. Ama tren geldi, herkes kendi yoluna gidecek. Umarım bu yolculukta yanında olurum... nereye kadar?"

"Cenevre'ye dönene kadar," diye karşılık verdi Ralf.

"Her zaman hayalini kurduğu insanı gözleyen ve keşfeden kişi, cinsel enerjinin cinsel ilişkiden önce geldiğini bilir. En büyük haz sekste değil, tutkunun dozundadır. Tutku sağlamsa, seks de dansı tamamlar, ama işin özü kesinlikle o değil."

"Aşk hakkında gayet profesyonelce konuşabiliyorsun."

Maria konuşmaya karar vermişti; çünkü onun kendini savunmasının, şerefini tehlikeye sokmadan yüreğini açmasının yolu buydu.

"Âşıklar, sevişmezken bile sevişirler. Bedenlerin buluşması yalnızca bardağın taşmasıdır. Saatler, hatta günler boyunca bir arada kalabilirler. Günün birinde dans etmeye başlayabilir, ertesi güne kadar devam edebilir, hatta hazzı bitirmeyebilirler. On bir dakikayla hiç ilgisi yok bunun."

"Ne?"

"Seni seviyorum."

"Ben de seni seviyorum."

"Özür dilerim. Ne söylediğimin farkında değildim."

"Ben de öyle."

Maria kalktı, Ralf'ı öptü ve çıkıp gitti.

Maria'nın günlüğünden; ertesi sabah:

Dün akşam, Ralf Hart bana bakarken, bir hırsız gibi bir kapıyı açtı. Ama giderken, benden hiçbir şey götürmedi; tam tersine, içimde bir gül kokusu bıraktı – o bir hırsız değil, beni görmeye gelmiş nişanlımdı.

Her insan kendi arzusunu yaşar: Bu, kişinin özel hazinesinin bir parçasıdır ve ötekini uzaklaştırabilecek bir duygu olmasına rağmen, genellikle sevilen varlığın yaklaşmasını sağlar. Ruhumun seçtiği bir duygu bu, o kadar yoğun ki çevremi de olduğu gibi sarıyor.

Her gün, yaşamak istediğim gerçeği yeniden seçiyorum. Pratik, becerikli, profesyonel olmaya çalışıyorum. Ama, arzunun da daima yanı başımda olmasını isterim. Zorunluluktan ya da hayatımdaki yalnızlığı azaltmak için değil, güzel olduğundan. Evet, çok güzel.

Copacabana'ya gidip gelen ortalama otuz sekiz kadın vardı, oysa Maria içlerinde bir tek Filipinli Nyah'a bir nebze de olsa dost gözüyle bakabiliyordu. Kadınlar kulüpte en az altı ay, en çok üç yıl kalırlardı; sonunda biri onlara evlenme ya da ev açma teklif ederdi ya da artık müşterilerin dikkatini çekmemeye başlarlardı; Milan bu durumda onlardan kibarca kendilerine başka iş bakmalarını isterdi.

Dolayısıyla başkalarının müşterisine saygı göstermek, dosdoğru belli bir kıza giden erkekleri baştan çıkartmaya çalışmaktan kaçınmak önemliydi. Namussuzluk sayılması bir tarafa, tehlike de yaratabilirdi bu; bir önceki hafta, Kolombiyalı bir kız çantasından bir ustura çıkarıp bir Yugoslav'ın bardağının üzerine koymuş, gayet sakin bir sesle onu, düzenli müşterisi olan bir banka müdürünün davetlerini kabul etmekte inat ederse suratını doğrayacağını söyleyerek uyarmıştı. Yugoslav ise, adamın özgür olduğunu ve onu seçerse reddedemeyeceğini iddia etmişti.

O akşam, adam içeri girdi, Kolombiyalı'ya selam verdi ve öteki kızın masasına yöneldi. Birlikte bir içki içtiler, dans ettiler ve –Maria bunun gereksiz bir kışkırtma olduğunu düşündü– Yugoslav kız, Kolombiyalı'ya dönüp göz kırptı: 'Görüyor musun? Beni seçti!' demek istercesine.

Ama bu göz kırpmada söze dökülmemiş pek çok şey gizliydi: Beni seçti, çünkü senden daha güzelim, çünkü geçen hafta onunla gittim ve beni beğendi, çünkü gencim. Kolombiyalı hiç sesini çıkarmadı. Sırp kız iki saat sonra geri geldiğinde gidip yanına oturdu, çantasından usturasını çıkardığı gibi kulak hizasından yüzünü çiziverdi: Derin değildi, tehlikeli de değildi, sadece ona bu geceyi asla unutturmayacak küçük bir yaraydı. İki kız saç saça baş başa girdiler, etraf kan revan içinde kaldı, müşteriler korkuya kapılarak kulübü terk ettiler.

Polis geldiğinde, Yugoslav kız raftan düşten bir bardağın yüzünü kestiğini söyledi (*Copacabana*'da raf yoktu). Sessizlik yasasıydı bu; ya da İtalyan fahişelerin keyifle söyledikleri adıyla '*omerta*': Aşktan ölüme dek ne varsa Rue de Berne'de çözülmeliydi, bir yol bulunurdu, ama yasaların müdahalesi olmaksızın. Burada, adaleti kendileri sağlarlardı.

Polisler de *omerta*'yı bilirdi. Kadının yalan söylediğini anladılarsa da ısrar etmediler; onu tutuklamak, mahkemeye çıkartmak, tutuklu kaldığı süre boyunca beslemek İsviçreli vergi yükümlülerine çok pahalıya patlardı. Milan olaya hızla müdahale ettikleri için onlara teşekkür etti, sadece bir yanlış anlama vardı ortada ya da kıskanç bir fahişenin çevirdiği bir dolap.

Polisler dışarı çıkar çıkmaz, Milan iki kıza da bir daha barına adım atmamalarını söyledi. Sonuç olarak *Copacabana* bir aile işletmesiydi (Maria bu ifadeyi yanlış kavramış olmalıydı) ve Milan'ın da koruması gereken bir adı vardı (Maria'nın kafası iyice karıştı). Burada kavgalara yer yoktu ve ilk kural müşteriye saygılı davranmaktı. İkinci kural, Milan'ın deyimiyle 'bir İsviçre bankası gibi' ağzını sıkı tutmaktı. Bu barın müşterileri güvenilir insanlardı; hepsi bankaların yaptığı gibi hesaplarındaki paraya göre, ama ayrıca saygıdeğer, ahlaklı bir hayat sürüp sürmediklerine göre, özenle seçilmişlerdi.

Gene de bazen yanlış anlamalar olur, nadiren parayı ödemek istemeyenler, kızlara saldıranlar ya da tehditler savuranlar çıkardı. *Copacabana*'yı kurup geliştirdiği yıllar içinde, Milan kulübe kimin girip kimin giremeyeceğini öğrenmişti. Kadınlardan hiçbiri onun kıstaslarını tam olarak bilmezdi, ama onun gayet iyi giyimli adamlara, boş olduğu halde kulüp dolu, önümüzdeki günlerde de dolu olacak (başka bir deyimle: Tekrar gelmeniz yararsız, lütfen denemeyin) dediğine tanık olmuşlardı. Öte yandan spor giyimli, tıraşı gelmiş birtakım erkekleri Milan'ın büyük bir coşkuyla bir kadeh şampanya içmeye davet ettiğini de görmüşlerdi. *Copacabana*'nın patronu insanları görünüşlerine bakarak yargılamaz, tespitlerinde de asla yanılmazdı.

İyi bir ticari ilişkide, bütün tarafların tatmin olması gerekirdi. Müşterilerin çoğu evliydi ya da bir şirkette önemli bir mevkideydiler. Kulüpte çalışan kadınlardan da evli, çoluk çocuk sahibi olanlar, okula veli toplantısına gidenler vardı ve herkes hiçbir tehlike olmadığını bilirdi: Bir aile babası *Copacabana*'ya gelecek olursa, o da suç ortakları arasına katılmış olur, dilini tutmak zorunda kalırdı. *Omerta* böyle işlerdi.

Bu âlemde belli bir dayanışma varsa da, dostluk yoktu; kimse özel hayatından söz etmezdi. Maria nadir sohbetlerinde, arkadaşlarında ne üzüntü, ne suçluluk duygusu, ne hüzün görmüş, sadece bir anlamda kaderlerine razı olduklarını hissetmişti. Bir de tuhaf, meydan okuyan bir bakış, sanki kendileriyle gururlanırcasına, bağımsız bir ruh ve güvenle dünyaya kafa tutarcasına. Bir hafta içinde, bütün acemiler 'profesyonel' olarak görülmeye başlar ve evlilik kurumunu savunmak (bir fahişe yuva yıkan bir tehlike olmamalıydı kesinlikle), çalışma saatlerinin dışında kesinlikle randevu kabul etmemek, kendi görüşünü söylemeden sır dinlemek, orgazm ânında inlemek, sokakta polislere selam vermek, günü geçmemiş bir çalışma karnesine sahip olmak ve düzenli sağlık kontrollerinden geçmek, son olarak da mesleğin ahlaki ya da yasal tarafları hakkında fazla soru sormamak yönünde talimat alırlardı; neyseler oydular, hepsi bu.

Gece hareketlenene kadar, Maria'yı hep elinde bir kitapla görürdü bardakiler, nitekim kısa sürede grubun 'enteline' çıktı adı. İlk başta, ötekiler aşk romanları okuyup okumadığına baktılar, ama konular gayet kuru ve sıkıcı olduğundan –ekonomi, psikoloji ve yeni icat ettiği çiftçilik– sonunda onu araştırmaları ve notlarıyla baş başa bıraktılar.

Çok sayıda düzenli müşterisi olduğu, ayrıca *Copacabana*'ya durgun günler de dahil hiç aksatmadan geldiği için, Maria Milan'ın güvenini, dolayısıyla arkadaşlarının kıskançlığını kazandı. Kızlar kendi aralarında Brezilyalı'nın hırslı, küstah olduğunu, gözünün paradan başka şey görmediğini konuşuyorlardı. Bu son tespit tamamen yanlış sayılmazdı, gerçi Maria'nın içinden de, 'siz niye buradasınız' diye sormak da geçmiyor değildi.

Sonuç olarak, meyvesi olan ağaç taşlanır. Dedikoduları duymazlıktan gelip şu iki amaca yoğunlaşması daha iyiydi Maria'nın: belirlediği tarihte Brezilya'ya dönmek ve bir çiftlik satın almak.

Ralf Hart, artık gece gündüz aklından çıkmıyordu. Ömründe ilk kez, sevdiği ve yanında olmayan birini düşünmek onu mutlu ediyordu - gene de, her şeyi kaybetme tehlikesini göze alarak bunu itiraf ettiği için biraz pişmanlık duyuyordu. Ama karşılık beklemedikten sonra, ne kaybedebilirdi ki? Milan onun da –belki eskiden– bir 'özel müşteri' olduğunu söylediğinde, kalbinin nasıl çarptığını hatırladı. Neydi bunun anlamı? Kendini aldatılmış hissediyor, kıskanıyordu.

Hayat Maria'ya, birine sahip olabileceğini zannetmenin boş olduğunu öğrettiyse de –aksini düşünen kendi kendini aldatmış olurdu– kıskançlık son derece doğaldı. Kıskançlık üzerine büyük büyük laflar edilmesine ya da bunun kırılganlığın bir kanıtı olduğunun iddia edilmesine rağmen, insan böyle bir duyguyu kesinlikle bastıramazdı.

En güçlü aşk, kendindeki kırılganlığı ortaya koyabilendi. Her ne olursa olsun, eğer aşkım gerçekse (ve yalnızca kendimi oyalamamın, aldatmamın, bu kentte uzadıkça uzayan zamanı geçirmenin bir yolu değilse), özgürlük kıskançlığı ve doğurduğu acıyı yenecektir; ve acı da doğal sürecin bir parçasıdır. Spor yapanlar bunu bilir: Amaçlarına ulaşmak için, her gün belli bir dozda acı ya da sıkıntıya razı olmak zorundadırlar. İlk başta, rahatsızlık insanın hevesini kırar, sonra zamanla bunun rahatlamaya giden yolun bir aşaması olduğu anlaşılır; ve sonunda, sporcu acı duymadığında egzersizin gereken etkiyi göstermediğini düşünmeye başlar.

Tehlikeli olan, kişinin bu acıya odaklanması, ona bir ad vermesi, onu aklından hiç çıkarmamasıdır; Tanrı'nın yardımıyla Maria bundan kendini kurtarmayı başarmıştı.

Bununla birlikte, bazen kendini Ralf'ın nerede olduğunu, neden ona gelmediğini sorarken yakalıyordu. Şu gar ve baskı altında tutulan arzu hikâyesi yüzünden onu aptal mı bulmuştu acaba? Yoksa aşkını itiraf etti diye bir daha dönmemek üzere kaçmış mıydı? O güzelim duygularının çileye dönüşmesini engellemek için, bir yöntem geliştirdi: Ralf Hart'la ilgili güzel bir anı aklına geldiğinde –şöminedeki ateş ve şarap, onunla keyifle konuşabileceği bir konu ya da sadece bir daha ne zaman geleceğini bilmek için duyduğu tadına doyulmaz istek–, Maria ne işi varsa bırakıp gülümsüyor, hayatta olduğu için, sevdiği adamdan hiçbir beklentisi olmadığı için Tanrı'ya şükrediyordu.

Tam tersine, yüreği Ralf'ın yokluğuna ve onunla birlikteyken Maria'nın bağıra çağıra söylediği aptallıklara sızlanmaya başladığında, Maria kendi kendine, "Ya! Demek kafanı bunlara takmak istiyorsun..." diyordu. "Pek güzel, sen bilirsin, benim yapacak daha önemli işlerim var." Kitaplarına gömülüyor, eğer sokaktaysa, bütün dikkatini çevresindeki hayata veriyordu: Renkler, insanlar, sesler –özellikle de sesler, ayak sesleri, araba gürültüleri, çevirdiği sayfaların hışırtıları, kulağına çalınan sözler–, sonunda olumsuz düşünce de kaybolup gidiyordu. Beş dakika sonra tekrar ortaya çıkarsa, Maria aynı işlemi tekrarlıyordu, ta ki hem kabul ettiği hem de kibarca ittiği bu anılar uzun süre uzaklaşana kadar.

'Olumsuz düşünceler'den biri, Ralf'ı bir daha hiç göremeyeceği varsayımıydı. Biraz çaba, bolca da sabırla, Maria onu 'olumlu bir düşünceye' çevirmeyi başardı: O gittikten sonra Cenevre, Maria için bir yüze dönüşecekti, eski moda kesilmiş upuzun saçlara, çocuksu bir gülümsemeye, kalın bir sese sahip bir erkeğin yüzü. Yıllar sonra, ona gençliğinde gittiği o kenti soran olursa, şu yanıtı verebilecekti: "Güzel, sevme ve sevilme yeteneğine sahip bir yer."

Maria'nın günlüğünden, *Copacabana*'nın durgun günlerinden biri:

Buraya gelenlerle düşüp kalkmaktan çıkardığım sonuç, insanların seksten herhangi bir uyuşturucu gibi yararlandıkları: gerçeklikten kaçmak, zorluklarını unutmak, gevşemek için. Bütün uyuşturucular gibi, bu da zararlı ve yıkıcı.

İnsan uyuşturucu kullanmak istediğinde, keyfine göre ister seksi ister herhangi bir maddeyi seçsin, elde edeceği sonuçlar, yaptığı seçimlere göre az ya da çok hayır sağlar. Ama, sorun hayatta ilerlemekse, 'fena' olmayanla düpedüz 'en iyisi' arasında bir uçurum vardır.

Müşterilerimin düşündüğünün tersine, seks her zaman yapılmaz. Her birimizin içinde bir saat vardır ve iki insanın sevişmesi için, ikisinin saatinin de aynı anda aynı vakti göstermesi gerekir. Bu her gün olmaz. Seven kişinin kendini iyi hissetmesi, seks eylemine bağlı değildir. Birbirini seven, birlikte olan iki insan, oyunlar ve 'tiyatrovari' gösterilerle saatlerini sabır ve sebatla ayarlamalı, ardından sevişmenin birini tanımanın çok ötesinde olduğunu anlamalıdırlar: Erotik bölgelerin 'kucaklaşmasıdır' sevişme.

Her şey önemlidir. Yoğun yaşayan bir varlık her andan ayrı bir keyif alır, seksin eksikliğini duymaz. Cinsel ilişkisi varsa, bu da bolluk içinde yüzdüğü, bardağın taştığı, hayatın kaçınılmaz çağrısını kabul ettiği, o anda, sadece o anda kontrolü kaybetmeyi başardığı anlamına gelir.

Not: Yazdıklarımı okudum az önce: Tanrım, amma entel olmuşum!

Maria, bu sözleri yazdıktan kısa süre sonra, Şefkatli Anne ya da Saf Küçük Kız olarak yeni bir gece yaşamaya hazırlanırken, *Copacabana*'nın kapısı açıldı ve Terence içeri girdi.

Barın arkasında duran Milan memnun görünüyordu: Ufaklık, onu hayal kırıklığına uğratmamıştı. Maria derhal, onca şeyi ifade eden, kendisininse anlamını çözemediği şu sözleri düşündü: 'Acı, ıstırap ve büyük haz.'

"Londra'dan sırf seni görmek için geldim. Sık sık seni düşündüm."

Maria gülümsedi, ama gülümsemesinin cesaret vermemesine özen gösterdi. Terence bu sefer de ritüeli yerine getirmedi, onu ne içki içmeye ne de dansa davet etmeden yanına oturuverdi.

"Öğretmen öğrencisinin bir keşifte bulunmasını sağladığında, kendi de bir keşifte bulunmuş olur."

"Neden bahsettiğini biliyorum," diye karşılık verdi Maria, o sırada Ralf Hart'ı düşünüyor, hatırladıkça baştan aşağı ürperiyordu: Karşısında bir müşteri vardı, saygı göstermeli, onu memnun etmek için elinden geleni yapmalıydı.

"Daha ileri gitmek ister misin?"

Bin frank. Gizli bir âlem. Onu seyreden patron. Kesinlikle istediği an durabilecek olması. Brezilya'ya dönüş için saptadığı tarih. Gelmek bilmeyen bir başka adam.

"Acelen var mı?" diye sordu Maria.

Terence, hayır, diye karşılık verdi. Peki neydi istediği?

"İçki içmeyi, dans etmeyi, mesleğime saygı gösterilmesini istiyorum."

Terence biraz tereddüt etti, ama hükmetmek ve hükmedilmek, oyunun bir parçasıydı. İçkinin parasını ödedi, dans etti, bir taksi çağırdı, kentin içinden geçerlerken Maria'nın parasını verdi ve sonunda gene geçen seferki otele vardılar. İçeri girdiler. Terence, tanıştıkları akşam olduğu gibi İtalyan kapıcıya selam verdi, ardından gene nehir manzaralı odaya çıktılar.

Terence bir kibrit çaktı ve Maria ancak o zaman, yerde sayılamayacak kadar çok mum olduğunu gördü. Terence mumları yakmaya koyuldu.

"Nedir bilmek istediğin? Neden böyle olduğum mu? Niye; yanılmıyorsam birlikte geçirdiğimiz gece çok hoşuna gitmişti? Kendin niye böylesin peki, bunu da merak ediyor musun?"

"Brezilya'da bir inanç vardır: Aynı kibritle üçten fazla mum yakılmaz. Ve sen buna uymuyorsun."

Terence uyarıyı duymazdan geldi.

"Sen de benim gibisin. Buraya bin frank için değil, bir suçluluk, muhtaçlık duygusu yüzünden, komplekslerin ve güvensizliğin yüzünden geliyorsun. Ne iyi, ne de kötü denebilir buna, insanın doğası böyledir."

Televizyonun kumandasını kapıp kanallarda uzun süre gezindikten sonra, ülkelerinden kaçan sığınmacıları gösteren bir haber programında durdu.

"Görüyor musun manzarayı? Bütün dünyanın gözü önünde kişisel sorunlarını ortaya seren insanların katıldığı programları gördün mü? Gazetecilere gidip gazetelerin manşetlerini okudun mu hiç? Herkes acıdan ve ıstıraptan haz duyuyor. Olup bitenleri seyrettiğinde adı sadizm oluyor; mutlu olmak için bütün bunları bilmeye hiç ihtiyaç duymadığına, ama gene de başkalarının trajedisine tanık olduğuna ve bazen bundan acı duyduğuna karar verirsen, ona da mazoşizm diyorlar."

İki kadehe şampanya koydu, televizyonu kapattı ve tekrar mumları yakmaya döndü, Maria'nın söylediği batıl inancı dikkate almaksızın.

"Tekrar ediyorum: Bu, insanlığın durumudur. Cennetten kovulduğumuzdan beri, ya acı çekiyoruz ya da acı veriyor, başkalarının acısını seyrediyoruz. Buna karşı elimizden hiçbir şey gelmez."

Bir gökgürültüsü duydular, kuvvetli bir fırtına yaklaşıyordu.

"Ama yapamıyorum," dedi Maria. "Senin efendi, benim de köle olduğumuzu düşünmek komiğime gidiyor. Acıyla yüzleşmek için herhangi bir 'tiyatro'ya ihtiyacımız yok; hayat zaten acı çekmemiz için fazlasıyla fırsat veriyor bize."

Bütün mumlar yanıyordu şimdi. Terence birini alıp masanın tam ortasına koydu, tekrar şampanya ve havyar getirdi. Maria, çantasındaki bin frangı, onu hem korkutan hem de büyüleyen yabancıyı, korkusunu en iyi nasıl kontrol edebileceğini düşünerek hızlı içiyordu. Bu adamla hiçbir gecenin bir öncekine benzemeyeceğini ve kendisinin onu korkutamayacağını biliyordu.

"Otur."

Ses bir tatlılaşıyor, bir sertleşiyordu. Maria itaat etti ve sıcak bir dalga birden bütün bedenine yayıldı; bu emri biliyordu, kendini daha rahat hissetti. "Tiyatro. Oyunun içine girmeliyim."

Yönetilmek güzeldi. Maria düşünmek zorunda değildi, tek yapması gereken itaat etmekti. Gene şampanya istedi, Terence ona votka getirdi; bu insanı daha çabuk çarpıyor, bilinçaltının daha kolay serbest kalmasını sağlıyor, havyarla da daha güzel gidiyordu.

Açılan şişenin hemen tümünü, Maria tek başına bitirdi. Gökgürültüleri dinmek bilmiyordu. Her şey yaşanan ânın mükemmelleşmesi için yarışıyor, sanki göklerin ve yerin enerjisi de içindeki şiddeti açığa vuruyordu.

Derken Terence, dolaptan küçük bir bavul çıkarıp

yatağın üzerine koydu.

"Sakın kımıldama."

Maria söyleneni yaptı. Terence bavulun içinden, iki parlak kelepçe çıkardı.

"Bacaklarını açıp otur."

Maria boyun eğdi, gücünü kaybetmiş, duyduğu arzu yüzünden uysallaşmıştı. Terence'ın bacaklarının arasına baktığını gördü; siyah külotunu, çoraplarını, baldırlarını görebilir, kıllarını, orasını hayal edebilirdi.

"Ayağa kalk!"

Maria sandalyeden fırladı. Dengesini bulmakta zorlanınca, sandığından çok daha sarhoş olduğunu anladı.

"Bakma bana. Başını eğ, efendine itaat et!"

Söyleneni yerine getirirken, bavuldan incecik bir kırbaç çıktığını görür gibi oldu Maria; kırbaç, havada canlı gibi şakladı.

"İç. Başını sakın kaldırma, ama iç."

Maria bir, iki, üç bardak votka daha içti. Artık bu bir tiyatro oyunu değil, gerçekliğin ta kendisiydi; başka türlü davranmak Maria'nın elinde değildi. Kendini bir nesne, basit bir araç gibi hissediyordu; ve inanılmaz gibi gelse de, bu uysallık ona sonsuz bir özgürlük duygusu veriyordu. Artık öğreten, avutan, sır dinleyen, heyecanlandıran sevgili değildi: Şimdi sadece, Brezilya'nın iç bölgelerinden gelen, insanoğlunun dev gücünün karşısına dikilmiş küçük kızdı.

"Üstündekileri çıkar."

Kuru, arzu barındırmayan bir emirdi bu; ve gene de son derece erotikti. Efendisine saygısını göstermek için başını hâlâ yerde tutan Maria, elbisesinin düğmelerini çözüp yere bıraktı.

"Terbiyesizliğinin farkında mısın?"

Kırbaç tekrar şakladı.

"Cezanı çekeceksin. Senin yaşında bir kız, nasıl olur da bana kafa tutar? Önümde diz çökeceksin!"

Maria diz çökmeye davrandı, ama kırbaç onu durdurdu; ilk kez etine –kalçalarına– dokunuyordu Terence. Yakıyordu, ama iz bırakmayacaktı galiba.

"Diz çök demedim sana. Dedim mi?"

"Hayır."

Kırbaç gene kalçalarını dövdü.

"Söyle! 'Hayır Efendim!'"

Gene şakladı kırbaç. Gene eti yandı. Bir an, kafasından her şeyi ânında durdurabileceği geçti. Sonuna kadar gitmeyi de seçebilirdi, para için değil, Terence'in ilk sefer söylediği şey yüzünden: İnsanoğlu, ancak kendi sınırlarına ulaştığında tanıyabilir kendini.

Ve bu yeniydi, bu, Serüven'di. İsterse eski düzenine dönebilirdi sonradan; ama o an hayatta amaçlarının peşinden yürüyen, bedenini satarak para kazanan ve şömine karşısında ilginç hikâyeler anlatan bir erkek tanıyan genç kız olmaktan vazgeçmişti. Şimdi hiç kimse değildi Maria, ve hiç kimse değilken, hayalini kurduğu her şeydi.

"Çıkar üstünde ne varsa. Sonra da yürü de görebileyim seni."

Maria başını eğip tek kelime etmeden söyleneni yaptı. Onu seyreden adam soyunmamıştı bile, gayet soğukkanlı görünüyordu. Maria'nın gece kulübünde karşılaştığı varlık değildi artık – Londra'dan gelen bir Odysseus, gökten inmiş bir Theseus, dünyanın en güvenli kentini ve dünyanın en kapalı yüreğini istila eden bir haydut. Maria külotuyla, sutyenini çıkarınca içini bir savunmasızlık, korunmasızlık duygusu sardı. Kırbaç, bedenine değmeden havada şakladı.

"Başını kaldırma sakın! Aşağılanmak için buradasın, arzuladığım her şeye boyun eğmek için, anlaşıldı mı?"

"Evet, sahip."

Terence Maria'nın bileklerini kavrayıp kelepçeleri geçirdi.

"Sen görürsün gününü! Doğru dürüst davranmayı öğretmeyi bilirim ben sana!"

Serbest eliyle kızın kalçasına bir tokat attı. Maria haykırdı, bu kez canı yanmıştı.

"Ya! Demek karşı geliyorsun! Peki, görürsün şimdi."

Maria sesini bile çıkaramadan, deri bir tıkaç ağzına kapandı. Konuşmasını, 'sarı' ya da 'kırmızı' demesini engellemezdi tıkaç, ama adamın Maria'ya her istediğini yapmasını sağlıyordu; Maria için kurtuluş yolu yoktu. Çırılçıplaktı, ağzı tıkanmış, bileği kelepçelenmişti, damarlarında da kan yerine votka dolaşıyordu.

Kırbaç tekrar kalçalarında şakladı.

"Odanın içinde ileri geri yürü!"

Maria 'dur', 'sağa dön', 'otur', 'bacaklarını aç' gibi emirlere uyarak yürümeye başladı. Zaman zaman, hiçbir neden yokken bir tokat yiyor, ıstırap çektiğini, aşağılandığını -acıdan daha güçlü ve etkiliydi bu- hissediyordu; sanki artık içinde hiçbir şeyin var olmadığı başka bir dünyada gibiydi. Âdeta dinsel bir duyguydu bu: kendinden tamamen vazgeçmek, egonun, arzuların, iradenin bilincini kaybetmek. Maria sırılsıklamdı, alabildiğine tahrik olmuştu, ne olup bittiğini anlayamıyordu.

"Diz çök gene!"

İtaatin ve aşağılanmanın işareti olarak başını hep yerde tutan Maria, olanları tam göremiyordu; ama bu adamın başka bir evrende, başka bir gezegende derin derin soluduğunu duyuyordu. Kırbaç oynatmaktan, kalçalarını dövmekten yorulmuştu, oysa kendisi giderek güç ve enerjiyle dolduğunu hissediyordu. Utanması geçmişti ve bundan haz aldığını belli etmekte hiçbir sakınca görmüyordu; inlemeye başladı, Terence'ten cinsel organını okşamasını istedi, ama adam onu tatmin edeceğine, üzerine atladığı gibi yatağa itti.

Sertçe -ama Maria'nın tanıdığı, herhangi bir zarar vermeyeceğini bildiği bir sertlikti bu-, Maria'nın bacaklarını iki yana açıp yatağın kenarlarına bağladı. Maria'nın elleri sırtında kelepçelenmiş, bacakları açılmış, ağzı tıkaçlanmıştı. Ne zaman girecekti içine? Buna hazır olduğunu, ona hizmet etmek istediğini, onun kölesi, hayvanı, nesnesi olduğunu, her ne isterse yapacağını görmüyor muydu?

"Seni boşaltayım mı?"

Terence, kırbacın sapını cinsel organına bastırarak, aşağı yukarı sürtmeye başladı; tam klitorise değdiği anda, Maria bütün kontrolünü kaybetti. Ne zamandır orada olduklarını, ne kadar dayak yediğini bilemiyordu. Ama birden orgazma ulaştı; onlarca, yüzlerce adamın aylardan beri ona yaşatamadığı orgazmı tattı. Bir ışık patlaması oldu, Maria ruhunun en derin yerindeki kara bir deliğe girdiğini hissetti; acı ve korku katıksız hazla karışarak onu bildiği bütün sınırların ötesine sürüklüyordu. İnledi, tıkaçlı ağzıyla boğuk bir çığlık kopardı, yatağın üzerinde kıvrandı, kelepçelerin bileklerini kestiğini, deri kayışların ayak bileklerini parçaladığını hissetti. Kıpırdanışı önceki gibi değildi –çünkü kıpırdayamıyordu aslında–, haykırışı önceki gibi değildi –çünkü ağzında tıkaç vardı ve kimse onu duyamazdı–. Acı ve haz buydu işte, klitorisine giderek daha çok baskı yapan kırbacın sapı ve orgazmı haykıran ağzı, cinsel organı, gözleri, gözenekleri, bütün teni.

Maria bir tür transa girmişti, neden sonra ağır ağır ayıldı. Kırbaç, bacaklarının arasından uzaklaşmıştı bile. Saçları terden sırılsıklam kesilmişti; şefkatli eller kelepçeleri ve ayak bileklerindeki deri kayışları çıkardı.

Uzandığı yerde öylece kaldı; kafası karmakarışıktı; erkeğe bakamıyordu, çünkü çığlıklarından, orgazma ulaşmış olmaktan, kendinden utanıyordu. Saçlarını okşayan Terence de soluk soluğaydı – ama haz duyan yalnızca Maria'ydı; o kesinlikle kendinden geçmiş değildi.

Maria çıplak bedeninin ağırlığını; emirler vermekten, haykırmaktan, durumu kontrol etmekten yorulmuş olan giyinik adama yasladı. Şimdi ne diyeceğini, nasıl devam edeceğini bilemiyordu, ama güvenlikteydi, bir tehlike yoktu: Terence, tanımadığı bir parçasına ulaşmaya çağırmıştı onu. Maria'nın koruyucusu ve efendisiydi o.

Maria ağlamaya başladı, Terence de sabırla onun sakinleşmesini bekledi.

"Ne yaptın bana?" dedi Maria gözyaşları içinde.

"Sana ne yapmamı istediysen, onu."

Maria yüzüne bakınca, umutsuzca ona ihtiyaç duyduğunu anladı.

"Seni zorlamadım, seni mecbur tutmadım, 'sarı' dediğini de duymadım. Gücüm sadece senin izin verdiğin kadardı. Herhangi bir baskı ya da şantaj yoktu, tek var olan senin iradendi; sen köle, ben efendi bile olsak, gücüm sadece seni kendi özgürlüğüne doğru itmeye yetiyordu."

Kelepçeler. Ayak bileklerinde deri kayışlar. Bir tıkaç. Acıdan daha güçlü ve daha yoğun bir aşağılanma duygusu. Ne var ki, Terence haklıydı, Maria'nın duyumsadığı sınırsız bir özgürlüktü. Maria enerjiyle, canlılıkla dolduğunu hissediyordu; yanı başındaki adamın bitkin düştüğünü görünce şaşırdı.

"Boşaldın mı?"

"Hayır," dedi Maria. "Efendinin işi, köleyi zorlamaktır. Köle ise, sadece efendisi zevk alırsa haz duyabilir."

Hepsi çok anlamsızdı. Bu bir fantezi dünyasıydı; kitaplarda sözü bile geçmeyen, gerçek hayatla da hiç ilgisi olmayan bir dünya. Maria ışıl ışıldı, Terence ise, içi boşalmışçasına, donuk.

"İstediğin an gidebilirsin," dedi Terence.

"Gitmek değil, anlamak istiyorum."

Maria, göz alıcı ve görkemli çıplaklığıyla ayağa kalkıp iki kadeh şarap doldurdu. İki de sigara yakıp birini Terence'e verdi. Roller tersine dönmüştü, o efendisine hizmet eden, böylece verdiği haz için onu ödüllendiren köleydi şimdi.

"Giyinip gideceğim. Ama önce biraz konuşsak keşke."

"Söyleyecek hiçbir şey yok. İstediğim buydu, sen de

harikaydın. Yorgunum, yarın Londra'ya dönmem gerek."

Uzanıp gözlerini kapattı. Maria onun uyur taklidi yapıp yapmadığını anlayamamıştı, ama bunu pek önemsemiyordu da. Yüzünü cama yapıştırıp gölü seyrederek sigarasını keyifle tüttürdü, şarabını ağır ağır içti. Bir taraftan da birilerinin kendisini böyle görmesini arzuluyordu – çırılçıplak, dolu dolu, doyurulmuş, kendinden emin bir halde.

Giyindi, hoşçakal demeden çıktı, Terence'in onu kapıya kadar geçirmemesini de önemsemedi: Buraya tekrar gelip gelmeyeceğini bilemiyordu.

Terence kapının kapandığını duydu. Maria'nın bir bahane uydurup geri dönüp dönmeyeceğini anlamak için bekledi, birkaç dakika sonra kalkıp bir sigara yaktı.

Kızın kendince bir tarzı vardı, diye düşündü. Bütün işkenceler içinde en bilineni, en eskisi ve en az acı vereni olan kırbaca dayanmıştı. Birbirine yaklaşmak isteyen ve bunu ancak karşılıklı acı vererek başarabilen iki varlık arasındaki bu gizemli ilişkiyi ilk nasıl yaşadığını hatırladı.

Dışarıda milyonlarca çift, farkında olmadan her gün sado-mazoşizm sanatını uyguluyordu. İşe gidiyor, eve geliyor, her şeyden şikâyet ediyorlardı. Erkek kadına saldırıyor ya da onun saldırısına uğruyor, her ikisi de kendilerini sefil, ama mutsuzluklarına derinden bağlı hissediyor, baskıdan kurtulmak için tek bir hareketin ya da 'bir daha asla' demenin yeteceğini bilmiyorlardı. Terence, bunu, ünlü bir İngiliz şarkıcısı olan karısıyla yaşamıştı; bir zamanlar kıskançlıktan gözü dönerek kadına dünyayı dar eder, günlerini avuç avuç sakinleştirici yutarak, gecelerini kendini alkolde boğarak geçirirdi. Karısı onu seviyor ve neden böyle davrandığını anlamıyordu; Terence de onu seviyor ve kendisi de davranışlarını çözemiyordu. Ama birbirlerine acı vermeye mecburdular sanki; varoluşlarının temellerinden biri gibiydi bu.

Günün birinde bir müzisyen –Terence onu çok tuhaf bulurdu, çünkü kaçıklarla dolu bu çevrenin içinde aşırı normal kalıyordu– stüdyoda bir kitap unuttu. Leopold von Sacher-Masoch'un *Kürklü Venüs*'üydü bu. Terence kitabı karıştırmaya koyuldu, okudukça kendini daha iyi anladığını gördü.

Güzel kadın soyundu ve kısa saplı, uzun bir kırbaç alıp bileğine geçirdi. "Madem istediniz," dedi, "ben de sizi kırbaçlarım." "Haydi, yapın," diye mırıldandı âşığı. "Size yalvarıyorum."

Terence'ın karısı stüdyonun ortasındaki camlı bölmenin içinde prova yapıyordu. Teknisyenlerle ses iletişimini sağlayan mikrofonun kapatılmasını istemiş, isteği de yerine getirilmişti. Terence, onun belki de piyanistle bir randevu ayarlamakta olduğunu hayal etti. Birden anlayıverdi: Kadın onu deliye çeviriyordu, ama anlaşılan kendisi acı çekmeye alışmıştı bir kere ve artık acısız yaşaması mümkün değildi.

"Sizi kırbaçlayacağım," diyordu romandaki çıplak kadın. *"Haydi yapın. Yalvarırım size."*

Terence yakışıklıydı, plak şirketi içinde büyük güce sahipti. Bu hayatı sürdürmeye mecbur muydu?

Böyle yaşamaktan hoşlanıyordu. Büyük ıstıraplar çekmek boynunun borcuydu, çünkü hayat ona cömert davranmıştı ve o para, saygınlık, ün gibi lütufları hak etmiyordu. Meslek hayatında vardığı noktada her şey başarıya bağlıydı. Bu da onu kaygılandırıyordu, çünkü tepedeyken bir anda aşağı yuvarlanan çok insan görmüştü.

Kitabı son satırına kadar hatmetti. Acıyla hazzın gizemli birliği hakkında, eline her geçeni okumaya başladı. Derken karısı, kiraladığı video kasetlerini, sakladığı kitapları keşfetti; doğal olarak ona bütün bunların ne anlama geldiğini sordu, hatta hasta olduğundan kuşkulandı. Terence hasta olmadığına onu ikna etti, yeni bir plağı resimlemek için araştırma yapıyordu, hepsi bu. Ve sonra, laf arasında şöyle bir öneride bulundu: "Biz de denesek mi?"

Denediler. İlk başta son derece ürkektiler ve sex-shop'larda buldukları rehber kitaplarda yazanları yaptılar. Sonraları, yavaş yavaş yeni teknikler geliştirerek sınırları zorlamaya, tehlikelere atılmaya başladılar; ama bir yandan da evliliklerinin giderek pekiştiğini hissediyorlardı. Lanetli, yasak bir sırrın ortağıydılar.

Yaşadıkları deneyim, giderek bir sanata dönüştü: Deri ve metal çivilerle yeni bir moda yarattılar. Terence'in karısı, sahneye elinde kırbacı, ayağında çizmesi ve jartiyeriyle giriyor, izleyicileri alabildiğine coşturuyordu. Bu yeni plak İngiltere'de liste başı oldu ve bütün Avrupa'da büyük başarıya ulaştı. Terence, karısının kişisel taşkınlıklarını gençlerin bu kadar kolay kabul etmesine şaşırmıştı; bulabildiği tek açıklama, içlerinde bastırdıkları şiddetin bu sayede yoğun, ama saldırgan olmayan bir tarzda dile gelebildiğiydi.

Şirketin simgesi haline gelen kırbaç tişörtlere basıldı, kırbaçlı dövmeler, çıkartmalar, posta kartları piyasaya çıktı... Ve epey okumuş biri olan Terence, kendini daha iyi anlamak amacıyla bu dürtünün kökeninde yatanı aramaya koyuldu.

Fahişeye söylediğinin tersine, bunun kara vebayı durdurmayı isteyen tövbekârlarla hiçbir ilgisi yoktu. Daha tarihin en karanlık zamanlarında bile, insanoğlu, kontrol altına alınmış acının, onu özgürleşmeye götüren pasaport olduğunu anlamıştı.

Bir erkeğin, canını feda ederse ülkesini ve dünyayı kurtarabileceği inancı, daha Mısır'da, Roma'da ve İran'da bile vardı. Çin'de, bir doğal afet meydana geldiğinde imparator cezalandırılırdı, çünkü o, tanrısal güçlerin yeryüzündeki temsilcisiydi. Antik Yunan'da, Sparta'nın en iyi savaşçıları Tanrıça Artemis'in onuruna, yılda bir kez, sabahtan akşama dek kamçılanırdı; seyirciler de haykırarak, onları acıya onurla katlanmaları için yüreklendirirlerdi; gelecekteki savaşları göğüslemeyi böyle öğreneceklerdi. Günün sonunda rahipler savaşçıların sırtındaki yaraları inceleyerek Sparta'nın geleceğini okurlardı.

IV. yüzyılda, İskenderiye yakınlarında kurulmuş bir tarikatın üyeleri olan Çöl Rahipleri, şeytan kovmak ya da tinsel arayışta zihnin bedenden üstün olduğunu kanıtlamak için kendi kendilerini kamçılarlardı. Azizlerin yaşamöyküleri, bu türden örneklerle dolup taşıyordu – Azize Rose dikenli bahçelerde koşar, Aziz Dominicus Loricatus her akşam yatmadan önce kendini kırbaçlar, din şehitleri kendi istekleriyle çarmıhta ağır ağır ölür ya da vahşi hayvanlara yem olurlardı. Bu öykülerin hepsi, acının, bir kere aşıldıktan sonra insanı mistik bir sarhoşluğa götürdüğünü ifade ediyordu.

Henüz doğrulanmamış yeni araştırmalar, halüsinasyon yaratma özelliği olan bir mantarın vücuttaki yaraların üzerinde gelişebildiğini, böylece kişinin sanrılar görmesine neden olabildiğini ortaya koyuyordu. Anlaşılan duyulan haz öyle büyüktü ki, bu yöntem kısa sürede manastırların dışına çıkıp bütün dünyaya yayılmıştı.

1718'de, bedene zarar vermeksizin acı çekerek hazza ulaşmayı anlatan *Kendi Kendini Kırbaçlama Kitabı* diye bir kitap yayınlanmıştı. XVIII. yüzyılın sonunda, Avrupa'nın dört bir yanında, insanların acıdan zevk almaya çalıştığı pek çok yer mevcuttu. Arşivlere göre, bazı kralların ve prenseslerin de hizmetçilerine kendilerini dövdürme alışkanlıkları vardı; sadece acı çekerek değil, acı vererek de hazza varılabileceğinin keşfedilmesinden önceydi bu; gerçi böylesi insanı daha çok yıpratıyor ve öbürü kadar zevk vermiyordu.

Terence sigarasını içerken, aklından insanlığın büyük bir bölümünün düşüncelerini anlayacak düzeyde olmadığını geçiriyor, bundan da epeyce hoşlanıyordu. Böylesi daha iyiydi: sadece seçilmişlerin içine girebileceği, kapalı bir gruba dahil olmak. Kendi durumunda, evlilik işkencesinin nasıl bir mutluluğa dönüştüğünü hatırladı sonra. Karısı Cenevre'ye ne amaçla geldiğini biliyor, bundan bir rahatsızlık da duymuyordu; tam tersine, bu hasta dünyada, kocasının bir haftalık ağır çalışmanın üstüne beklediği ödülü alması onu sevindiriyordu.

Az önce odadan çıkan kız, her şeyi anlamıştı. Ruhları birbirine yakındı. Terence hissediyordu bu yakınlığı; karısını sevmesine ve başka birine âşık olmaya hazır olmamasına rağmen. Ama, özgür olduğunu düşünmek, yeni bir ilişkinin hayalini kurmak hoşuna gidiyordu.

Sıra en zor aşamadaydı şimdi: Maria'yı, onu merhametsizce aşağılayıp cezalandırabilecek bir Kürklü Venüs'e, bir Hükmedici'ye, bir Efendi'ye dönüştürmek. Bu sınavı da aşarsa, Terence yüreğini Maria'ya açacak, içeri girmesine izin verecekti.

Maria'nın günlüğünden; votkanın ve hazzın sarhoşluğundan henüz çıkamamışken:

Artık kaybedecek hiçbir şeyim kalmadığında, her şeyi elde ettim. Kendim olmaktan çıktığımda, kendimi buldum. Katıksız aşağılanmayı ve itaati tanıdığımda, özgürlüğümü kazandım. Hasta mıyım, bütün bunlar bir rüya mıydı, yoksa bu insanın başına sadece bir kez mi gelir, bilemiyorum. O olmadan da yaşayabileceğimi biliyorum, ama gene de keşke onu bir daha görsem, yaptıklarımızı tekrarlasak, daha öteye geçsek.

Acıdan biraz korkuyordum, oysa aşağılanma ondan da güçlüymüş, acı sadece bir bahaneymiş. Aylardan sonra, bütün o erkeklerin ve bedenime yaptıklarının üstüne ilk kez orgazm olduğumda, kendimi –acaba bu mümkün müdür gerçekten?– Tanrı'ya daha yakın hissettim. Kara veba hakkında söyledikleri geldi aklıma; kendi kendilerini dövenlerin, insanlığın selameti için kendilerini teslim ettikleri acıda zevki bulmaları. Benim niyetim insanlığı, onu ya da kendimi kurtarmak değildi; ben sadece oradaydım.

Seks sanatı, kontrolsüzlüğü kontrol edebilme sanatı demek.

Bu oyun değildi: Gerçekten gardaydılar, çünkü Maria oradaki pizzacıyı çok seviyordu. Biraz kapris yapmaya hakkı vardı sonuçta. Ralf bir gün önce gelmeliydi, Maria henüz aşkı, arzuyu, şömine ateşini ve şarabı arayan bir kadınken. Ama hayat başka türlüsünü istemişti. Bugün, zihnini seslere ve yaşanan âna yoğunlaştırmaya ihtiyaç duymamıştı; bunun için de iyi nedenleri vardı; bir kez olsun Ralf'ı düşünmemiş, kendisini çok daha fazla ilgilendiren keşiflerde bulunmuştu.

Şimdi yanı başında duran, eve gitmeden önce belki de sevmediği halde pizza yiyen bu adamla ne yapabilirdi? *Copacabana*'ya gelip ona içki ısmarladığında, Maria'nın aklından ona her şeyin bittiğini, kendine başka kız bakabileceğini söylemek geçmişti; öte yandan bir önceki gece olanları biriyle paylaşma ihtiyacıyla kıvranıyordu.

Kendi gibi 'özel müşterilerle' ilgilenen fahişelerle konuşmayı denemiş, ama hepsi sırtını dönüp gitmişti. Tanıdığı bütün erkekler içinde, Milan 'özel müşteri' gözüyle baktığına göre, Ralf Hart belki de onu anlayabilecek tek kişiydi. Ne var ki aşkla parlıyordu gözleri, bu da işi zorlaştırıyordu. Konuyu hiç açmamak daha iyiydi.

" 'Acı, ıstırap ve büyük haz' hakkında ne biliyorsun?"

Maria gene kendini tutamamıştı.

Ralf yemeğini bıraktı.

"Her şeyi biliyorum. Ve hiç ilgimi çekmiyor."

Hızlı gelen yanıt, Maria'yı sarsmıştı. Ne yani, onun dışında herkes her şeyi biliyor muydu? Nasıl bir dünyaydı bu, hey Tanrım?

"Kendimdeki iblislerle ve karanlıklarla yüzleştim," diye devam etti Ralf. "Sonuna kadar gittim, her şeyi denedim; sadece bu yönde değil, daha pek çok alanda. Ne var ki, en son görüştüğümüzde, arzunun içinde ulaştım sınırlarıma, acının değil. Ruhumun derinliklerine daldım; güzelliklere, şu hayattaki pek çok güzel şeye içim gidiyor hâlâ."

İçinden, "Sen de o güzel şeylerden birisin," demek geçti; "yalvarırım, o yola girme," ama cesaret edemedi. Bunun yerine bir taksi çağırıp şoföre göl kıyısına gitmesini söyledi; sonsuz bir zaman önce birlikte yürümüşlerdi orada, tanıştıkları gün. Maria buna şaşırdı ama istifini bozmadı; içgüdüleri ona kaybedecek çok şeyi olduğunu söylüyordu, zihni ise bir gece önce olanların sarhoşluğu içindeydi hâlâ.

Maria donukluğundan ancak göl kıyısına geldiklerinde sıyrıldı. Yaz sürüyordu, ama gece soğuktu.

"Burada ne işimiz var?" diye sordu arabadan inince. "Hava rüzgârlı, nezle olurum."

"Söylediklerini uzun uzun düşündüm; acı ve haz demiştin. Ayakkabılarını çıkar."

Maria, bir keresinde başka bir müşterisinin de aynı şeyi istediğini ve sadece ayaklarına bakarak tahrik olduğunu hatırladı. Serüven yakasını hiç bırakmayacak mıydı?

"Üşüteceğim."

"Söylediğimi yap," diye ısrar etti Ralf. "Fazla oyalanmazsak soğuk almazsın. Ben sana güveniyorum, sen de bana güven."

Maria, Ralf'ın ona yardımcı olmaya çalıştığını anladı; belki de ağzı yanmıştı vaktiyle ve şimdi Maria'nın da başında aynı tehlikenin dolaştığını düşünüyordu. Ama Maria, yardım istemiyordu. Acının bir sorun olmaktan çıktığı yeni evreninde mutluydu o. Bununla birlikte, Brezilya'yı, orada bu kadar farklı bir dünyayı paylaşabileceği bir eş bulmasının imkânsızlığını düşündü; ve Brezilya onun için hayatta her şeyden önemli olduğundan, ayakkabılarını çıkardı. Yere saçılmış küçük taşlar yüzünden çorapları çok geçmeden yırtıldı. Hiç önemi yoktu, yenisini alırdı.

"Ceketini çıkar."

Maria reddedebilirdi, ama geceden beri, her istenene evet demenin mutluluğuna alışmıştı. Ceketini çıkardı. Henüz sıcaklığını koruyan bedeni ilk başta tepki vermedi, ardından soğuk yavaş yavaş batmaya başladı.

"Yürüyelim. Ve konuşalım."

"Burada olmaz; yerler taş dolu."

"Daha iyi ya. O taşları hissetmeni, canının yanmasını, seni yaralamalarını istiyorum: Hiç kuşkum yok, hazza uzanan acıyı tatmışsın sen –tıpkı benim gibi– ve bunu ruhundan söküp atmak istiyorum."

Maria'nın içinden, 'boşuna uğraşma, ben hoşlanıyorum bundan' demek geldi. Ama gene de yürümeye koyuldu. Havanın soğukluğu ve tabanlarını parçalayan sivri taşlar yüzünden kaplumbağa hızıyla gidebiliyordu.

"Bir sergi için Japonya'ya gitmiştim, senin deyiminle 'acı, aşağılanma ve büyük haz'za kendimi verdiğim dönemde. O zamanlar bunun dönüşsüz bir yol olduğunu, giderek içine batacağımı, hayatımda cezalandırmak ve cezalandırılmak arzusundan başka hiçbir şey kalmayacağını sanıyordum.

"İnsanız biz, suçluluk duygusuyla doğarız, mutluluğun gerçekleşmesi ihtimali bizi korkutur. Ölürken başkalarını cezalandırma isteğiyle doluyuzdur, çünkü kendimizi daima güçsüz, haksızlığa uğramış, mutsuz hissederiz. Günahlarının kefaretini ödemek ve günahkârları cezalandırabilmek, ah! Harika, değil mi? Evet, muhteşem."

Maria yürüyordu. Bütün çabalarına rağmen, çektiği acı ve soğuk yüzünden Ralf'ı dinlerken dikkati dağılıyordu sürekli.

"Bugün, bileklerindeki izleri fark ettim."

Kelepçeler. Maria izleri gizlemek için bir sürü bilezik takmıştı, ama deneyimli gözler, aradıklarını daima bulurlar.

"Her neyse, yeni deneyimlerin seni bu adımı atmaya götürüyorsa, sana engel olamam. Ama bil ki, bunun gerçek hayatla hiçbir ilgisi yok."

"Adım mı?"

"Acı ve haz. Sadizm ve mazoşizm. Nasıl istersen öyle söyle. O yolun yolcusu olduğuna eminsen üzülürüm. Duyduğumuz arzuyu, buluşmalarımızı, Saint-Jacques'ta yürüyüşümüzü, ışığını hatırlarım. Bir tükenmez kalem var ki, özel bir yerde saklarım ve ne zaman şöminede ateş yaksam seni düşünürüm. Ama artık seni görmek istemem."

Maria korkuya kapıldı. Geri adım atmanın, gerçeği söylemenin, Ralf'a bilgiçlik taslamayı bırakmanın zamanı gelmişti.

"Kısa süre önce, daha doğrusu daha dün ilk kez yaşadım bu deneyimi. Beni korkutan, bayağılaşmanın son sınırına vardığımda, kendimi bulmak."

Konuşmakta giderek zorlanıyordu; dişleri birbirine çarpıyor, ayakları zonkluyordu.

"Kumano diye bir bölgedeydi sergi. Günün birinde bir oduncu çıkageldi," diye devam etti Ralf sanki onu duymamış gibi. "Tablolarımı beğenmedi, ama resimlerime bakarak ne yaşadığımı ve hissettiğimi çözdü. Ertesi gün, otele beni görmeye geldi ve mutlu olup olmadığımı sordu. Eğer mutluysam, hoşuma giden şeyi yapmaya devam etmeliymişim. Yok hayırsa, birkaç gün onunla kalmalıymışım.

"Beni, şimdi sana yaptığım gibi, taşların üzerinde yürüttü zorla. Soğuğu hissettirdi. Beni, acının güzelliğini anlamaya mecbur etti. Ancak, bu insandan değil, doğadan gelen bir acıydı. *Shugen-do* diyordu adına, bin yıllık bir sanatmış.

"Acıdan korkmayan bir adam olduğumu, bunun da

iyi bir şey olduğunu, çünkü, insanın ruhuna hükmedebilmesi için bedenine hükmetmeyi öğrenmesi gerektiğini söyledi. Ama acıdan yanlış bir biçimde yararlanıyormuşum ve bu son derece kötüymüş.

"Bu yontulmamış oduncu, beni benden daha iyi tanıyor gibiydi, ürkütüyordu beni. Öte yandan, tablolarımın hissettiklerimi harfiyen yansıttığını bilmek, göğsümü kabartıyordu."

Maria, ötekilerden daha sivri bir taşın ayağını kestiğini hissetti. Ama en beteri soğuktu. Bedeni uyuşmaya başlamıştı. Ralf Hart'ın söylediklerini izlemek de giderek zorlaşıyordu. Tanrı'nın şu mübarek dünyasında, neden erkeklerin aklı fikri ona acı vermekteydi? Kutsal acı, hazla karışık acı, açıklaması olan ya da olmayan acı, ama hep acı, hep acı...

Yaralı ayağına bir taş daha battı. İçinden yükselen çığlığı bastırdı ve yürümeye devam etti. İlk başta, samimiyetini, kendi üzerindeki hâkimiyetini, Ralf'ın deyimiyle 'ışığını' korumaya çalışmıştı. Şimdi ağır ağır ilerlerken midesi kalkıyor, düşünceleri sürekli aynı noktada dönüyordu. İçinden durmak geldi, bütün bunların hiçbir anlamı yoktu ve durmadı.

Durmamasının nedeni, kendine olan saygısıydı; yalınayak yürümeye sonuna kadar katlanabilirdi, bir ömür boyu sürecek değildi ya. Birden, aklından başka bir düşünce geçti: Ya ayağını kötü bir biçimde yaralar ya da ateşi çıkar da *Copacabana*'ya gidemezse; bu soğukta gribe yakalanacağı kesindi ne de olsa. Barda bekleyen müşterileri, ona sonsuz güvenen Milan'ı, kazanamayacağı parayı, gelecekte alacağı çiftliği, onunla büyük gurur duyan annesiyle babasını düşündü... Ama acı, kısa süre sonra aklını uyuşturdu tekrar ve Maria istemsizce adım atmaya devam etti. İçinden, Ralf Hart'ın çabasını takdir etmesi, oyunu burada kesip ayakkabılarını giymesini söylemesi için dua ediyordu.

Ralf ise, umursamaz ve mesafeli görünüyordu; sanki

Maria'yı kendisinin bilmediği, şimdi aklını çelen, ama sonunda onda kelepçelerden daha fazla iz bırakacak bir şeyden kurtarmanın tek yolu buymuş gibi. Ralf'ın yardımcı olmaya çalıştığını bilmesine rağmen, Maria iradesinin gücünü kanıtlamak için ne kadar çaba harcasa da, acı bütün düşünceleri bastırıyordu – dinle ilgisi olmayanları da, en yücelerini de. Acı tek başına bütün boşluğu kaplıyor, Maria'yı korkutuyor, onu, bir sınır var, demeye zorluyordu ve ben o sınıra varamayacağım.

Ama bir adım attı.

Bir adım daha.

Acı şimdi ruhunu sarıyor, güçten düşürüyordu sanki. Çünkü beş yıldızlı bir otelde, önünde votka ve havyar, bacaklarının arasında bir kamçıyla çırılçıplak tiyatro yapmak başkaydı; taşlardan parçalanmış çıplak ayaklarla soğukta yürümek başka. Pusulasını şaşırmıştı artık, Ralf Hart'la tek kelime konuşamıyordu. Ağaçların arasında bir patika çizen küçük, kesici taşlardan başka hiçbir şey mevcut değildi dünyasında.

Tam vazgeçmek üzereyken, içini tuhaf bir duygu sardı: Sınırına ulaşmıştı, ama ötesinde bir boşluk uzanıyordu, kendi kendinin üzerinde salındığı, ne hissettiğini anlayamadığı bir boşluk. Tövbekârlar da aynısını mı duymuştu? Acının öbür ucunda, başka bir bilinç düzeyine açılan bir kapı olduğunu fark ediyordu, o bilincin içinde asla alt edemeyeceği zalim doğaya yer vardı sadece.

Çevresinde ne varsa, hayale dönüştü: yarım yamalak aydınlatılmış park, karanlık göl, sessiz adam, yalınayak zar zor yürüdüğünü fark etmeden gezinen bir-iki çift. Soğuktan mıydı bu, yoksa ıstıraptan mı? Birden bedenini hissedemez oldu ve ne arzunun ne de korkunun var olduğu, sadece gizemli –bunu nasıl adlandırabilirdi?–, gizemli bir 'huzur'la dolu bir ruh haline girdi. Acının sınırıyla onunki bir değildi; o daha öteye geçebilirdi.

Sessizce çile dolduran bütün insanlar geçti aklından. Oysa kendisi, kendi acısını kışkırtıyordu – ama artık bunun bir önemi yoktu, bedenin sınırlarını aşmıştı. Sadece ruh kalmıştı ona, sadece 'ışık' – bir zamanlar birilerinin cennet diye adlandırdığı bir tür boşluk. Öyle acılar vardır ki, ancak onlardan daha yükseğe çıkabildiğimizde unutulurlar.

Hatırladığı kadarıyla, ikinci sahnede Ralf Hart onu kollarına alıyordu. Ralf, ceketini çıkarıp Maria'nın omuzlarına koydu. Soğuktan bayılabilirdi aslında, ama önemsizdi bu: Maria memnundu, içinde korku yoktu – kazanmıştı. Bu adamın karşısında alçalmamıştı.

Dakikalar saatler oldu. Maria onun kollarında uyumuş olmalıydı, çünkü uyandığında gece sürüyordu, ama kendisi bir odadaydı. Bir köşede bir televizyon duruyordu. Başka hiçbir şey yoktu. Beyaz, boş.

Ralf, elinde sıcak bir çikolatayla yanına geldi.

"Çok güzel," dedi, "gelmek istediğin yerdesin."

"Çikolata değil, şarap istiyorum. Odamıza gitmek istiyorum, şömineyi, her yere yayılmış kitapları istiyorum."

'Odamız' demişti. Aklından geçen bu değildi.

Ayaklarına baktı; küçük bir kesik dışında, birkaç saat sonra kaybolacak kırmızılıklar. Biraz zorlanarak da olsa merdivenden inip şöminenin önüne, halının üzerine yayıldı. O köşedeyken, sanki bu evdeki yerini bulmuş gibi iyi hissediyordu kendini.

"Oduncunun dediğine göre, insan bedenini çalıştırırken, bedeninden her şeyi beklerken, zihin, sende gördüğüm 'ışığa' benzeyen tuhaf bir tinsel güce kavuşurmuş. Ne hissettin?"

"Acının kadınların yoldaşı olduğunu."

"İşte bu tehlikeli."

"Acının bir sınırı olduğunu."

"Kurtuluş da burada. Bunu sakın unutma."

Maria'nın aklı karışmıştı. 'Huzur'u, kendi sınırlarının ötesine geçtiğinde hissetmişti. Acı çekmenin yeni bir biçimini keşfetmiş, bu da onda özel bir haz uyandırmıştı.

Ralf büyük bir resim kâğıdı alıp Maria'nın önüne yaydı.

"Fuhuşun tarihi. Tanıştığımız gün, bu konuyu araştırmamı istemiştin benden."

Evet, istemişti, ama sırf vakit geçirmek ve ilgi çekmek için. Şimdi zerre kadar önemi kalmamıştı.

"Şu son günleri, bilinmedik bir denizde seyrederek geçirdim. Fuhuşun bir tarihi olduğunu sanmıyordum. Hep söylendiği gibi, dünyanın en eski mesleği olduğunu düşünüyordum yalnızca. Ama böyle bir tarih var, daha doğrusu *iki* tarih."

"Ya bu resimler?"

Ralf'ın yüzünde, Maria'nın anlam veremediği bir hayal kırıklığı ifadesi belirdi, ama kendini topladı:

"Okurken, araştırma yaparken ve öğrenirken kâğıda çiziktirdiklerim."

"Bunu başka bir gün konuşuruz. Bugün konuyu değiştirmeyelim, acıyı anlamaya ihtiyacım var."

"Acıyı dün hissettin ve seni hazza götürdüğünü keşfettin. Bugün gene duydun ve huzuru buldun. İşte bunun için söylüyorum: Alışma ona, insanı kendine müptela eden güçlü bir uyuşturucudur acı. Günlük hayatımızda, gizli ıstırabımızda, dünya nimetlerine sırt çevirmemizde, aşktan oluyor sandığımız hayal kırıklıklarımızda hep o vardır. Acı, gerçek yüzünü gösterdiğinde insanı korkutur, ama kendini feda etme, dünyadan vazgeçme ya da alçaklık süsüne büründüğünde çekicidir. İnsanoğlu onu reddedebilir, ama onunla cilveleşmenin, onu hayatının bir parçası haline getirmenin bir yolunu bulur hep."

"Buna inanmıyorum. Kimse acı çekmek istemez."

"Acı olmadan da yaşayabileceğini anlayabilirsen, bu başlı başına büyük bir adımdır, ama herkesin senin gibi davranacağını sanmayasın. Kimse onu istemez, ne var ki hemen herkes acının, kendini feda etmenin peşinde koşar. Bu sayede arınırlar, aklanırlar; çocuklarının, eşlerinin, komşularının, Tanrı'nın saygısına layık olurlar. Bunu sonra düşünürüz, sadece şunu bil ki, dünyayı döndüren haz arayışı değil, temel olan her şeyden vazgeçmektir. Asker savaşa, düşmanı öldürmeye mi gider? Hayır;

amacı ülkesi uğruna ölmektir. Kadın, hayatından ne kadar memnun olduğunu kocasına belli etmekten hoşlanır mı? Hayır: Onun uğruna saçını süpürge ettiğini ve çile çektiğini görsün ister. Koca işe kendini geliştirmek için gittiğini aklından geçirir mi? Hayır: O, ailesinin iyiliği için ter ve gözyaşı dökmektedir. Ve böyle devam eder: Çocuklar anneleriyle babalarının hatırına hayallerini bir kenara bırakırlar, ana-babalar çocukları için ömürlerinden vazgeçerler, acı ve ıstırap, aslında neşe kaynağı olan aşkın kanıtı olup çıkar."

"Yeter."

Ralf sözünü yarım bıraktı. Konuyu değiştirme vakti gelmişti, o da art arda resimlerini çıkarıp göstermeye koyuldu. İlk başta hepsi karmaşık görünüyordu, birtakım insanlar vardı, ama birtakım karalamalar, renkler, sinirli ya da geometrik çizgiler de mevcuttu. Yavaş yavaş, Maria onun ne söylediğini anlamaya başladı, çünkü her sözüne elinin bir hareketini katıyor, her cümlesi Maria'yı, o güne dek bir parçası olmayı reddettiği dünyanın içinde bir yere oturtuyordu. Maria bir taraftan da fahişeliğin hayatının sıradan bir evresi, bir para kazanma yolu olduğunu söyleyip duruyordu içinden, hepsi buydu.

"Fahişeliğin bir değil, iki tarihi olduğunu keşfettim. Birincisini sen de biliyorsun, çünkü o senin de tarihin aynı zamanda: Güzel bir kız, seçtiği –ya da onun adına seçilmiş– çeşitli nedenlerden dolayı, ancak bedenini satarak ayakta kalabileceğini fark eder. Bu sayede halklara hükmetmeyi başaranlar vardır; Roma'da Messalina'nın yaptığı gibi. Kimileri Madam de Barry gibi efsaneleşir; daha başkaları casus Mata Hari gibi serüven ve bahtsızlıkla aynı anda oynaşır. Ama çoğu ömürleri boyunca ne bir zafer kazanır, ne de tehditlere meydan okuyabilir: Ün, koca, serüven peşinde koşan kızlar olarak kalırlar daima. Sonunda başka bir gerçekliği keşfeder, bir süre buna dalar, alışır, duruma hâkim olduklarını sanırlar, oysa başka şey yapmayı beceremez hale gelmişlerdir.

"Üç bin yılı aşkın zamandır, sanatçılar heykeller, tablolar yapar ya da kitaplar yazarlar. Fahişeler de dünya hep eski tas eski hamam gidiyormuş gibi mesleklerini icra ederler. Ayrıntı ister misin?"

Maria başıyla, evet dedi. Zaman kazanması, acıyı anlaması gerekiyordu. Parkta yürürken son derece zararlı bir şey bedeninden çıkmıştı galiba.

"Klasik metinlerde, Mısır hiyerogliflerinde, Sümer yazıtlarında, Eski ve Yeni Ahit'te fahişelerin adı geçer. Ama meslek olarak örgütlenmesi, İsa'dan önce VI. yüzyılı buldu; yasa koyucu Solon'un Yunanistan'da devlet kontrolü altında genelevler açması ve 'et ticareti'ni vergilendirmesiyle oldu bu. Atinalı işadamları buna çok sevindiler, çünkü eskiden yasak olan bu ticaret artık yasallaşmıştı. Fahişeler ise, bundan böyle ödedikleri vergiye göre sınıflandırılacaktı.

"En ucuzlarına *porne* denirdi, genelevin patronlarına ait kölelerdi bunlar. İkinci sırada *peripatetike*'ler gelirdi, bunlar da sokakta çalışırlardı. Son olarak da, fiyatları ve kalitesi en yüksek olan *hetaira*'lar gelirdi, 'kadın arkadaşlar', bunlar tüccarlara yolculuklarda eşlik eder, iyi yemek yer, paralarını bildikleri gibi harcar, öğütler verir, sitenin politik hayatına karışırlardı. Gördüğün gibi, dün neyse bugün de o. Ortaçağ'da, cinsel ilişkiyle yayılan hastalıklar yüzünden..."

Sessizlik, gribe yakalanma korkusu, şöminede yanan ateşin sıcaklığı – bedeninin ve ruhunun ısınması için gerekliydi şimdi. Maria bu hikâyeyi daha fazla dinlemek istemiyordu. Kafasında dünyanın durduğu, hep aynı şeylerin yaşandığı, insanoğlunun sekse hiçbir zaman hak ettiği saygıyı göstermeyeceği izlenimini uyandırıyordu çünkü.

"Pek ilgini çekmedi galiba."

Maria toparlanmaya çalıştı. Her ne olursa olsun, karşısındaki yüreğini açmaya karar verdiği erkekti, artık bundan eskisi kadar emin olmamasına rağmen.

"Zaten bildiğim şeyler ilgimi çekmiyor, beni üzüyor. Başka bir tarih daha var, demiştin."

"Öbür tarih bunun tam tersi: O, kutsal fahişelikle ilgili."

Maria birden uyuşukluğundan sıyrılmış, can kulağıyla dinlemeye koyulmuştu. Kutsal fahişelik mi? Seks sayesinde para kazanmak ve gene de Tanrı'ya yaklaşmak mı yani?

"Yunan tarihçi Herodotos, Babil için şöyle yazar: 'Orada çok tuhaf bir alışkanlık vardır: Sümer ülkesinde doğan her kadın, ömrü boyunca en az bir kez Tanrıça İştar'ın tapınağına gidip konukseverlik işareti olarak, sembolik bir fiyata bedenini bir yabancıya sunmak zorundadır.'"

Maria, tanrıçanın kim olduğunu daha sonra öğrenecekti; belki ona da kaybettiği ve ne olduğunu bilemediği bir şeyi tekrar kazanması için yardım ederdi.

"Tanrıça İştar'ın etkisi bütün Ortadoğu'ya yayıldı, Sardinya'ya, Sicilya'ya ve Akdeniz limanlarına ulaştı. Roma İmparatorluğu döneminde ise, Vesta denen başka bir tanrıça, kadınlardan ya bekâretlerini korumalarını ya da kendilerini tamamen sunmalarını istiyordu. Vesta tapınağındaki kadınlar, kutsal ateşi canlı tutmak için, delikanlıları ve kralları seksle tanıştırma işini üstlenirlerdi; erotik şarkılar söyler, transa geçer ve tanrısal varlıkla bir anlamda bütünleşir, esrimiş hallerini evrene sunarlardı."

Ralf Hart, ona bir fotokopi gösterdi; üzerinde birtakım eski yazılar, sayfanın altında da Almanca çevirileri vardı. Dizeleri çevirerek, yüksek sesle, tane tane okumaya başladı:

Bir içkievinin kapısına oturduğumda,
Ben ki Tanrıça İştar'ım,
Fahişeyim, anayım, eşim, tanrıçayım,
Hayat denilenim,
Siz bana Ölüm deseniz bile.

Yasa denilenim,
Siz bana Kuraldışı deseniz de.
Aradığınız, benim
Ve bulduğunuz.
Dört bir yana saçtınız beni
Ve şimdi parçalarımı topluyorsunuz.

Maria'yı hıçkırık tuttu. Ralf gülmeye başladı. Yaşam enerjisi geri geliyordu, 'ışık' yeniden parlamaya başlamıştı. En doğrusu hikâyeye devam etmek, resimleri göstermek, ona sevildiğini hissettirmekti.

"Kimseler bilmiyor, en az iki bin yıl süren kutsal fahişeliğin neden ortadan kalktığını. Belki hastalıklar yüzünden, belki de dinlerle birlikte toplumun kurallarının da değişmesinden. Neyse, kutsal fahişelik artık yok, olmayacak da. Günümüzde dünyayı erkekler çekip çeviriyor. 'Fahişe' terimi ise, doğru yolu seçmeyen bütün kadınları damgalamak için kullanılıyor."

"Yarın *Copacabana*'ya gelebilir misin?"

Ralf soruya anlam veremedi, ama derhal kabul etti.

Maria'nın günlüğünden, Cenevre'de, İngiliz Bahçesi'nde yalınayak yürüdüğü gün:

Bir zamanlar kutsal olup olmaması hiç umurumda değil, YAPTIĞIM İŞTEN NEFRET EDİYORUM. Ruhumu mahvediyor, kendimle olan bağımı koparıyor, acının bir ödül olduğunu, paranın her şeyi satın alabildiğini, her şeyi aklayabildiğini telkin ediyor. Çevremde mutlu insan yok. Müşteriler aslında bedavaya elde etmeleri gereken bir şey için para ödediklerini biliyorlar ve bu, insanı çökertiyor. Kadınlar, sadece zevk için seve seve sunacakları şeyi parayla sattıklarını biliyorlar ve bu, insanı bunaltıyor. Bu satırları yazana kadar, mutsuz, tatminsiz olduğumu kabul edene kadar çok savaş verdim; daha birkaç hafta dayanmak zorundaydım, zorundayım.

Ne var ki, bundan böyle bunlar normalmiş, yaşadığım hayatımın sıradan bir dönemiymiş gibi davranamam sakin sakin. Bu günleri unutmak istiyorum. Sevmeye ihtiyacım var, sadece buna, sevmeye ihtiyacım var.

Hayat, bu kadar kötü yaşama lüksünü kendime sunamayacağım kadar kısa, belki de uzun.

Burası ne Ralf'ın evi, ne de Maria'nın. Burası ne Brezilya, ne İsviçre. Burası dünyanın herhangi bir yerinde bir otel. Belli bir zamanı yansıtmayan, sözümona ev havasındaki dekorasyonu, insansızlığını iyice koyulaştırıyor.

Göl manzaralı otel değil bu; acının, ıstırabın, esrimenin anısı değil. Pencereler Saint-Jacques'a bakıyor, bir hac yolu orası, ama bir tövbe yolu değil; yol boyunca insanlar kafelerde buluşuyor, birbirlerindeki 'ışığı' keşfediyor, sohbet ediyor, arkadaş oluyor, âşık oluyor. Yağmur yağıyor ve gecenin bu saatinde yol ıssız; belki de yüzyıllardır her gün yüzünü çiğneyen adımların yorgunluğunu üzerinden atmaya çalışıyor.

Işığı yaksalar. Perdeleri kapatsalar.

Maria ondan hem kendi kıyafetlerini, hem de onunkileri çıkarmasını istese. O âna dek, yalnız o bedeninin bir parçasını açtı. Etraf tam olarak kararmıyor bir türlü ve gözler karanlığa alıştığında, Maria meçhul bir yerden süzülen zayıf ışıkta, erkeğin siluetini seçiyor.

Kadın iki eşarp çıkarıyor, özenle katlanmış, yıkanmış, bütün parfüm ya da sabun izlerinden arınsınlar diye, defalarca durulanmışlar. Ona yaklaşıyor, gözlerini bağlamasını istiyor. Erkek tereddüt ediyor, daha önce geçtiği birtakım cehennemlerden dem vuruyor. Kadın niyetinin bu olmadığını söylüyor kesin bir dille: Tek istediği, zifiri karanlık. Şimdi erkeğe bir şeyler öğretme sırası onda, dün kendisinin acıyı öğrendiği gibi. Erkek razı oluyor, göz bağını düğümlüyor. Maria da onu izliyor. Artık ışığın zerresi bile sızmıyor, kör karanlıktalar şimdi. Yatağa kadar gidebilmek için el ele tutuşuyorlar.

Hayır, yatmayalım. Her zamanki gibi oturacağız, yüz yüze, sadece biraz daha yaklaşacağız ki birbirimize, dizim dizine değsin.

Maria bunu yapmayı hep arzulamış, ama yeterince vakit bulamamıştı hiç. Ne ilk sevgilisiyle ne de içine giren ilk erkekle. Ne de bin frank döken Arap'la. Belki de Maria'dan verebileceğinden fazlasını umut etmişti adam; öte yandan bin frank da, Maria'nın bütün heves ettiklerini satın almasına yetmezdi. Bedeninden geçen, bacaklarının arasında gidip gelen, bazen sadece kendilerini, bazen de onu düşünen sayısız erkekle de böyle bir şey yaşamamıştı Maria. Kimi zaman romantik hayallerle doluydular, kimi zaman sadece bir tekrarlama içgüdüsüyle hareket ederlerdi, çünkü bir erkeğin böyle davranması gerektiği söylenmişti onlara ve sürünün dışına çıkan erkekten sayılmaz, denilmişti.

Maria günlüğünü düşünüyor. Artık dayanamıyor, önünde kalan haftalar göz açıp kapayana kadar geçse keşke ve işte bunun için veriyor kendini bu adama: Gizli aşkının ışığı onda. Asli günah Havva'nın elmayı yemiş olması değil, hissettiklerini Adem'le paylaşmaya ihtiyaç duyması; birinin yardımı olmaksızın yoluna devam etmekten korktuğundan.

Bazı şeyler paylaşılmaz. Kendi arzumuzla daldığımız okyanuslardan korkmayalım; korku, bütün oyunları bozar. İnsanoğlu, cehennem ateşlerinden geçince anlar bunu. Birbirimizi sevelim, ama kimsenin sahibi olmaya çalışmayalım.

Karşımda duran bu adamı seviyorum, çünkü ona sahip değilim, o da bana sahip değil. Kendimizi verip vermemekte özgürüz. Bu sözcükleri onlarca, yüzlerce, milyonlarca kez tekrarlamalıyım, ta ki sonunda kendim de inanana kadar.

Maria, birlikte çalıştığı fahişeleri düşünüyor. Annesini, kız arkadaşlarını aklından geçiriyor. Hepsi erkeklerin her günü topu topu on bir dakika için yaşadığını, bu uğurda servet dökmeye hazır olduğunu sanıyor. Oysa bu son derece yanlış; erkeklerde de kadınlıktan bir parça var ve onlar da karşılarına birinin çıkması, hayatlarına anlam katması için can atarlar.

Annesi de tıpkı onun gibi babasına karşı orgazm taklidi yapıyor olabilir mi acaba? Ya da Brezilya'nın orta kesiminde sevişmekten zevk aldığını belli etmek kadınlara yasak mıdır hâlâ? Hayat hakkında, aşk hakkında bildikleri o kadar az ki. Ve şimdi, gözleri bağlıyken bütün yaşadıklarının kökünde yatanı keşfediyor Maria: Her şey, Maria nerede isterse orada başlıyor.

Temas. Maria fahişeleri, müşterileri, annesiyle babasını unutuyor, şimdi zifiri karanlıkta. Öğlenden akşama kadar bütün vaktini, ona onurunu tekrar kazandıran, mutluluk arayışının acı ihtiyacından daha önemli olduğunu öğreten bir erkeğe ne sunabileceğini düşünerek geçirdi.

"Bana yepyeni bir şeyi keşfettirme mutluluğunu yaşatmak isterdim ona; tıpkı dün bana ıstırabı gösterirken, sokak fahişelerinin, kutsal fahişelerin tarihini öğretirken olduğu gibi. Bunu yapmak onu sevindirdi. Öyleyse, kılavuzluk etsin bana, beni yeni bir dünyayla tanıştırsın. Ruhtan, cinsel birleşmeden, orgazmdan önce bedene nasıl ulaşıldığını merak ediyorum."

Kolunu ona uzatıyor, ondan da aynısını yapmasını istiyor. Birkaç sözcük mırıldanıyor: Bu akşam, bu kişiliksiz yerde, erkeğin onun tenini keşfetmesini istiyor, kendisiyle dünya arasındaki sınırı. Ruhlar her zaman bir değilse de bedenler birbirini anladığına göre, ondan kendisine dokunmasını, elleriyle hissetmesini istiyor. Erkek kadına dokunuyor, kadın da ona ve ikisi birlikte, sanki anlaşmış gibi, bedenin cinsel enerjinin en hızlı aktığı bölgelerine değmekten kaçınıyorlar.

Parmaklar yüzünü okşuyor, resmin kokusu doluyor

kadının burnuna, erkek ellerini milyonlarca kez yıkasa da çıkmayan, inatçı bir koku bu. Doğduğu günden beri, bir ağacı, bir evi ilk kez fark edip rüyalarında resmini çizdiği günden beri var olan bir koku. O da kadının elinde bir koku duyuyor olmalı, ama kadın bilmiyor bunun neye benzediğini, bilmek de istemiyor, çünkü o an her şey bedenden ibaret, kalanı sessizlik.

Kadın erkeği okşuyor, okşandığını hissediyor. Bütün gece böyle kalabilir, çünkü çok hoş; mutlaka sevişmeyle son bulması gerekmiyor; birden, sırf bir zorunluluk olmadığından, bacaklarının arasında bir sıcaklık hissediyor, ıslandığını biliyor. Bir an gelecek, erkek cinsel organına dokunacak, ıslaklığını keşfedecek. Buna iyi ya da kötü denmesi önemsiz, bedeni böyle tepki veriyor ve kadının erkeğe yol göstermeye niyeti yok, şurası, burası, daha yavaş, daha hızlı... Erkeğin elleri koltukaltlarına değiyor hafifçe, kollarındaki incecik tüyler diken diken oluyor, kadının içinden onları okşayıp yatırmak geliyor. Güzel bir duygu olsa da, belki de hissettiği şey, acı. Sonra, o da erkeği okşuyor, koltukaltlarının dokusunun farklı olduğunu fark ediyor – acaba kullandığı deodoranlar yüzünden mi? Neler düşünüyor böyle? Düşünmemeli. Sadece dokunmalı, ötesi yok.

Erkeğin parmakları kadının göğsünün çevresinde dolaşıyor, tıpkı pusuya yatmış bir hayvan gibi. Kadın, daha hızlı hareket etmesini isterdi, meme ucuna değmesini. Zihnindekiler hareketlerine yansıyor, ama erkek belki de bilerek onu kışkırtıyor, bundan büyük zevk duyuyor, son derece ağırdan alıyor. Kadının meme uçları dikleşiyor, erkek onlarla biraz oynuyor, kadının tüyleri diken diken oluyor, cinsel organı gene arzudan eriyor. Erkek şimdi parmaklarını onun karnında dolaştırıyor, bacaklarına, ayaklarına doğru iniyor, elleri baldırlarının içinde geziniyor, kaynağına yaklaşmadan sıcaklığını algılıyor; yumuşacık, hafif, olağanüstü hafif bir okşayış bu.

Kadın, erkeğin yaptıklarını onun bedeninde tekrarlıyor, elleri bacaklarındaki kıllara tüy gibi dokunuyor ve o da erkeğin cinsel organından yayılan sıcaklığı duyuyor. Birden, sanki bir anda, anlaşılmaz bir biçimde bekâretine tekrar kavuşmuş gibi, bir erkeğin bedenini ilk kez keşfeder gibi oluyor. Cinsel organına dokunuyor, hayal ettiği kadar sert değil, oysa kendisi sırılsıklam, bu haksızlık, belki de erkeğin zamana ihtiyacı vardır, kimbilir?

Sadece bakirelerin bildiği gibi, fahişelerin unuttuğu gibi okşamaya koyuluyor onu. Erkek hareketleniyor, cinsel organı kabarıyor ve Maria usulca ellerinin baskısını artırıyor, neresine dokunacağını –yukarıya değil de daha çok aşağıya–, parmaklarıyla nasıl saracağını, derisini nasıl geriye çekeceğini biliyor artık. Şimdi, erkek alabildiğine tahrik olmuş durumda. Kadının cinsel organının dudaklarını okşuyor, hâlâ yumuşacık elleri, oysa kadın daha derin, daha canlı bir temas istiyor. Ama erkek, kadının klitorisine karnına fışkıran sıvıdan sürüyor biraz ve meme ucuna yaptığı gibi parmağını çevresinde dolaştırıyor. Bu adam kadına, sanki kadının ta kendisiymiş gibi dokunuyor.

Ralf'ın bir eli göğsüne uzandı – ne kadar güzel, keşke onu kollarına alsa şimdi. Ama hayır, birbirlerinin bedenlerini keşfediyorlar, vakitleri bol, hem çok zamana ihtiyaçları var. Şu an sevişebilirler, dünyada bundan doğal ne var. Kuşkusuz nefis bir sevişme olurdu, ama bütün bunlar o kadar yeni ki, Maria kendini kontrol etmeli, bir çuval inciri berbat etmeyi istemiyor. İlk akşam birlikte her yudumun tadını çıkararak ağır ağır içtikleri şarabı hatırlıyor ve bu içkinin içini nasıl ısıttığını, önünde ufuklar açtığını, onu daha özgür, hayata daha yakın kıldığını.

Bu adamı da içmeyi arzuluyor; böylece bir dikişte içilen kötü şarabı aklından silebilir, insanın ağzında acı bir tat bırakan, ruhu delik deşik eden bir sarhoşluk duygusu yaratan şarabı.

Kadın duruyor, parmaklarını usulca Ralf'ın parmaklarına kenetliyor, bir inilti duyuyor ve içinden inlemek geliyor, ama kendini tutuyor, sıcaklığın bütün bedenine yayıldığını hissediyor, o da aynısını hissediyor olmalı. Enerji o' gazma dönüşmeden yayılıyor, beynine ulaşıyor. Kadın, sonuna kadar gitmekten başka hiçbir şey düşünemez durumda, oysa aslında istediği durmak, tam ortasında durmak, zevkin bütün bedenini ele geçirmesine, zihnini doldurmasına, arzuyu yenilemesine izin vermek, tekrar bakire olmak.

Usulca gözlerindeki bantları çıkarıp gece lambasını yakıyor. İkisi de çıplak, ikisi de gülümsemiyor, sadece birbirlerine bakıyorlar. 'Ben aşkım, ben müziğim,' diye düşünüyor Maria. 'Haydi, dans edelim.'

Ama bunları söylemiyor; sıradan sohbetlere dalıyorlar. Tekrar nasıl buluşuruz? Maria bir tarih öneriyor, belki iki gün sonra. Ralf, onu bir sergiye davet etmek istediğini söylüyor. Maria tereddüt ediyor. Bu, onun çevresini, arkadaşlarını tanımak demek. Ne derler? Ne düşünürler?

Reddediyor. Ama Ralf, onun içten içe kabul etmeyi istediğini anlıyor ve dansın bir parçası olan aptalca gerekçeler ileri sürerek ısrar ediyor, bunun üzerine, Maria da kabul ediyor. Ralf, ilk gün gittikleri kafede buluşmayı öneriyor. Hayır, Brezilyalıların batıl inançları vardır, iki insan, tanıştıkları yerde kesinlikle tekrar buluşmamalıdır, bu, bir halkanın kapanmasına, hikâyenin sona ermesine neden olabilir.

Ralf, Maria'nın bu halkayı kapatmak istemeyişinden memnun. Böylece, Saint-Jacques yolunda bulunan, kenti seyredebilecekleri bir kilisede karar kılıyorlar, tanıştıkları gün başlayan gizemli hac yolculuğunun bir parçası Saint-Jacques.

Maria'nın günlüğünden, dönüş biletini almadan bir gece önce:

Bir zamanlar, parlak tüyleri, rengârenk kanatları olan bir kuş varmış. Uzun lafın kısası, bakanları neşeye boğarak göklerde özgürce uçmak için yaratılmış bir hayvanmış.

Günün birinde kadının biri bu kuşu görüp ona kapılmış. Ağzı hayranlıktan bir karış açılmış olarak, kalbi deli gibi çarparak, gözleri heyecandan parlayarak kuşun uçuşunu seyretmiş. Kuş, onu yanına çağırmış ve ikisi birlikte, nefis bir uyumla uçmuşlar. Kadın kuşa tapıyor, onu kutsal sayıyor, yüceltiyormuş.

Ama günün birinde düşünmüş kadın: "Belki de uzak dağları keşfetmek ister?" Korkuya kapılmış. Aynı duyguyu başka bir kuşla yaşamayacağından korkmuş. Ve kıskanmış – kuşun uçabilme yeteneğini kıskanmış.

Kendini yalnız hissetmiş.

"Ona bir tuzak kurayım," diye geçirmiş içinden. "Bir dahaki sefer, kuş tekrar gelirse, artık gidemesin."

Kadın kadar âşık olan kuş, ertesi gün tekrar sevgilisini görmeye gelmiş. Ne var ki tuzağa düşmüş ve bir kafese hapsedilmiş.

Kadın her gün gelip, kuşu seyrediyormuş. Vurgunmuş ona ve onu gösterdiği arkadaşları, "Ne şanslı bir insansın!" diye haykırıyorlarmış. Ne var ki, tuhaf bir değişim baş göstermiş: Artık sahibi olduğundan, kalbini çalmasına ihtiyaç kalmadığından, kadının kuşa olan ilgisi sönmüş. Uçamayan, hayatının anlamını dile getireme-

yen hayvancık sararıp soluyor, parlaklığını yitiriyor, çirkinleşiyormuş – ve kadın da karnını doyurup kafesini temizlemekle yetiniyormuş.

Günlerden bir gün, kuş ölmüş. Kadın son derece üzülmüş buna ve o andan itibaren onu aklından çıkaramamış. Ama kafesi hatırlamıyormuş bile; onu ilk kez, mutluluk içinde bulutlarla yarışırken gördüğü gün varmış sadece zihninde.

Kendini iyice dinlese, kuşun onu heyecanlandıran tarafının dış görünüşü değil, özgürlüğü, hareket eden kanatlarının enerjisi olduğunu fark edermiş.

Kuşun yokluğunda, hayatı da anlamını yitirmiş ve ecel kapıyı çalmış.

"Niye geldin?" diye sormuş kadın, ölüme.

"Tekrar onunla birlikte göklerde uçabilesin diye," diye karşılık vermiş ölüm. "Her seferinde gidip gelmesine izin versen, ona olan sevgin ve hayranlığın iyice artardı; ancak şimdi, ona kavuşabilmek için bana muhtaçsın."

Maria güne, aylardan beri kendini hazırladığı bir işle başladı: Bir seyahat acentesine girip takviminde işaretlediği tarihe bir Brezilya bileti aldı.

Avrupa'da geçireceği topu topu iki haftası daha vardı. Ondan sonra, Cenevre onun kafasında sevdiği ve sevildiği bir erkeğin yüzüne dönüşecekti. Rue de Berne bir isimden ibaret kalacaktı - İsviçre'nin bu büyük kentine sonsuz saygılar. Odasını, gölü, Fransızca'yı, yirmi üç yaşındaki bir kızın –bir sınır olduğunu anlayana dek– yapabileceği çılgınlıkları (bir gece önce doğum gününü kutlamıştı) unutmayacaktı.

Kuşu zehirlemek ya da onun da Brezilya'ya gelmesini istemek olmazdı; hayatta karşılaştığı en saf şeydi o. Böyle bir kuş özgürce uçabilmeli, bir yoldaşla paylaştığı uçuşların özlemiyle kendini mutlu edebilmelidir. Maria'nın kendisi de bir kuştu; yanı başında taşıyacağı Ralf Hart'ın varlığı, ömrü oldukça *Copacabana* günlerini hatırlatacaktı ona. Ve bu, onun geçmişiydi, geleceği değil.

Son âna dek kimseyle vedalaşmamaya karar verdi, 'kısa bir süre sonra, artık burada olmayacağım' diye düşünüp acı çekmemek için. O sabah, Cenevre'de yürüyerek gönlünü avuttu, sanki kendini bildi bileli bu sokakları, tepeyi, Saint-Jacques yolunu, Mont-Blanc'ı arşınlamış, gediklisi olduğu barları hep bilmişti. Nehrin üzerinde kanat çırpan martıları izledi; tezgâhlarını kuran satıcıları, öğlen yemeği için işten çıkan insanları, uzakta yere konan uçakları seyretti; yediği elmanın rengini ve tadını, gölün ortasındaki fıskiyenin üzerinde uzanan gökkuşağını, yanından gelip geçenlerin ürkek, üzeri örtülü neşesini, arzulu bakışları, ifadesiz bakışları, bütün bakışları anladı. Kentin birinde neredeyse bir yıl yaşamıştı. Dünyadaki kentler arasında bir kentti burası, kendine özgü mimarisi ve bol keseden banka tabelaları olmasa, Brezilya taşrasından ayırt edilmezdi. Fuarı vardı. Çarşısı. Pazarlık yapan ev kadınları. Belki anne ya da babalarının hasta olduğunu bahane edip dersi kırmış, göl kıyısında gezinen ya da öpüşen öğrenciler vardı. Evlerine giden insanlar, yabancılık çeken başka insanlar vardı. Bulvar gazeteleri ve işadamları için çıkarılan saygın dergiler vardı, doğruyu söylemek gerekirse, işadamlarının elinde de bulvar gazetelerinden başkasını gören olmazdı.

Maria, çiftçilik kitabını geri vermek için kütüphaneye gitti. Okuduklarının tek kelimesini anlamamıştı, ama bu kitap, tam kendinin ve kaderinin iplerini elinden kaçırdığını sandığı anda, amacının ne olduğunu hatırlatmıştı ona. Soğuk, sarı kapağı, içinde grafikleriyle sessiz bir yoldaş, özellikle son haftalardaki karanlık gecelerde bir deniz feneri olmuştu.

Hep gelecek planları yapıyorum ve şimdiki zaman beni hep şaşırtıyor, diyordu kendi kendine. Bağımsızlığı, umutsuzluğu, aşkı, acıyı tadarak kendini nasıl keşfettiğini ve nasıl derhal tekrar âşık olduğunu düşünüyordu; artık her şey bitseydi keşke.

En ilginci, iş arkadaşlarından bazıları kimi erkeklerle yatmanın güzelliğinden ve sarhoşluğundan söz ederken, seksin Maria'ya iyi ya da kötü, herhangi bir şey katmamış olmasıydı. Sorununu çözebilmiş değildi: Cinsel birleşme sırasında orgazm olamıyordu bir türlü; cinsellik ona o kadar sıradan gelmeye başlamıştı ki, Ralf Hart'ın deyimiyle 'yeniden kavuşmanın kucaklaşması'nda, umduğu ateş ve neşeyi belki de asla bulamayacaktı.

Ya da belki de annelerin, babaların, romantik edebiyatın dile getirdiği gibi (bazen aklından geçiyordu bu), aşk olmadan yatakta zevk almak mümkün değildi sahiden de.

Yüzü pek gülmeyen kütüphaneci kadının (ona hiç söylememişti ama, biricik arkadaşıydı Maria'nın), o gün keyfi yerindeydi. Maria geldiğinde öğlen yemeği vaktiydi; Maria'ya sandviçini paylaşmayı önerdi; o da az önce yemek yediğini söyleyerek teşekkür etti.

"Okumanız amma uzun sürdü."

"Tek kelime anlamadım."

"Bir keresinde bana ne sormuştunuz, hatırlıyor musunuz?"

Hayır, hatırlamıyordu, ama kadının yüzündeki muzip gülümsemeyi görünce anladı: seks.

"Siz bu konuda kitap bakınca, elimizdekilerin bir dökümünü çıkarttırdım. Sayıları pek fazla değildi; insanları eğitmek zorunda olduğumuzdan ben de birkaç kitap ısmarladım. Bu sayede bu işi olmadık yöntemlerle, örneğin fahişelerden öğrenmek zorunda kalmayacaklar."

Kütüphaneci bir köşeye yığılmış kitapları gösterdi; hepsi kahverengi kâğıtla, özenle kaplanmıştı.

"Henüz sınıflandıracak vaktim olmadı; ama şöyle bir göz attım da, keşfettiklerim beni ürküttü."

Maria, kadının neler söyleyeceğini gözü kapalı tahmin edebilirdi: olmadık pozisyonlar, sado-mazoşizm, vb. En iyisi işe dönme vaktinin geldiğini bahane edip gitmekti (kadına bankada mı, yoksa bir butikte mi çalıştığını söylediğini hatırlamıyordu; yalan söylerken, insan sürekli kafasını çalıştırmak zorunda kalıyordu).

Kütüphaneciye teşekkür edip gitmesi gerektiğini söyledi, ama öteki: "Siz de dehşete kapılırdınız," dedi. "Örneğin, klitorisin yeni keşfedildiğini biliyor muydunuz?"

Keşif mi? Yeni mi? Daha o hafta, bir adam Maria'nınkine dokunmuştu; sanki o hep oradaymış, sanki erkeğin elleri zifiri karanlığa rağmen, derinliklerine dalacağı toprağı ezbere biliyormuş gibi.

"Varlığı resmi olarak 1559'da kabul edilmiş, Realdo Colombo adlı bir doktorun *De re anatomica* diye bir kitap yayınlamasından sonra. Colombo, kitabında klitorisi, 'güzel ve yararlı bir şey' olarak tarif ediyor, düşünebiliyor musunuz?"

Güldüler.

"İki yıl sonra, 1561'de, Gabriele Falloppio diye başka bir doktor, 'keşfin' kendisine ait olduğunu iddia etmiş. İki adam -tabii ikisi de İtalyan, onlar meraklıdır böyle konulara-, klitorisi dünya tarihine resmi olarak sen mi soktun, ben mi, diye birbirlerine girmişler!"

Sohbet sarmıştı aslında, ama Maria bunları aklından geçirmek istemiyordu - o okşayışı, göz bağlarını, bedeninde dolaşan elleri hatırlamasıyla cinsel organının ıslanması bir oluyordu. Hayır, seks onun için ölmemişti; bu adam bir şekilde kurtarmıştı onu. Ne güzeldi hâlâ hayatta olmak!

Ama kütüphaneci gemi azıya almıştı: "Çok sonraları bile, klitorisi hor görmeyi sürdürmüşler,"; konunun uzmanı olmuştu galiba. "Bazen gazetelerde yazdığı gibi, birtakım Afrikalı kabilelerin klitorisi keserek kadınların elinden zevk duyma hakkını alması, kesinlikle bugünün icadı değil. Bizim burada, Avrupa'da bile, XIX. yüzyılda kadınlar sünnet edilirmiş; isterinin, sara hastalığının, zinanın ve kısırlığın kaynağının, kadın bedenindeki bu anlamsız parçada bulunduğuna eminlermiş çünkü."

Maria vedalaşmak için elini uzattı, ama kütüphaneci konuşmaya doyamıyordu.

"Daha beteri, psikanalizin kurucusu olan bizim sevgili Freud'a göre, normal yapıdaki bir kadında, orgazm klitoriste başlayıp vajinaya doğru yayılmalıymış. En sadık öğrencileri bu tezi geliştirerek, cinsel hazzın klitoriste yoğunlaşmasının olgunlaşamamaya ya da daha beteri, biseksüelliğe işaret ettiğini ileri sürmüşler.

"Oysa şunu hepimiz biliriz: Sadece cinsel birleşmeyle orgazm olmak son derece zordur. Bir erkeğe kendini vermek güzeldir elbette; ama haz, bir İtalyan'ın keşfettiği o küçücük tohumdadır!"

Maria, Freud'un teşhis ettiği kusuru kendinde teşhis

etti: Henüz çocukluk aşamasındaki cinselliği, klitoristen vajinaya kayamamıştı. Yoksa yanılan Freud muydu?

"Peki ya G noktası hakkında ne düşünüyorsunuz?"

"Yerini biliyor musunuz?"

Kadın kızardı, öksürdü, ama cesaretini toplayıp karşılık verdi: "İçeri girince birinci kat, dipteki pencere."

Vajinayı bir binaya benzetme fikri dâhiceydi gerçekten de! Genç kızlara cinselliği öğretmek için yazılmış, resimli kitapları hatırlatıyordu insana; hani şu durup dururken kapıyı çalan bir yabancının, kızlara kendi bedenlerindeki dünyayı keşfettirdiği kitaplar. Maria mastürbasyon yaparken, şu meşhur G noktasını klitorise tercih ederdi; bir şaşkınlık, kaygıyla karışık bir haz uyandırırdı bu onda ve o da her seferinde dosdoğru birinci kata, dipteki pencereye giderdi!

Kütüphanecinin lafın sonunu getirmediğini görünce –belki de Maria'yı, kendi yitik cinselliği için bir kader ortağı olarak görüyordu–, Maria ona el sallayıp çıktı.

Canı *Copacabana*'ya gitmeyi hiç istemiyordu. Ne var ki, karmakarışık bir duyguyla, son âna kadar çalışmak zorunda hissediyordu kendini; nedenini de anlayamıyordu bunun, sonuç olarak yeterince para biriktirmişti. O akşamüstü alışverişe çıkabilir, birikmiş parasını değerlendirmekte ona yardımcı olacağına söz veren banka müdürü bir müşterisine uğrayabilir, bir kahve içebilir, valize konmayacak üç-beş eşyasını postaya verebilirdi. Tuhaf, içinde belli belirsiz bir hüzün vardı; belki de Avrupa'da sadece iki haftası kaldığından. Kendini oyalamalı, kente yepyeni gözlerle bakmalı, yaşadıklarından mutluluk duymalıydı.

Daha önce yüzlerce kez geçtiği bir kavşağa geldi; buradan göl ve fıskiye ayaklar altındaydı. Bir de yolun karşısındaki parkın tam ortasında, çiçeklerden oluşan görkemli bir saat vardı ki, Cenevre'nin simgelerinden biriydi; Maria'ya yalan söylemeyi yasaklıyordu, çünkü...

Birden zaman da, dünya da durdu. Uyandığından beri Maria'nın kafasını kurcalayan, bekâretini tekrar kazanma hikâyesinin anlamı neydi?

Hayat donup kalmış gibiydi, şu dakika geçmek bilmiyordu. Maria, unutma hakkına sahip olmadığı son derece ciddi ve önemli bir durumla karşı karşıyaydı; uyanınca not edeceğine kendine söz verdiği, ama sonradan kesinlikle hatırlamadığı gece rüyaları gibi davranamazdı.

"Hiçbir şey düşünme. Dünya durdu. Neler oluyor?"

YETER!

Kuş. Yazdığı kuşlu hikâye, Ralf Hart'ı mı anlatıyordu? Hayır, kendisini! HEPSİ BU!

Saat sabahın on biriydi; yazdığı hikâyeye son noktayı koymak üzereydi. Kendinde bir tuhaflık hissediyordu Maria; bekâretine kavuşmuştu tekrar; ama bu yeniden doğuş o kadar narindi ki, bu haliyle kalırsa, sonsuza dek yitirilebilirdi. Maria cenneti belki, cehennemi hiç kuşkusuz tanımıştı, ama Serüven'in sonu yaklaşıyordu. İki hafta, on gün, bir hafta beklemesi imkânsızdı, koşarak gitmeliydi; çünkü çiçeklerden yapılma bu saate, fotoğraf çeken turistlere, etraflarında koşup oynayan çocuklara bakarken, üzüntüsünün nedenini keşfetmişti: Brezilya'ya dönmek istemiyordu.

Gerçek neden ne Ralf Hart'tı, ne İsviçre ne de Serüven. Gerçek neden, son derece basitti: para.

Para! Soluk renkli, özel bir kâğıt parçası; herkes bir değerinin olduğunu söylüyordu – Maria inanıyordu buna, bütün dünya inanıyordu. Ta ki elinde bir tomar kâğıtla saygın, köklü, ağzı sıkı bir İsviçre bankasına gidip sorana dek inanacaktı da: "Ömrümün birkaç saatini satın alabilir miyim?" "Hayır hanımefendi, satmıyoruz; biz sadece satın alırız."

Ansızın, bir fren sesi, bir sürücünün bağırıp çağırmaları ve İngilizce olarak ondan geri çekilmesini rica eden güler yüzlü bir ihtiyar, Maria'yı taşkınlığından çıkardı; yayalara kırmızı yanıyordu.

"Sanırım, herkesin bildiği bir şeyi keşfettim az önce."

Ama kimsenin bir şey bildiği yoktu. Maria çevresine bakındı: yayalar başlarını eğmiş yürüyor, işe, okula, iş bulmak için bir ajansa, Rue de Berne'e koşuyor, bir taraftan da içlerinden şöyle geçiriyorlardı: "Biraz daha bekleyebilirim. Hayalimi hemen bugün yaşamasam da olur, çünkü para kazanmak zorundayım şimdi." Maria'nınki elbette lanetli bir meslekti, ama aslında o da herkes gibi sadece zamanını satıyordu. Herkes gibi sevmediği şeyleri yapıyordu. Herkes gibi katlanılmaz insanlarla uğraşıyordu. Herkes gibi, değerli bedenini, değerli ruhunu bir türlü gelmeyen bir gelecek uğruna feda ediyordu. Herkes gibi, henüz yeterince para biriktiremediğini iddia ediyordu. Herkes gibi, birazcık daha dişini sıkıyordu. Biraz daha kazanmak için bekliyor, arzularını gerçekleştirmeyi erteliyordu; şimdi işi başından aşkındı, onu bekleyenler vardı: gecesine üç yüz elli ila bin İsviçre Frangı ödeyebilen müşteriler.

Ömründe ilk kez, bu yoldan kazandığı paranın getireceği rahatlığa rağmen –kimbilir, belki sadece bir yıl daha?–, Maria bilerek, tereddütsüz olarak, bir fırsatı elinden kaçırmaya karar verdi.

Yayalara yeşil yanmasını bekledi, karşıya geçti. Çiçekten saatin karşısında durup Ralf'ı düşündü, göğsünü açtığı geceki arzu dolu bakışını üzerinde hissetti tekrar, göğüslerine, orasına, yüzüne dokundu elleri gene. Maria, gözlerini uzaktaki dev fıskiyeye dikti ve bedeninin herhangi bir yerine dokunmaksızın orgazma ulaştı, oracıkta, herkesin gözü önünde.

Kimse fark etmedi bunu; herkes çok, çok meşguldü.

Copacabana'dan içeri girer girmez, dostça diyebileceği bir ilişki kurduğu biricik meslektaşı olan Nyah onu çağırdı. Doğulu bir adamla oturuyordu kız, ikisi de kahkahalar atıyorlardı.

"Bak hele şuna!" dedi Nyah. "Gel de dinle onunla ne yapmamı istiyormuş!"

Doğulu adam, gözlerinde muzip bir bakış, dudaklarında geniş bir gülümsemeyle puro kutusuna benzeyen bir nesnenin kapağını kaldırdı. Maria uzaktan bir göz atıp içinde şırınga ya da uyuşturucu olup olmadığını kontrol etti. Hayır, sadece adamın kendisinin bile nasıl kullanıldığını pek anlayamadığı bir alet vardı.

"Geçen yüzyıldan mı kalma nedir!" dedi Maria.

"Zaten öyle," diye onayladı Doğulu, Maria'nın cahilce yorumuna kızmıştı. "En aşağı yüz yıllık, üstelik bir servete patladı bana."

Kapakçıklardan, manivelalardan, küçük, madeni çenetlerden ve pilden oluşan bir mekanizmaydı bu. Eski radyoların içine benziyordu. Bir parmak boyundaki cam bir çubuğa bağlanan iki de kablosu vardı. Servet edecek bir şeye hiç benzemiyordu.

"Nasıl çalışıyor?"

Nyah, Maria'nın sorusundan hoşlanmamıştı. Brezilyalı'ya güvenirdi, ama ne olduğunu anlayamadan değişebilirdi insanlar; bu kız müşterisine göz mü koymuştu yoksa?

"Bana anlattı. Mor Çubuk diyorlarmış buna."

Sonra, Doğulu'ya dönerek çıkmak istediğini söyledi;

davetini kabul etmeye karar vermişti. Ama oyuncağına ilgi gösterilmesi, adamı heveslendirmişti anlaşılan.

"1900'e doğru ilk piller piyasaya çıktığında, geleneksel tıpta, zihinsel hastalıklara ya da isteri vakalarına karşı elektrik kullanımı arttı. Elektrik ayrıca akneleri yok etmek ve deriyi canlandırmak için de kullanıldı. Şu iki ucu görüyor musunuz? Şuraya bağlanırdı bunlar –şakaklarını gösterdi–, pil de statik elektrik üretirdi, tıpkı çok kuru havalarda hissettiğimiz gibi."

Brezilya'da yoktu böyle bir olay, ama İsviçre'de sık görülürdü. Maria bunu, bir keresinde bir taksinin kapısını açarken bir şaklama duyup çarpıldığında keşfetmişti. Arabada bir sorun olduğunu düşünerek yol parasını ödemeyi reddetmiş, şoför de ona cahil demişti; az kalsın saldırıyordu adam. Haklıydı da; suç arabada değil, havanın kupkuru olmasındaydı. Maria, pek çok kez aynı olayı yaşadıktan sonra, madeni nesnelere dokunmaktan korkar olmuştu. Sonunda bir süpermarkette, organizmada biriken elektrik yükünü azaltma özelliğine sahip bir bilezik keşfetmişti.

Doğulu'ya döndü: "Ama bu son derece sevimsiz!"

Maria'nın konuşmalarına giderek daha çok bozulan Nyah, sahiplenici bir tavırla kolunu adamın omuzlarına dolamıştı.

'Aleti nereye taktığınıza göre değişir," dedi Doğulu gülerek.

Ardından küçük manivelayı çevirince, çubuk morumsu bir renk aldı. Adam çarçabuk kabloları iki kadına değdirdi; bir şaklama duyuldu; ama bir acıdan çok bir kaşıntı hissediyordu insan.

Milan yanlarına geldi: "Burada olmaz, lütfen."

Adam aleti kutuya koydu. Filipinli de fırsattan yararlanarak hemen otele gitmeyi istedi. Doğulu biraz hayal kırıklığına uğramış gibiydi; yeni gelen kadın, ona çıkalım diyenden daha çok ilgilenmişti Mor Çubuk'la. Gene de ceketini üzerine geçirip kutuyu deri bir evrak çantasına yerleştirdi: "Bugün hâlâ yapıyorlar bunlardan. Farklı zevkler arayanlar arasında moda. Ama gördüğünüz modelden kalmadı; nadiren tıp koleksiyonlarında, müzelerde ya da antikacılarda rastlananlardan başka."

Milan ve Maria ne diyeceklerini bilemeden bekliyorlardı.

"Daha önce de görmüş müydünüz bunlardan?"

"Böylesini hayır. Bu gerçekten küçük bir servet ediyordur. Adam bir petrol şirketinde üst düzey yönetici. Ama yenilerinden görmüştüm."

"Nasıl kullanılıyor peki?"

"Bedenine bağlıyorsun... kadından da manivelayı çevirmesini istiyorsun. Böylece içinde hissediyorsun çarpılmayı."

"Bunu tek başlarına yapamazlar mı?"

"Seks dedin mi, her istediğini tek başına yapabilirsin. Ama bir başkasıyla daha çok zevk almaları bizim işimize gelir; yoksa bizim bar iflas eder, sen de gidip manavda çalışırsın. Sırası gelmişken, senin özel müşteri bu akşam gelecekmiş; senden ricam, başkası davet ederse geri çevirmen."

"Bütün davetleri geri çevireceğim. Onunki de dahil. Aslında vedalaşmaya gelmiştim, gidiyorum ben."

Milan şaşırdıysa da belli etmedi.

"Ressam mı?"

"Hayır. *Copacabana.* Herkesin bir sınırı var; bende de bu sabah bardak taştı, gölün oradaki çiçekten saatin karşısında."

"Neymiş bu sınır?"

"Brezilya'nın göbeğinde bir çiftlik parası. Bir yıl daha çalışabileceğimi, parama para katabileceğimi biliyorum. Bu neyi değiştirir, yalan mı? Aslında, bilmiyor değilim neyi değiştireceğini: Bu kapana kısılıp kalırım, tıpkı sizin gibi, müşteriler, üst düzey yöneticiler, kelle avcıları, plak şirketi müdürleri, onlara sattığım zamanı asla bana geri veremeyecek olan, tanıdığım bütün erkekler gibi."

Milan sanki onu anlıyormuş ve destekliyormuş gibi, başıyla belli belirsiz onayladı, ama ağzından tek kelime çıkmadı; Maria barda çalışan bütün kızları zehirleyebilirdi. Ama iyi bir insandı Milan, yaptığını beğenmese de, Brezilyalı'yı hata yaptığına ikna etmeye kalkışmadı.

Maria bir içki istedi; bir kadeh şampanya, meyve kokteylini midesi kaldırmaz olmuştu. Artık içebilirdi, iş başında değildi. Milan, her başı sıkıştığında onu arayabileceğini söyledi, burada daima yeri hazırdı.

Maria içkisini ödemek istedi, Milan işletmenin ikramı olduğunu söyledi. Maria kabul etti: Buraya, bir bardak içkiden çok daha fazlasını vermişti o.

Maria'nın günlüğünden, evine döndükten sonra:

Ne zamandı hatırlamıyorum, ama bir pazar günü bir kiliseye gidip ayine katılmaya karar verdim. Neden sonra, bir yanlış yaptığımı anladım: Geldiğim yer, Protestan kilisesiymiş.

Tam çıkacakken, rahip vaaz vermeye başladı. Kalkıp gitmenin kaba kaçacağını düşündüm; gayet hayırlı bir iş yapmışım, çünkü o gün, çok ihtiyacım olan sözler duydum.

"Dünyadaki bütün dillerde vardır şu özdeyiş: Gözden ırak olan, gönülden de ırak olur. Ne var ki, bence son derece yanlıştır bu; boğmaya, unutmaya çalıştığımız duygulardan ne kadar uzaklaşırsak, onlar da gönlümüze o kadar yaklaşırlar. Sürgündeysek, memleketimizle ilgili en ufak anıları bile tutmak isteriz aklımızda; sevilmiyorsak, sokaktan her geçen bize bunu hatırlatır.

"İnciller ve bütün kutsal metinler sürgünde kâğıda dökülmüştür, insanoğlu Tanrı'yı, halkların ilerlemesini sağlayan inancı, dünya yüzünde gezinen ruhların hac yolculuğunu anlamaya çalışırken. Atalarımız bilmezdi, biz de bilmiyoruz Tanrı'nın hayatlarımızdan ne beklediğini. İşte kitaplar da bunun için yazıldı, resimler bunun için yapıldı, çünkü kim olduğumuzu unutmayı istemeyiz, istesek de unutamayız."

Ayinin sonunda rahibin yanına gidip ona minnettar olduğumu söyledim: Yabancı bir ülkede bir yabancıyım, dedim ona, ve gözler görmese de gönlün hissettiğini hatırlattığı için ona teşekkür ettim. Ve duygularım öyle yoğun ki, gidiyorum.

Maria iki valizini de kaptığı gibi yatağın üzerine koydu. Buraya ilk geldiğinde içlerini armağanlarla, yeni kıyafetlerle, kar manzaralarını ve Avrupa'nın büyük başkentlerini gösteren fotoğraflarla, dünyanın en güvenli ve en cömert ülkesinde yaşadığı güzel zamanların anılarıyla dolduracağını hayal etmişti. Doğruya doğru, birkaç yeni giysisi ve Cenevre'ye kar yağdığı bir gün çekilmiş birkaç fotoğrafı vardı, ama bunun dışında, olaylar beklediği gibi gelişmemişti.

Buraya büyük paralar kazanma, hayatı öğrenme, kendini tanıma, bir koca bulma ve ailesini getirtip yaşadığı yeri gösterme planlarıyla gelmişti. Cebinde, kuruşu kuruşuna bir hayali gerçekleştirmeye yetecek kadar parayla dönüyordu; dağları görmemiş, daha da kötüsü kendi kendine yabancılaşmış olarak. Ama mutluydu, artık noktayı koyma vaktinin geldiğini biliyordu.

Pek az insan anlar bu ânın geldiğini.

Topu topu dört macera geçmişti başından; bir gece kulübünde dansöz olarak çalışmış, Fransızca'yı öğrenmiş, fahişelik yapmış ve adamın birine çılgınca âşık olmuştu. Bir yılda bu kadar heyecan yaşamış olmakla övünebilecek kaç insan vardır? Mutluydu, içindeki burukluğa rağmen – ve bu burukluğun bir adı vardı: fahişelik, İsviçre ya da para değil, Ralf Hart. Ağzıyla asla itiraf etmeyecek olsa da, yüreğinin derinliklerinde onunla evlenmeyi isterdi; şimdi bir kilisede gelmesini bekleyen, onu arkadaşlarıyla, çevresiyle tanıştırmayı, ona resimlerini göstermeyi isteyen erkekle.

Maria'nın aklından, randevusuna gitmeyip havaalanına yakın bir otele yerleşmek geçti; uçağı ertesi sabah kalkıyordu çünkü: O andan itibaren, onun yanında geçireceği her dakika sonradan bir yıl acı çekmek demekti, söyleyebileceği halde içinde tutacağı bütün sözlerle, ellerinin, sesinin, öykülerinin, ona destek verişinin anısıyla.

Tekrar valizini açıp evinde geçirdiği ilk gece Ralf'ın verdiği elektrikli vagonu çıkardı ve birkaç dakika seyrettikten sonra çöpe attı. Bu tren, Brezilya'yı görmeyi hak etmiyordu; onu her zaman arzulamış çocuk için gereksizdi, bir haksızlığın simgesiydi.

Hayır, kiliseye gitmedi. Ralf belki sorular sorardı, ve Maria gerçeği söylerse –'Gidiyorum'–, kalmasını ister, onu kaybetmemek için olmadık vaatlerde bulunur, birlikte geçirdikleri her dakika kanıtlamış olmasına rağmen ona olan aşkını dile getirirdi. Ama özgürlüklerinden hiç vazgeçmeden görüşmeyi öğrenmişlerdi ve başka türlü bir ilişki yürümezdi; belki birbirlerini sevmelerinin tek nedeni de buydu, ötekine ihtiyaç duymadıklarını bilmeleri. Erkekler, kadınlar şunu her söylediğinde korkuya kapılırlar: "Sana ait olmak istiyorum." Maria tamamen kendisine ait, onun için gözü kapalı her şeyi yapabilecek, âşık bir Ralf Hart resmini kafasında götürmeyi istiyordu.

Randevuya gidip gitmemeye karar vermek için daha önünde vakit vardı. Şimdilik daha gündelik işlere vermek zorundaydı dikkatini. Henüz valize girmemiş, nereye koyacağını bilemediği yığınla eşyaya takıldı gözü. Ev sahibi, evin içinde bulacağı elektrikli ev aletlerini, bitpazarından alınma tabloları, havluları ve çarşafları ne isterse yapabilirdi. Maria'nın bütün bunları Brezilya'ya götürmesi mümkün değildi, annesiyle babasının bunlara, rasgele bir İsviçreli dilenciden çok daha fazla ihtiyaçları olmasına rağmen: Yoksa bu eşyalar sonsuza kadar nasıl bir serüvene atıldığını hatırlatırdı ona.

Maria evden çıktı, bankaya gidip hesabındaki bütün parayı çekmek istediğini söyledi. Gayet yakından tanıdığı banka müdürü, bunun kötü bir fikir olduğunu, frankların ona para kazandırmaya devam edeceğini, üstelik faizini Brezilya'dan çekebileceğini söyledi. Hem ya biri onları çalsa, ayların emeği boşa giderdi! Maria her zamanki gibi adamın samimiyetle ona yardım etmeye çalıştığını düşünerek, bir an tereddüt etti. Ne var ki biraz düşündükten sonra, bu paranın kaderinin kâğıt parçaları olarak kalmak değil, bir çiftliğe, annesiyle babası için bir eve, birkaç hayvana ve bol bol çalışmaya dönüşmek olduğuna karar verdi.

Bankadaki parasını son kuruşuna kadar çekip özel olarak satın aldığı bir çantaya doldurdu, çantayı da elbisesinin altındaki kemerine taktı.

Seyahat acentesine doğru yürürken, bir adım daha ileri gitmeye cesaretinin yetmesi için dua ediyordu. Biletini sorduğunda, ertesi gün uçuşun aktarmalı yapılacağını, Paris'te uçak değiştirileceğini söylediler. Maria'nın pek umurunda değildi bu; önemli olan bir kez daha düşünmesine fırsat kalmadan buradan uzaklaşmasıydı.

Bir köprüye kadar yürüdü, havaların tekrar soğumaya başlamış olmasına rağmen bir dondurma alıp Cenevre'yi seyre daldı. Bu sefer bütün gördükleri farklı geliyordu gözüne, sanki daha yeni gelmişti buraya, sanki müzeleri, tarihi yerleri, rağbet gören barları ve lokantaları keşfetmeye hazırlanıyordu. Ne tuhaf, insan yaşadığı kenti keşfetmeyi hep erteler, genellikle de sonuna kadar böyle devam eder.

Maria, eve döndüğü için mutlu olması gerektiğini söyleyip durmasına rağmen, kendine laf geçiremiyordu. Onu son derece iyi karşılamış bir kentten ayrıldığı için üzüntü duyması gerektiğini de düşündü, ama bunu da başaramadı. Gözünden birkaç damla yaş süzüldü, kendinden, başarıya ulaşmak için hiçbir eksiği olmayan, ama genellikle yanlış kararlar alan o kızdan korkmasıydı bunun nedeni.

Ve bütün kalbiyle, bu kez yanılmamayı diledi.

İçeri girdiğinde kilisede çok az insan vardı; bu sayede Maria huzur içinde, gece kopan fırtınanın temizlediği gökyüzünün parlaklığıyla aydınlanan vitrayları seyredebildi. Karşısında bir sunak ve boş bir haç vardı; bir insanı can çekişmeye götüren bir işkence aleti değil, bir diriliş simgesiydi; bu haliyle işkence aleti bütün anlamını, dehşetini, önemini yitiriyordu. Fırtınalı gecede kamçı gelmişti aklına, o da aynı şeydi. "Tanrım, neler düşünüyorum ben?"

Etrafta bedenleri koca yaralarla dolu, kan revan içinde acı çeken aziz tasvirleri görmediği için de memnundu. Burası sadece, insanların kavrayışlarını aşan bir şeye yakarmak için toplandıkları bir yerdi.

Bir dolabın önünde durdu; kafasında herhangi bir yer ayırmamış da olsa hâlâ inandığı bir İsa'nın bedeni vardı içinde. Diz çöküp Tanrı'ya, Bakire Meryem'e, İsa'ya, bütün azizlere, bugün başına ne gelirse gelsin fikrini değiştirmeyeceğine, ne olursa olsun gideceğine dair ant içti. Bu sözü vermesinin nedeni, aşkın tuzaklarının, bir kadının isteklerini alabildiğine çarpıtabildiğini bilmesiydi.

Az sonra, omzunda bir el hissetti ve yüzünü ona değdirecek kadar eğdi.

"Nasılsın?"

"İyi," diye karşılık verdi Maria, sesinde sıkıntının zerresi yoktu.

"Güzel. Gidip kahve içelim."

Dışarı çıkarken el eleydiler, uzun bir ayrılıktan sonra

buluşmuş âşıklar gibi. Sokak ortasında öpüştüler, gelip geçenlerden birkaçı kızgın gözlerle baktılar onlara. Yarattıkları rahatsızlık ve uyandırdıkları arzular ikisini de gülümsetiyordu; böyle olduğunu biliyorlardı, aslında bu insanların da onlar gibi davranmak için içi gidiyordu, kızılacak bir şey varsa, o da bu ikiyüzlülüktü.

Görünüşte ötekilerden herhangi bir farkı olmayan bir kafeye girdiler, ama bugün bir değişiklik vardı, çünkü onlar oradaydılar ve birbirlerini seviyorlardı. Cenevre'den konuştular; Fransızca'nın zorluklarından, kilisenin vitraylarından, tütünün zararlarından - ikisi de sigara içiyordu, bu kötü alışkanlıktan vazgeçmeye ise kesinlikle niyetleri yoktu.

Maria hesabı ödemek için ısrar edince, Ralf da sesini çıkarmadı. Ardından birlikte sergiye gittiler, Maria onun çevresini, sanatçıları, olduğundan zengin görünen zenginleri, yoksul görünümlü milyonerleri, Maria'nın ömründe duymadığı konulardan konuşan insanları tanıdı. Hepsi onun varlığından keyif aldılar, Fransızcasına bayıldılar, ülkesinin karnavalını, futbolunu, müziğini sordular. Okumuş, kibar, sevimli, hoş insanlar.

Sergiden çıkınca, Ralf akşam *Copacabana*'ya geleceğini söyledi. Maria zahmet etme, dedi, o bu akşam serbestti, onu akşam yemeğine davet etmek istiyordu.

Ralf kabul etti. Birbirlerinden ayrılmadan önce, Cologny Meydanı'ndaki sevimli bir lokantada yemek için sözleştiler.

Ardından, biricik arkadaşı geldi Maria'nın aklına; kütüphaneci kadını ziyaret edip ona bir daha gelmeyeceğini söylemeye karar verdi.

Geçmek bilmez bir süre, trafikte takılı kaldı; ta ki göçmenler (gene mi göçmenler!) protesto gösterilerini bitirip arabalar normal hareket edebilene kadar. Ama Maria artık vaktinin efendisi olduğuna göre, bunun bir önemi yoktu.

Sonunda varabildiğinde, kütüphane kapanmak üzereydi.

"Belki fazla teklifsiz davranıyorum, ama içimi dökebileceğim başka arkadaşım yok," dedi kütüphaneci, Maria içeri girer girmez.

Nasıl, bu kadının arkadaşı yok muydu? Bütün ömrünü aynı yerde geçirmiş, her gün sürüyle insanla tanışmış biri olarak, konuşabileceği kimsesi yok muydu? Nihayet kendi gibi biri çıkmıştı Maria'nın karşısına, daha doğrusu herkes gibi biri.

"Klitoris hakkında okuduklarım hakkında tekrar düşündüm..."

"Yo! Başka şey konuşsak olmaz mı?"

"Şunu fark ettim, kocamla her birlikte olduğumda çok zevk alırdım, ama çok zor orgazm olurdum. Sizce bu normal mi?"

"Sizce göçmenlerin her gün gösteri yapması normal mi? Sevdalı kadınların beyaz atlı prenslerinden kaçması? İnsanların aşk yerine bir çiftlik hayal etmesi? Ya da erkeklerle kadınların zamanlarını satıp bir daha geri alamaması? Ama bütün bunlar mevcut. Dolayısıyla ne düşündüğüm pek önemli değil, sonuç olarak bunlar doğal. Doğaya, en mahrem arzularımıza ters giden ne varsa bize olağan geliyor, Tanrı'nın gözünde bir kandırmaca olsa bile. Kendimize bir cehennem aradık durduk, o cehennemi kurmak için binlerce yıl uğraştık ve onca çabanın üstüne, şimdi gönül rahatlığıyla, olabilecek en kötü hayatı sürebiliriz."

Maria kütüphaneciye baktı, aklına adını sormak geldi (o âna dek, sadece soyadını biliyordu). Kadının adı Heidi'ydi, otuz yıl evli kalmıştı ve kocasıyla sevişirken orgazm olmamasının normal olup olmadığını şimdiye kadar hiç –hiç!– merak etmemişti.

"Bütün bunları okumalı mıydım, bilmiyorum! Belki cahil kalmak daha iyiydi, bir kadının sadık bir eş, göl manzaralı bir ev ve devlet memuru olmaktan başka bir hayali olamayacağını düşünerek. Siz buraya geldiniz geleli, ben de o kitapları okumaya başladığımdan beri, hayatımı ne hale getirdiğimi düşündükçe içim içimi yiyor. Herkes benim gibi mi?"

"Gönül rahatlığıyla 'evet' diyebilirim," ve Maria, ondan öğüt bekleyen bu kadının karşısında kendini alabildiğine deneyimli hissetti.

"Ayrıntılara gireyim mi?"

Maria, başıyla evet dedi.

"Tabii siz böyle şeyleri anlayamamayacak kadar gençsiniz henüz, ama, yaşadıklarımı size açayım ki, aynı hataları yapmayasınız.

"Neden kocamın bir kez olsun aklına gelmedi klitorisimle ilgilenmek? Orgazmın vajinada gerçekleştiğini sanıyordu; ve onun beklediği şekilde yalancıktan zevk alıyor gibi görünmek zoruma giderdi, çok zoruma giderdi. Tabii ki haz duyuyordum, ama başka türlü. Yalnızca sürtünme ön tarafta olduğunda... anlıyor musunuz?"

"Anlıyorum."

"Şimdi, nedenini biliyorum. İşte bu," dedi masasının üzerinde duran, Maria'nın adını okumayı başaramadığı bir kitabı göstererek. "Klitoristen G noktasına uzanan bir sinir demeti var; işin can damarı da o. Ama erkekler için, varsa yoksa içeri girme. G noktası nedir, biliyor musunuz?

"Geçen gün konuşmuştuk," dedi bu kez Saf Küçük Kız'ı oynayan Maria. "İçeri girince, birinci kat, dipteki pencere."

"Evet! Evet!" Kütüphanecinin gözleri parladı. "Gidin, kendiniz bakın kaç arkadaşınız duymuş adını: Hiçbiri! Bu bir saçmalık! Klitoris, şu bizim İtalyan tarafından keşfedildi; G noktası ise, yüzyılımıza ait bir buluş. Yarın bütün manşetler ondan bahsedecek, kimse onun rolünü görmezden gelemeyecek. Nasıl devrimci bir çağdan geçtiğimizi kavrayabiliyor musunuz?"

Maria saatine baktı; bunun üzerine Heidi, bu güzel

kıza kadınların da mutlu olmaya, açılmaya hakkı olduğunu öğretmek için elini çabuk tutması gerektiğini düşündü; tabii tek kaygısı gelecek kuşakların, bu olağanüstü bilimsel keşiflerden yararlanmasıydı.

"Doktor Freud, erkeklerin en çok penisten, kadınlarınsa vajinadan zevk duyduklarını düşünürdü. Ama biz, işin kaynağına, bize daima haz vermiş olan yere geri dönelim: klitoris ve G noktasına! Pek az kadın tatmin edici bir cinsel ilişki yaşar; ama ben size bir kurnazlık öğreteyim: Pozisyonda rolleri değişin. Sevgiliniz sırtüstü uzansın, siz de üstte olun; klitorisiniz onun bedenine sürtünecek, siz de bu sayede ihtiyaç duyduğunuz şekilde uyarılacaksınız. Daha doğrusu: hak ettiğiniz şekilde!"

Maria, sohbete kulak vermez görünmeye çalışırken, düşünüyordu. Demek, sorun kendisinde değildi! Her şey anatomiden kaynaklanıyordu! İçinden kütüphaneciyi kucaklamak geldi, aynı anda yüreği de büyük bir yükten kurtulmuş gibiydi. Henüz gençken böyle bir keşifte bulunmak ne güzeldi! Ne harika bir gündü yaşadığı!

Heidi'nin yüzünde, fesat bir gülümseme belirdi.

"Onlar bilmezler, ama bizde de ereksiyon olur!"

'Onlar' derken, erkekleri kastediyor olmalıydı. Konuşmanın bu kadar mahrem konulara kayması Maria'yı yüreklendirmişti: "Kocanızdan başkasıyla yattınız mı hiç?"

Kütüphaneci, yüzüne bir yumruk yemiş gibi oldu. Gözlerinden âdeta kutsal bir ateş fışkırdı, teni kıpkırmızı kesildi; bunun öfkeden mi, yoksa utançtan mı olduğunu söylemek mümkün değildi. Derken, anlatma ihtiyacıyla kızgın görünme ihtiyacı arasındaki savaş sona erdi. Kadın, konuyu değiştirdi:

"Gelelim bizim ereksiyona: klitoris! Klitoris de sertleşir, bunu biliyor muydunuz?"

"Hem de çocukluğumdan beri."

Heidi hayal kırıklığına uğramış gibiydi. Gene de devam etti:

"Anlaşıldığı kadarıyla, kendi kendinize klitorisin çevresini okşarsanız, hatta tepesine hiç dokunmasanız bile, çok yoğun zevk duyabilirsiniz. Bazı erkekler telaşla klitorisin ucuyla oynamaya kalkışırlar, bunun bazen insanın canını bile yakabileceğini bilmeksizin, size de öyle olmaz mı? Hem ayrıca, okumakta olduğum kitaba göre, partnerinizle dürüstçe konuşmanın her zaman yararı dokunurmuş."

"Peki siz hiç kocanızla dürüstçe konuştunuz mu?"

Heidi, şimdi devir değişti, diyerek soruyu ustalıkla atlattı. Şu anda onu daha çok ilgilendiren, zihinsel deneylerini paylaşmaktı.

Maria saatine baktı, sonra sadece elveda demeye geldiğini, çünkü stajının bittiğini anlattı. Kütüphaneci sanki onu duymamış gibiydi.

"Klitoris hakkındaki şu kitabı almak istemez misiniz?"

"Hayır, kalsın."

"Ödünç almak istediğiniz başka kitap yok mu?"

"Hayır. Ülkeme dönüyorum artık, ama gitmeden, bana saygılı ve anlayışlı davrandığınız için size teşekkür etmek istedim. Hoşçakalın."

İki kadın el sıkıştılar ve birbirlerine, büyük mutluluklar dilediler.

Kütüphaneci genç kızın çıkmasını bekledi, sonra kendini daha fazla tutamayarak masaya bir yumruk indirdi. Neden fırsattan yararlanmamıştı? Hazır genç kız, kocasını aldatıp aldatmadığını soruvermişken, neden karşılık vermemişti?

"Neyse canım, önemli değil."

Dünya seksten ibaret değildi elbette, ama ne olursa olsun önemli bir şeydi bu. Çevresine bakındı: Onu kuşatan binlerce kitabın büyük bölümünde, aşk öyküleri anlatılıyordu. Hep aynı nakarat – birisi biriyle karşılaşır, âşık olur, kaybeder, başkasıyla karşılaşır. Birbirine değen ruhlar, uzak ülkeler, serüvenler, acılar, kaygılar vardı hep, ama şunu söyleyen nadir çıkıyordu: "Beyefendi, kadın bedenini anlamak için daha fazla dikkat edin." Neden kitaplar açıkça yazmazdı bunu?

Belki de sonuç olarak, bu kimseyi ilgilendirmediğinden. Erkek inatla yenilik peşinde koşuyordu hâlâ; damızlık içgüdülerine göre hareket eden mağara adamı olmaktan öteye gidememişti çünkü. Ya kadın? Heidi'nin kendi deneyimlerine göre, insanın eşiyle zevk alma isteği sadece birkaç yıl sürüyordu; ardından, giderek azalıyordu bu. Her kadın bu konuda tek olduğunu düşünüyor, kimse ağzını bile açmıyordu. Ve hepsi yalan söylüyor, her gece sevişmek isteyen kocasının şehvetine katlanamaz olmuş gibi davranıyordu.

Kadınlar büyük bir hızla başka uğraşlar buluyorlardı kendilerine: çocuklar, mutfak, ev işleri, ödenecek faturalar, eşlerinin kaçamaklarına karşı hoşgörülü davranışlar, kendilerinden çok çocukları düşündükleri tatiller, eşleriyle işbirliği – hatta aşk, ama seks yok.

Genç Brezilyalı'ya daha açık davranmalıydı aslında, kendi kızıyla yaşıt, masumluğu, hele de hayatı tanımadığı yüzünden okunan bir kızdı. Memleketinden uzakta yaşayan, hiçbir özelliği olmayan bir işte canı çıkan; evlenebileceği, orgazm taklidi yapabileceği, yanında kendini güvende hissedebileceği ve orgazm, klitoris, G noktası gibi şeyleri hemen aklından çıkarmasını sağlayacak bir adamla karşılaşmayı bekleyen bir göçmen. İyi bir eş, iyi bir anne olacak, evinin üzerine titreyecek, zaman zaman köşebaşında karşılaştığı, ona arzu dolu bir bakış fırlatan yabancıyı hayal ederek gizlice mastürbasyon yapacaktı. Görüntüyü kurtaracaktı yani – neden herkes görüntülerle bu kadar uğraşıyordu ki?

İşte bu nedenle karşılık vermemişti şu soruya: "Kocanızdan başkasıyla yattınız mı hiç?"

Böyle sırlar bizimle mezara gider, diye düşündü kadın. Seks, uzak ortak geçmişlerinde kalmış olsa da, kocası hayatının erkeği olmuştu. Muhteşem bir yoldaştı; namuslu, cömert, dengeliydi; ailesinin ihtiyaçlarını karşılamak için mücadele eder, sorumluluğunu üstlendiği insanları mutlu etmeye çalışırdı. Her kadının gönlünde yatan ideal erkekti yani; ve işte tam da bu yüzden kendini bu kadar kötü hissediyordu kütüphaneci, günün birinde başka bir erkeği arzuladığını, onun peşinden gittiğini düşündükçe.

Tanışmaları dün gibi aklındaydı. Kendisi Davos kentinden, dağdan gelirken çığ düşmesi yüzünden, birkaç saatliğine trenler durmuştu. Heidi evdekilere telefon edip onu merak etmemelerini söylemiş, birkaç dergi satın alarak garda uzun sürecek bir bekleyişe hazırlanmıştı.

Derken, yanı başında, bir sırt çantası ve uyku tulumu yüklenmiş bir adam gördü. Kır saçlıydı, teni güneş yanığıydı; trenin gelmeyişinden rahatsız görünmeyen tek kişiydi; hatta tam tersine, gülümseyerek bakışlarını etrafında gezdiriyor, sohbet edebileceği birilerini arıyordu. Heidi bir dergi açtı önünde, ama –ah! Hayatın gizemleri işte!– gözleri çabucak öbür yolcunun kilerle karşılaştı ve bakışlarını, onun yanına damlamasını engelleyecek kadar hızlı kaçıramadı.

Adam, onu kibarca başından savmasına fırsat vermeden, konuşmaya başlamıştı bile. Heidi'ye yazar olduğunu, buraya bir toplantıya katılmak için geldiğini, tren geç kaldığı için uçağını da kaçıracağını anlattı. Cenevre'ye ulaştıkları zaman, bir otel bulmasına yardım eder miydi acaba?

Heidi onun yüzüne baktı: Uçağını kaçırmak üzere olan, üstelik saatler boyunca rahatsız bir garda beklemeye mahkûm bir insan, nasıl bu kadar keyifli olabilirdi?

Ama adam, sanki kırk yıllık ahbaplarmış gibi sohbete başladı. Yaptığı yolculuklardan, yazı yazmanın gizeminden söz etti; Heidi'yi şaşırtıp dehşete düşüren ise, ömrü boyunca karşılaştığı ve sevdiği kadınları anlatması oldu. Heidi, başıyla onaylamakla yetiniyor, adam ise konuştukça konuşuyordu. Zaman zaman gevezeliğinden ötürü özür diliyor, Heidi'den biraz kendinden bahsetmesini istiyordu. Heidi'ninse, bütün söyleyebileceği şuydu: "Herhangi bir olağanüstülüğü olmayan, basit bir insanım ben."

Heidi ansızın, trenin hiç gelmemesi için dua etmeye başladı. Sohbet çok tatlıydı, kendi dünyasına o güne dek yalnızca romanlarla sızabilmiş şeyler keşfediyordu. Adamı bir daha göremeyeceğini bilmek Heidi'ye cesaret verdi (sonradan bunu kendine açıklayamayacaktı) ve ona kafasını kurcalayan soruları sormaya başladı. Evliliği zor bir dönemden geçiyordu; kocası hep yanında olmasını istiyor, Heidi de onu nasıl mutlu edeceğini düşünüp duruyordu. Adam birtakım zekice açıklamalarda bulundu, ama Heidi'nin kocasının adının geçtiğine pek memnun görünmüyordu.

"Siz çok ilginç bir kadınsınız," dedi, Heidi'nin yıllardır duymadığı bir cümleydi bu.

Heidi ne karşılık vereceğini bilemedi. Adam onun rahatsız olduğunu anladı ve çöllerden, dağlardan, kayıp kentlerden, başı örtülü ya da çıplak göğüslü kadınlardan, savaşçılardan, korsanlardan ve yaşlı bilgelerden söz etmeye koyuldu.

Sonunda tren geldi. İkisi yan yana oturdular. Artık büyütecek üç çocuğu olan, göle bakan bir villada oturan evli bir kadın değil, Cenevre'ye ilk kez ayak basan bir serüvenciydi Heidi. Dağları, ırmağı seyrederken, onu elde etmek isteyen ve etkileyici olmak için elinden geleni yapan bir erkeğin (erkeklerin aklı başka şeye çalışmaz) yanında olmaktan mutluydu. Heidi, daha önce kendisinin en ufak bir şans tanımadığı insanları düşündü; bu sabah, dünya değişmişti, kendisi otuz sekiz yaşında bir genç kızdı, erkeğin onu baştan çıkarma çabalarını büyülenmişçesine seyrediyordu. Ömrünün sonbaharında (kuşkusuz vakitsiz bir sonbahardı bu), bütün umutlarını yitirdiğini zannederken, bu adam garda ortaya çıkıveriyor, izin filan istemeden dünyasına giriyordu.

Cenevre'de indiler. Heidi ona bir otel tarif etti (basit bir yer olsun, diye ısrar etmişti adam, çünkü hayatın son derece pahalı olduğu bu ülkede fazladan bir gün kalacağını hesaplamamıştı); o da Heidi'den, odasına kadar gelip her şeyin yerli yerinde olup olmadığına bakmasını rica etti. Heidi, kendisini neyin beklediğini biliyordu. Gene de kabul etti. Kapıyı kapadılar, çılgınca öpüşmeye başladılar, adam Heidi'nin elbiselerini parçaladı, ve –Tanrım!– kadın bedenini iyi tanıyordu, çünkü içlerinden pek çoğunun çektiği acıyı ve eksikliği biliyordu.

Akşama kadar seviştiler; ancak gece çökerken bozuldu büyü. O an, Heidi, hiç söylememiş olmaya can attığı şu cümleyi telaffuz etti: "Eve gitmek zorundayım, kocam beni bekliyor."

Adam bir sigara yaktı. Birkaç dakika hiç konuşmadılar. İkisi de 'hoşçakal' demedi. Heidi ayağa kalkıp ardına bakmadan çıktı; söylenecek hiçbir kelimenin, hiçbir cümlenin anlamı olmayacağını biliyordu.

Onu bir daha görmeyecek olsa da, Heidi birkaç saatliğine sadık bir eş, iyi bir ev sahibesi, şefkatli bir anne, örnek bir memur, tutarlı bir arkadaş olmaktan vazgeçip bir kadın olmuştu.

Birkaç gün boyunca, kocası ona değiştiğini söyleyip durdu, ya daha neşeliydi eskisinden ya daha hüzünlü – ruh halini tam olarak tarif edemiyordu da. Bir hafta sonra, her şey düzene girmişti.

'Ufaklığa bunu anlatsaydım keşke,' diye düşündü kütüphaneci. 'Zaten ne anlayabilirdi ki... Onun dünyasında insanlar hâlâ sadık, aşk yeminleri hâlâ ölümsüz.'

Maria'nın günlüğünden:

O akşam kapıyı açıp beni iki valizle gördüğünde kimbilir neler düşünmüştür.

"Sıkma canını," dedim hemen. "Sana yerleşmeye niyetim yok. Gidip yemek yiyelim."

Tek kelime etmeden, valizleri içeri koymama yardım etti. Ardından, "Bu da neyin nesi?" ya da "Ne güzel, buradasın," bile demeden, beni yakaladığı gibi öpmeye, bedenime, göğüslerime, orama dokunmaya başladı, sanki beni uzun zamandır bekliyormuş ve bunun son fırsatı olacağını seziyormuş gibi.

Ceketimi, elbisemi çıkardı, çırılçıplak bıraktı beni. Ve oracıkta, koridorda seviştik ilk kez, girizgâh filan yapmadan, kapının altından esen soğuk rüzgârı hissederek. Ona, dur demenin daha yerinde olacağı geçti aklımdan, daha rahat bir yere geçelim, cinselliğimizin uçsuz bucaksız evreninin derinliklerine ağır ağır dalalım; ama bir yandan da onu içimde hissetmek istiyordum, çünkü hiçbir zaman sahip olmadığım, hiçbir zaman sahip olamayacağım erkekti o. Dolayısıyla olanca enerjimle onu sevebilir, –en azından bir geceliğine– o âna dek elde edemediğim, herhalde bundan sonra da edemeyeceğim şeyi sahiplenebilirdim.

Beni yere yatırdı, daha ıslanmadan içime girdi, yo hayır, acı duymak beni tedirgin etmedi; tam aksine, böylesi hoşuma gitti, ona ait olduğumu, benden izin alması gerekmediğini anlamalıydı. Artık herhangi bir şey öğretmek için bulunmuyordum orada ya da öteki kadınlardan daha duyarlı olduğumu göstermek için; sadece ona evet demek için; hoş geldin, ben de seni bekliyordum, aramızda saptadığımız kuralların kökünden bozulması beni mutlu ediyor. Şimdi kadınlara ve erkeklere özgü içgüdülerimizle hareket etmeliyiz. Olabilecek en geleneksel pozisyondaydık –ben bacaklarımı açmış yatıyordum, o ise üstümde gidip geliyordu–, ona bakarken ne taklit yapmak, ne inlemek isteği duyuyordum, hiç. Sadece gözlerimi açık tutup her saniyeyi aklıma kazımak, değişen yüzünü, saçlarımı yakalayan ellerini, beni ısıran, öpen dudaklarını görmek istiyordum. Ön sevişme yok, okşamalar, hile hurda yok; yalnızca o benim içimde, ben onun ruhundayım.

Gidip geliyor, ritmi hızlandırıyor ya da ağırlaştırıyor, bazen durup gözlerime bakıyordu; ama bana hoşuma gidip gitmediğini sormuyordu kesinlikle, çünkü o anda rûhlarımızın birbirine değmesinin tek yolunun bu olduğunu biliyordu. Ritim hızlandı, on bir dakikanın dolmak üzere olduğunu biliyordum, keşke sonsuza dek devam etseydi, çok güzeldi –ah! Tanrım, ne kadar güzeldi!– sahip olmadan sahip olunmak! Bütün bu zaman boyunca, gözlerim fal taşı gibi açıktı; bir an algılarımızın bulandığını da hissettim. Sanki başka bir boyuta girmiş gibiydik, ben Büyük Ana, evren, sevilen kadın, bir kadeh şarapla şöminenin karşısında anlattığı eski törenlerdeki kutsal fahişeydim. Onun boşaldığını hissettim, hareketleri hızlandı ve haykırmaya başladı – inlemedi, dudaklarını da ısırmadı, haykırdı! Bir hayvan gibi kükredi! Aklımdan, komşuların polis çağırabileceği geçti, ama önemi yoktu. Müthiş bir haz duydum, çünkü dünya dünya olalı beri, ilk erkek ilk kadınla karşılaştığından, ikisi ilk kez seviştiklerinden beri böyleydi: Onlar da haykırmıştı.

Ardından, bedeni bedenime devrildi; ne kadar zaman birbirimizin kollarında kaldık bilmiyorum. Karanlıkta otele kapandığımız gece yaptığım gibi saçlarını okşadım; yüreğinin yatıştığını hissettim; kolları kuş kana-

dı gibi kollarımda gezindi, bütün tüylerim diken diken olmuştu.

Aklına çok pratik bir ayrıntı gelmiş olmalıydı –örneğin bedenime ağırlık yaptığı gibi–, çünkü yana yuvarlanıp ellerimi tuttu; ikimiz gözümüzü tavana, lambaya dikip öylece yattık.

"İyi geceler," dedim ona.

Beni kendine çekip başımı göğsüne yasladı. Uzun uzun okşadı bedenimi, sonra o da 'iyi geceler' dedi.

"Komşular her şeyi duymuştur," deyiverdim, ne yapacağımı bilemez haldeydim, çünkü o anda 'seni seviyorum' demenin pek bir anlamı yoktu, bunu ikimiz de biliyorduk.

"Kapının altından soğuk geliyor," diye karşılık verdi o da, "harikaydı!" diye haykırmak yerine. "Hadi, mutfağa gidelim."

Ayağa kalktığımızda pantolonunu bile çıkarmamış olduğunu fark ettim. Bütün kıyafetleri üzerindeydi, sadece cinsel organı havaya dikilmişti. Ceketimi üzerime geçirdim, sonra mutfağa geçtik. Ralf ikimize kahve yaptı, iki sigara o içti, bir tane de ben. Masaya oturduğumuzda gözleriyle teşekkür ediyordu, ben de ona 'asıl sana teşekkürler' diye karşılık veriyordum, ama dudaklarımız hiç kıpırdamıyordu.

Sonunda cesaretini toplayarak, bu valizlerin ne anlama geldiğini sordu.

"Yarın öğlen gibi, Brezilya'ya dönüyorum."

Bir kadın, bir erkeğin kendisi için ne zaman değer kazandığını bilir. Peki ya erkekler, onlarda böyle sezgiler var mıdır acaba? Yoksa 'seni seviyorum', 'burada seninle kalabilsem keşke', 'benden kalmamı iste' mi deseydim?

"Gitme." Evet, bana bunu söyleyebileceğini anlamıştı.

"Gidiyorum. Bir söz verdim."

Bunu yapmasam, belki de bütün bunların sonsuza kadar süreceğini sanırdım. Oysa böyle değildi, uzak bir ülkenin Tanrı'nın unuttuğu bir köşesinden gelme bir kı-

zın hayalinin bir parçasıydı; kız büyük şehre gider (doğrusu pek de büyük bir yer değildir), orada bin türlü zorlukla karşılaşır, ama sevebileceği bir erkek çıkar karşısına. Dolayısıyla, yaşadığım zor anların üstüne bir mutlu sondu bu; Avrupa'daki hayatımı ne zaman düşünsem, aklıma bana âşık bir adamın öyküsü gelecekti; ruhunda gezinmiştim bir kere, artık o hep benimdi.

Ah! Ralf, seni ne kadar sevdiğimi bilemezsin. Bana öyle geliyor ki, hayallerimizdeki erkeğe ilk kez bakarken, mantığımız bize yanıldığımızı söylese de, biz –yenmeyi istemeksizin– bu içgüdüyle savaşsak da, belki de sonsuz bir aşka düşer gönlümüz. Ardından heyecana teslim oluruz; acıyla ve soğukla savaşarak, ama seni ne kadar sevdiğimi anlayarak çıplak ayak parkta yürüdüğüm akşam gibi.

Evet, seni seviyorum, daha önce hiçbir erkeği sevmediğim gibi ve tam da bu nedenle gidiyorum. Kalsam, hayal gerçeğe dönüşür, sahip olma isteği, hayatının bana ait olması isteği doğar... Neyse, kısacası, sonunda aşkı köleliğe dönüştüren ne varsa. Şu daha iyi: hayal. Bir ülkeden – ya da hayattan bize kalanın üzerine titremeliyiz.

"Sen orgazm olmadın," dedi konuyu değiştirmek, dikkatli görünmek, durumu zorlaştırmamak için. Beni kaybetmekten korkuyordu; fikrimi değiştirmemi sağlamak için, önünde daha koca bir gece olduğunu düşünüyordu.

"Orgazm olmadım, ama büyük zevk aldım."

"Orgazm olsan daha iyi olurdu."

"Taklit yapabilirdim, sırf memnun olasın diye, ama bundan fazlasına layıksın. Sen bir erkeksin Ralf Hart, erkek sözcüğünün en derin, en güzel anlamında. Bana destek oldun, yardımcı oldun, sana destek ve yardımcı olmama izin verdin, en ufak bir aşağılanma hissetmeksizin. Evet, orgazma ulaşmayı isterdim, ama olmadı işte. Ne var ki, soğuk zemine, sıcak bedenine, içime girerken gösterdiğin, benim de razı olduğum şiddete bayıldım.

"Bugün, hâlâ bende duran kitapları geri vermek üzere kütüphaneye gittiğimde, kütüphaneci partnerimle seks hakkında konuşup konuşmadığımı sordu. İçimden şunu sormak geldi ona: 'Ne partneri? Nasıl seks?' Ama kadın bunu hak etmiyordu, bana hep bir melek gibi davranmıştır.

"Aslında, Cenevre'ye geldiğimden beri topu topu iki partnerim oldu: Biri, bendeki en kötüyü uyandırdı, çünkü bunu yapsın diye sınırsız izin verdim ona, hatta yalvardım. Öteki partnerimse sensin; kendimi tekrar dünyaya ait hissetmemi sağlayan kişi. Keşke bedenimin nerelerine dokunacağını anlatabilseydim sana, ne kadar süreyle, ne kadar bastıracağını; bunu bir eleştiri değil, ruhlarımızın birbirine daha sıkı sarılmasını sağlayacak bir yol olarak göreceğini biliyorum. Aşk sanatı, senin resim yapmana benzer: Teknik ister, sabır ister, en önemlisi çiftin çaba harcamasını gerektirir. Cesaret lazım, 'sevişme' denen şeyin ötesine geçilmeli."

Buyrun bakalım. Öğretmen geri dönmüştü işte; bunu istemiyordum, neyse ki Ralf bizi o durumdan çıkarmayı başardı. Sözlerimi dikkate alacağına, yarım saat içinde üçüncü sigarasını yaktı.

"Birincisi, gece burada kalacaksın."

Bu bir rica değil, bir emirdi.

"İkincisi, tekrar sevişeceğiz, daha az sıkıntı, daha çok arzuyla.

"Son olarak, senin de erkekleri daha iyi anlamanı isterdim."

Erkekleri daha iyi anlamak mı? Gecelerim onlarla geçiyordu, Beyazı, Siyahı, Asyalısı, Yahudisi, Müslümanı, Budistiyle! Bunu bilmiyor muydu?

Kendimi hafiflemiş hissettim. Sohbetin tartışmaya dönüşmesi iyiydi. Bir an Tanrı'dan af dileyip sözümden dönmeyi düşünecek hale geldim. Ama gerçeklik yanı başımda durmuş, hayalimi bozmamamı, kaderin tuzaklarına düşmememi buyuruyordu bana.

"Evet, erkekleri daha iyi anlamak," diye tekrarladı Ralf, yüzümdeki alaycılığı görünce. "Kadın cinselliğini ifade etmekten, bedeninde gezinmeme yardım etmekten, sabretmekten, zaman ayırmaktan söz ediyorsun. Buraya kadar tamam, ama en azından zamanı farklı algıladığımız geldi mi aklına? Neden Tanrı'ya şikâyette bulunmuyorsun?

"Seninle tanıştığımızda, bana seksi öğretmeni istedim, çünkü bende arzu kalmamıştı. Neden, biliyor musun? Çünkü, birkaç yıl içinde, içinde cinsellik olan bütün ilişkiler sıkıntıyla, eksiklik duygusuyla son buluyordu. Sevdiğim kadınlara, bana tattırdıkları kadar zevk vermenin çok zor olduğunu anlamıştım."

'Sevdiğim kadınlar' sözü hiç hoşuma gitmemişti, ama bir sigara yakıp umursamaz görünmeye çalıştım.

"Şunu söylemeye cesaretim yoktu: 'Bana bedenini öğret.' Ama karşıma çıktığında, sendeki ışığı gördüm ve o dakika sana âşık oldum. Hayatımın bu aşamasında, kendime ve yanımda olmasını istediğim kadına dürüst davranmakla kaybedecek bir şeyim olmadığını düşündüm."

Sigara muhteşemdi; bana biraz da şarap getirse çok hoşuma giderdi, ama konuyu dağıtmak istemiyordum.

"Neden erkekler seksten başka şey düşünmez? Neden başkaları senin benimle yaptıklarını yapmaz, ne hissettiğimi anlamaya çalışmazlar?"

"Kim demiş seksten başka şey düşünmediğimizi? Tam tersine: Yıllar boyunca, seksin bizim için önemli olduğuna kendimizi inandırmaya çalışırız. Aşkı fahişelerle ya da bakirelerle öğreniriz, önümüze gelene masallar okuruz, yaşımız gelince genç sevgilileri kolumuza takıp ortalıkta geziniriz; amaç, başkalarına, kadınların beklediği gibi olduğumuzu göstermektir.

"Ama hepsi boş. Hiçbir şey anladığımız yok. Seksle boşalmanın aynı şey olduğunu sanıyoruz, oysa senin de söylediğin gibi, öyle değil. Kafamız yerinde sayıyor, çün-

kü bir kadına, 'bana bedenini öğret' diyecek cesaretten de yoksunuz. Öğrenmiyoruz, çünkü kadının da 'beni tanımaya çalış' diyecek cesareti yok. Türün soyunu sürdürmesini sağlayan ilkel içgüdüye takılıp kalmışız, hepsi bu. Çok saçma gelecek ama, bir erkek için seksten daha önemli ne vardır, biliyor musun?"

Belki paradır, diye düşündüm, belki de iktidar; ama tek kelime etmedim.

"Spor. Çünkü bir erkek, başka bir erkeğin bedenini anlar. Sporda, anlaşan bedenlerin diyaloğunu algılarsın."

"Sen delisin."

"Belki. Ama bunun bir anlamı var. Yattığın adamların ne hissettiğini merak ettiğin oldu mu hiç?"

"Evet, hepsinde bir güvensizlik vardı, korku vardı."

"Korkudan daha beteri: Zayıflar, dayanıksızlar. Ne yaptıklarını tam anlayamazken bile, toplumun, dostlarının, bizzat kadınların bu işin önemli olduğunu iddia ettiğini biliyorlardı. 'Seks, seks, seks, hayatın tuzu biberi,' diye bağırıyor reklamlar, insanlar, filmler, kitaplar. Ağızlardan çıkanı kulaklar duymuyor. Tek farkında olduğumuz, bunu yapmak gerektiği –çünkü içgüdü, hepimizden güçlü–. Hepsi bu."

Yeter. Kendimi korumak için ders vermeye yeltenmiştim, o da öyle yaptı. Sözlerimiz ne kadar bilgece olursa olsun –birbirimizi etkilemeye çalışıyorduk–, hepsi o kadar aptalca, ilişkimize o kadar yakışmayan şeylerdi ki! Onu kendime çektim, çünkü, bana söyleyeceklerinden ya da benim kendi hakkımda düşündüklerimden bağımsız olarak, hayat beni zaten iyice pişirmişti. Evrenin doğuşunda, aşktan başka, kendini vermekten başka bir şey yoktu. Ama kısa süre sonra yılan Havva'ya, "Verdiğini kaybedeceksin," dedi. Benim başıma gelen de buydu; okuldayken cennetten kovulmuş gibi oldum ve o gün bu gündür yılana yanıldığını, yaşamanın yaşamı kendine saklamak-

tan daha önemli olduğunu nasıl söyleyeceğimi düşündüm. Ama haklı olan yılandı, yanılansa ben.

Diz çöktüm, ağır ağır soydum onu. Cinsel organı gevşemişti, tepki vermiyordu. Ralf bundan rahatsız görünmüyordu. Ayaklarından başlayıp öperek bacaklarının içine doğru ilerledim. Cinsel organı hafifçe kıpırdadı, ben de okşadım onu, sonra ağzıma aldım; hiç acele etmeden, yaptıklarımı 'Haydi bakalım, iş başına!' diye algılamasına fırsat vermeden, hiçbir beklentisi olmayanlara özgü şefkatle onu öptüm ve tam da bu sayede istediğim ne varsa elde ettim. Tahrik olmuştu, görüyordum; göğüs uçlarımı okşamaya başladı, o kapkaranlık gecede olduğu gibi parmaklarını çevrelerinde gezdiriyor, bana da onu yeniden içime alma isteği veriyordu, ağzıma almak ya da bana nasıl sahip olmak isterse öyle.

Ceketimi çıkarmadı; beni ayaklarım yere basacak şekilde yüzüstü masanın üstüne yatırdı. Ağır ağır girdi içime, bu kez kaygı yoktu, beni kaybetme korkusu yoktu; çünkü yüreğinin en derin yerinde, o da bütün bunların bir hayal olduğunu ve daima öyle kalacağını biliyordu.

Cinsel organını içimde, elini ise göğüslerimde, kalçalarımda hissediyordum; bir kadının eliyle dokunuyordu bana. O zaman, birbirimiz için yaratıldığımızı anladım; çünkü kadın olmayı başarabiliyordu, tıpkı benim erkek olabilmem gibi; konuşurken ya da evrenin tamamlanması için buluşması şart olan iki yarım, iki kırık parça olarak kavuşurken.

İçime girdiğinde, beni okşadığında, bunları sadece bana değil, bütün evrene yapıyordu. Vaktimiz vardı, şefkatliydik, birbirimizi tanıyorduk. Evet, gitme arzusuyla dopdolu olarak, elde iki valizle buraya gelmek, o dakika yere fırlatılıp şiddetle, kaygıyla sahip olunmak harikaydı; ama gecenin asla bitmeyeceğini bilmek, mutfak masasının üzerinde gelen orgazmın başlı başına bir son değil, kavuşmanın başlangıcı olduğunu bilmek de güzeldi.

Cinsel organı içimde durdu, o sırada parmakları hız-

la hareket ediyordu; orgazm oldum, sonra ikinci, sonra üçüncü kez. İçimden onu itmek geliyordu; hazzın verdiği acı o kadar büyük ki insan örseleniyor; ama kararlılıkla direndim, böyle olmasını kabullendim; bir, iki ya da daha fazla orgazmı kaldırabilirdim...

... ve birden, içimde bir ışık patladı. Artık kendim değildim, bütün bildiklerimden üstün bir varlıktım. Eli beni dördüncü kez orgazma ulaştırdığında bir huzur ülkesine vardım; beşincisinde Tanrı'yı bildim. Ardından, cinsel organının içimde tekrar dolaşmaya başladığını hissettim, eli de durmamıştı; 'Tanrım' dedim sonunda ve kendimi bıraktım, sonumun cennet mi cehennem mi olduğunu bilmeden.

Ama sonum cennetmiş. Ben kara topraktım, dağlar, kaplanlar, göllere inen ırmaklar, denize dönen göllerdim. Giderek hızlanıyordu, acı hazza karışıyordu, 'dayanamıyorum' diyebilirdim, ama bu doğru olmazdı, çünkü o aşamada o ve ben artık birdik.

Onu istediği kadar içimde tuttum. Şimdi tırnakları kalçalarıma gömülmüştü; ve ben, mutfak masasında yüzüstü yatarken, dünyada sevişmek için daha iyi bir yer olamayacağını düşünüyordum. Soluklar gene giderek hızlandı, tırnaklar etimi yaraladı ve cinsel organı şiddetle kalçalarımı dövmeye başladı, et ete çarpıyordu ve ben tekrar orgazm olmak üzereydim. Bunların hiçbiri – bunların hiçbiri YALAN DEĞİLDİ!

"Gel!"

Ne istediğini biliyordu ve ben de o ânın geldiğini anlamıştım. Bedenim alabildiğine gevşedi, artık ben, ben olmaktan çıkmıştım –duyamıyor, göremiyor, herhangi bir tat alamıyordum–, tepeden tırnağa heyecandım.

"Gel!"

Ve onunla birleştim. On bir dakika değil bir sonsuzluktu; sanki ikimiz de bedenlerimizden sıyrılmış, neşe, anlayış ve derin bir dostlukla cennet bahçelerinde dolaşıyorduk. Ben kadın ve erkektim, o erkek ve kadındı. Ne kadar sürdü, bilmiyorum; ama her şey sessizce dua ediyor gibiydi, sanki evrenle hayat adından ve zamandan arınmış, kutsallaşmış gibi.

Ama çok geçmeden zaman geri geldi, haykırışlarını duydum. Ben de onunla bağırmaya başladım. Masanın ayakları şiddetle yere vuruyordu; dünyanın geri kalanının bu işe ne diyeceğini ne o merak etti ne de ben.

Haber vermeden çıktı içimden. Gülüyordum; ona doğru döndüğümde o da gülüyordu; ömrümüzde ilk kez sevişmiş gibi sıkıca sarıldık.

"Kutsa beni," dedi.

Ne yaptığımı bilmeden, kutsadım onu. Ondan da aynısını istedim. "Çok sevdiğim şu kadın mübarek olsun," dedi o da. Ağzından dökülen sözler ne güzeldi. Tekrar sarıldık birbirimize; on bir dakikanın bir erkekle bir kadını buralara nasıl sürüklediğini anlayamadan öylece kaldık.

İkimizde de yorgunluğun zerresi yoktu. Salona gittik. Bir plak koydu ve harfi harfine beklediğim şeyi yaptı: Şöminede bir ateş yaktı, bana da şarap getirdi. Ardından bir kitap açıp okumaya koyuldu:

Doğmanın zamanı, ölmenin zamanı var
Fideyi dikmenin zamanı, sökmenin zamanı var
Öldürmenin zamanı, sağaltmanın zamanı var
Yıkmanın zamanı, inşa etmenin zamanı var
Ağlamanın zamanı, gülmenin zamanı var
İnlemenin zamanı, dans etmenin zamanı var
Taş atmanın zamanı, taş toplamanın zamanı var
Sarılmanın zamanı, ayrılmanın zamanı var
Aramanın zamanı, kaybetmenin zamanı var
Elinde tutmanın zamanı, fırlatmanın zamanı var
Yırtmanın zamanı, dikmenin zamanı var
Susmanın zamanı, konuşmanın zamanı var
Sevmenin zamanı, nefretin zamanı var
Savaşın zamanı, barışın zamanı var.

Bir veda gibi geliyordu kulağa, ama ömrüm boyunca duyduğum vedaların en güzeliydi.

Onu sıkıca sardım kollarımla, o da beni sardı, birlikte şöminenin önündeki halıya uzandık. Bütün hayatımı akıllı, mutlu, ışıl ışıl bir kadın olarak geçirmişim gibi, kendimi kusursuz hissediyordum hâlâ.

"Bir fahişeye nasıl âşık olabildin?"

"O zamanlar anlayamamıştım. Ama şimdi, biraz düşününce bana öyle geliyor ki, bedeninin asla yalnızca bana ait olmayacağını bildiğimden, ruhunu fethetmeye verebilirdim bütün dikkatimi."

"Ya kıskançlık?"

"İlkbahar için şöyle söyleyemezsin: 'Erken gelsin ve uzun sürsün.' Sadece şunu diyebilirsin: 'Gelsin bahar, taşıdığı umutla yıkasın beni ve elinden geldiği kadar kalsın.'"

Rüzgârlara söylenmiş bir avuç söz. Ama benim duymaya ihtiyacım vardı, onunsa dile getirmeye. Uyumuşum; rüyamda, güzel bir koku, her yeri sarıyordu.

Fethetmek bir kez olur

ikinci ise sadece geri almaktır

aşk her zaman kazanandır
her an kimde bir ateş gibi
bir ateş sıcaklığıdır yaşamın

YİMPAŞ A.Ş. MALTEPE MAĞAZASI
FEYZULLAH MAH. MERKEZ CAMİ ALTI NO:35
TEL:399 66 35 MALTEPE/İSTANBUL
YOZGAT VD: 9820046629

TARİH 30.04.2004
SAAT: 18:03
FİŞ NO: 0287

KASİYER : ABDURRA

0,845 KG ARMUT AN	%08	*2.077.600
METİN PEKMEZ CAM	%18	*3.490.000
NE RA GÜLSUYU 42	%18	*1.090.000
FE DİŞ PASTASI NA	%18	*1.795.000
DEREOTU ADET	%08	*490.000

TOPKDV	*1.162.651
TOPLAM	*8.942.600

NAKİT	*8.942.600

00003470077000288/27020001

AA YF00372647

Maria gözlerini açtığında, üç-beş günizi, açık panjurlardan içeri sızmıştı bile.

'Onunla iki kez seviştim,' diye düşündü Maria yanı başında uyuyan erkeğe bakarak. "Oysa sanki başından beri birlikteyiz onunla, sanki hayatımı, ruhumu, bedenimi, ışığımı, acılarımı her zaman tanımış."

Kalkıp kahve yapmak için mutfağa gitti. Koridorda duran iki valizi de o zaman gördü; bir anda hepsi birden zihnine üşüştü: verdiği yemin, kilisede ettiği dua, hayatı, gerçeğe dönüşüp büyüsünü yitirmek için ayak direyen hayal, kusursuz erkek, bedenle ruhun bir olduğu aşk, farklı şeylerden doğan zevk ve orgazm.

Orada kalabilirdi Maria; kaybedeceği bir şey yoktu, fazladan bir yanılsamadan başka. Şiiri düşündü: *Ağlamanın zamanı, gülmenin zamanı var.* Ama, bir başka cümle daha vardı: *Sarılmanın zamanı, ayrılmanın zamanı var.* Kahve yapıp mutfağın kapısını kapadı, telefonu aldı ve bir taksi çağırdı. Onu bu kadar uzaklara sürükleyen iradesini, gitme vaktinin geldiğini haber veren, onu koruyan, bu gecenin anısını da hiç bozmadan saklayacak olan 'ışığının' enerji kaynağını topladı. Giyindi, valizlerini alıp çıktı; bütün kalbiyle Ralf'ın uyanıp, 'gitme, kal' demesini umuyordu.

Ama Ralf uyanmadı. Maria dışarıda taksiyi beklerken, elinde bir demet çiçekle bir Çingene kadın geldi.

"Bir tane ister misiniz?"

Maria çiçeği satın aldı; yazın bittiğinin, sonbaharın geldiğinin işaretiydi bu. Cenevre'de kafelerin önlerindeki masalar, gezmeye gelenlerin doldurduğu güneşli bahçeler gözden kaybolacaktı uzun süre. Kendine işkence etmemeliydi Maria; gidiyorsa, böylesini seçtiğindendi, sızlanacak bir durum yoktu.

Havaalanına geldi, bir kahve istedi, dört saat boyunca Paris uçağını bekledi. Uykuya dalmadan az önce, saat kaçta gideceğini söylemişti ona; bu nedenle gözü hep umutla kapıdaydı. Filmlerde olurdu öylesi: Son sahnede, kadın uçağa binmek üzereyken, erkek umutsuzluk içinde gelir, uçağın mürettebatının hoşgörülü, neşeli bakışları altında kadını öpüp kendi dünyasına götürür. Perdede 'son' yazar ve bütün seyirciler, ikisinin artık mutlu bir hayat süreceğinden emindirler.

"Filmler, sonradan olup bitenleri anlatmaz hiç," diyordu Maria içinden, kendini avutmak için. Evlilik, ev işi, çocuklar; sevişmeler giderek seyrekleşir, kadın birinci metresten gelen bal gibi tatlı bir notu ele geçirir ve ortalığı birbirine katmaya karar verir, koca bunun bir daha tekrarlanmayacağına söz verir; kadın bir başka metresin yumuşacık bir notunu tesadüfen okur, bir skandal daha patlatır ve ayrılma tehdidi savurur, ama bu kez erkek eskisi kadar kararlı davranmaz, karısına onu sevdiğini söylemekle yetinir. Kadın, üçüncü bir metresin elinden çıkma şefkat dolu notu bulunca, susmayı, bilmezden gelmeyi tercih eder, kocasının onu artık sevmediğini, isterse gidebileceğini söylemesinden korkmaktadır çünkü.

Hayır, filmler bunları anlatmaz. Gerçek hayat başlamadan biter onlar. En iyisi düşünmemek.

Maria bir, iki, üç dergi okudu. Havaalanında, bekleme salonunda geçen neredeyse sonsuz bir süreden sonra uçuş anonsu yapıldı. Maria uçağa bindi. Kafasından gene o ünlü sahne geçti: Tam kemerini bağlamışken omzunda bir el hissedecek, dönecek ve onu karşısında, gülümserken bulacak.

Ve hiçbir şey olmadı.

Cenevre'yle Paris arasındaki kısa yolu uyuyarak geçti. Evdekilere ne hikâye anlatacağını düşünecek vakti olmadı; ama annesiyle babası kızları geri döndüğü için, bu sayede kendileri de bir çiftlik sahibi olup rahat bir yaşlılığı garantiye alacakları için çok sevineceklerdi kuşkusuz.

Uçak yere inerken, sarsıntı onu uyandırdı. Hostes, başka bir terminale gitmesi gerektiğini söyledi ona, çünkü Brezilya uçağı F terminalinden kalkıyordu, oysa burası C terminaliydi. Ama kaygılanmaya gerek yoktu, rötar görünmüyordu, üstelik daha bol vakit vardı önünde. Hem arzu ederse, alan personeli de ona yol gösterirdi.

Merdiven uçağa yaklaşırken, Maria o günü Paris'te geçirmeye değer mi, diye tartıyordu kafasında; sırf birkaç fotoğraf çekip, evdekilere burayı da gezdiğini söyleyebilmek için. Düşünmek için zamana, kendi kendisiyle baş başa kalmaya, gecenin anılarının derinliklerine dalmaya ihtiyacı vardı; yaşadığını duyumsamak istediğinde aklındaki izlerle kendini besleyebilmesi için. Evet, Paris mükemmel bir fikirdi. Hemen o gün ayrılmayı canı çekmezse diye, hostese, Brezilya'ya bir sonraki uçuşun saatini sordu.

Hostes biletini alıp baktı ve bu biletle böyle bir aktarma yapamayacağını söyledi. Maria, bu kadar güzel bir kenti tek başına keşfetse bunalıma gireceğini düşünerek kendi kendini teselli etti. Soğukkanlılığını, iradesini koruyordu hâlâ, bir varlığın eksikliğini çekiyor diye bir çuval inciri berbat edecek değildi.

Uçaktan inip polis kontrolünden geçti. Valizleri doğrudan öbür uçağa nakledilecekti. Kapılar açıldı, yolcular onları karşılamaya gelenleri kucaklayacaklardı şimdi; eşlerini, annelerini, çocuklarını. Maria, böyle taraklarda bezi yokmuş gibi görünmeye çalışsa da, bir taraftan tekrar yalnızlığına gidiyordu aklı. Ancak bu kez bir sırrı, bir hayali vardı; eskisi kadar sert değildi Maria, hayat daha kolay akacaktı artık.

"Paris hep burada olacak."

Bunu söyleyen bir turist rehberi değildi. Bir taksi şoförü de değildi. Onun sesini duyunca, Maria'nın bacakları titredi.

"Paris hep burada mı olacak?"

"Çok sevdiğim bir filmde geçer bu cümle. Eyfel Kulesi'ni görmek ister misin?"

Evet, hem de nasıl. Ralf'ın elinde bir demet gül vardı. Gözleri ise ışık doluydu, Maria'nın daha ilk gün, içini titreten soğuk rüzgârda portresini yaparken, Ralf'ta gördüğü ışıktı bu.

"Benden önce nasıl geldin buraya?" diye sordu Maria şaşkınlığını gizlemek için. Alacağı karşılığın en ufak bir önemi yoktu, ama kendine gelmesi için biraz zaman gerekiyordu.

"Seni dergi okurken gördüm. Hemen yanına gelebilirdim, ama iflah olmaz bir romantiğim ben. Düşündüm ki, en iyisi Paris'e giden ilk uçağa bineyim, havaalanında dolaşayım, üç saat bekleyeyim, dakika başı uçak saatlerini kontrol edeyim, sana çiçek alayım, *Casablanca*'da Ricky'nin sevgilisine söylediği cümleyi telaffuz edeyim içimden, şaşkınlıktan yüzünün ne hal alacağını hayal edeyim. Ve bir de, bunu senin de istediğine, beni beklediğine bütün kalbimle inanayım, dünya yüzündeki bütün kararlılığın ve iradenin, aşkın bir anda oyunun kurallarını değiştirmesine engel olamayacağından da kuşku duymayayım. Filmlerdeki gibi romantik olmak hiç de zor değil, sen ne dersin?"

Zor olup olmadığını bilemiyordu Maria, ama o an ödeyeceği bedel, umurunda bile değildi. Bütün bildiği, şu adamla yollarının kesiştiği, birkaç saat önce seviştikleri, bir önceki gün onun arkadaşlarına takdim edildiği, ama bunun yanında, bir zamanlar, çalıştığı gece kulübüne de gelip gittiği ve başından iki evlilik geçtiğiydi. Sicili lekesiz sayılmazdı yani. Öte yandan, Maria'nın cebinde bir çiftlik satın alacak kadar para vardı, önünde gençliği, büyük bir hayat deneyimi uzanıyordu, ruhu ise alabildiğine bağımsızdı. Ne var ki, kader hep onun yerine karar verdiğinden, bir kez daha tehlikeyi göze alabileceğini düşündü.

Sinema perdesinde 'son' yazdıktan sonra olup bitenleri düşünmekten vazgeçerek, Ralf'ı öptü. Ama, günün birinde birisi onun öyküsünü yazmayı aklına koyarsa, Maria bir peri masalı gibi başlamasını isteyecekti ondan: *Bir varmış bir yokmuş...*

Yazarın Notu

Herkes gibi –konu bu olunca, genel konuşmakta hiç tereddüt etmiyorum–, cinselliğin kutsal anlamını keşfetmem zaman aldı. Gençliğim, keşiflerle ve aşırılıklarla dolu, alabildiğine özgürlükçü bir döneme denk geldi; bunu tutucu ve baskıcı bir evre izledi; boşa gitmeyen taşkınlıkların bedeliydi bu.

Kuralsızlıkların hoş görüldüğü bu on yıllık zaman diliminin bir noktasında (yetmişli yıllar), Amerika'da, yazar Irving Wallace'ın, sansür hakkında bir kitabı yayınlandı. İçinde, seks üzerine yazılmış, *Yedi Dakika* adlı bir metnin yasaklanması için yapılan yasal manevralar anlatılıyordu.

Wallace'ın romanında, sansüre konu olan kitap sadece bir bahaneydi, dolayısıyla cinsellik temasına pek değinilmiyordu. Bu kitapta ne anlatıldığını sık sık merak ederdim. Peki *Yedi Dakika*'yı yazmaya girişsem ne olurdu?

Wallace, romanın içinde bu uydurma kitaba sık sık gönderme yapıyor, dolayısıyla en sonunda, hayalimdeki işten vazgeçmek zorunda kaldım. Elimde sadece adının anısı kalmıştı (bence Wallace süre konusunda fazla tutumlu davranmış, dolayısıyla biraz uzatmaya karar verdim), bir de cinselliği ciddiyetle ele almanın önemli olduğu düşüncesi; bunu da zaten pek çok yazar yapmıştı daha önce.

1997'de, İtalya'da, Mantua'da bir konferanstan çıktıktan az sonra, kaldığım otelin resepsiyonunda, adıma bırakılmış bir dosya buldum. Aslında dosya okumam, ama onu okuyacağım tuttu, Brezilyalı bir fahişenin gerçek hayat hikâyesiydi bu; evlilikleri, yaşadığı yasal zorluklar, başından geçen beklenmedik olaylar. 2000 yılında, Zürih'ten geçerken telefonla buldum bu fahişeyi, takma adı Sonia'ydı. Yazdıklarını beğendiğimi söyledim, kitabını Brezilya'daki yayıncıma göndermesini tavsiye ettim; o da sonradan basmamaya karar verdi. Sonia trene binip Zürih'e geldi ve bizi –bir dostum, *Blick* gazetesinden benimle röportaj yapmaya gelmiş bir gazeteci, bir de ben– Langstrasse'ye, yani kentin fuhuş merkezine davet etti. Sonia'nın iş arkadaşlarına geleceğimi söylediğini bilmiyordum. Birden şaşkınlık içinde, kendimi kitaplarımın çeşitli dillerdeki baskılarını imzalarken buluverdim.

Bu aşamada, seks hakkında yazmaya karar vermiştim, ama henüz ne senaryo şekillenmişti kafamda, ne de baş kahraman. Kutsallık arayışıyla ilgili bir öykü düşünüyordum, ama Langstrasse'ye gitmek kafamı aydınlattı: Cinselliğin kutsal boyutu üzerine yazmak için, seksin neden bu kadar kirletildiğini anlamak gerekiyordu.

İsviçre'de yayınlanan *Illustrée* adlı dergiye röportaj verirken, Langstrasse'deki beklenmedik imza gününü anlatınca, bu konuda büyük bir söyleşi doğdu. Sonuç, Cenevre'deki bir imza gününe, pek çok fahişe ellerinde kitaplarıyla geldiler. İçlerinden biri özellikle dikkatimi çekti. Temsilcim ve dostum Mônica Antunes'le birlikte, onu da alıp kahve içmeye gittik. Kahve faslı akşam yemeğine dönüştü, ardından günlere yayılan buluşmalara. *On Bir Dakika*'nın ana ekseni böyle çizildi.

Ülkesinde fahişelerin yasal durumuyla ilgili belli başlı verileri bana sağlayan İsviçreli yayıncım Anna von Planta'ya, ayrıca Zürih'te yaşayan kadınlara (takma adlarını veriyorum) teşekkürü bir borç bilirim: Öncelikle Mantua'da karşılaştığım Sonia'ya (belki bir gün kitabıyla ilgilenen çıkar!), Martha'ya, Antenora'ya, Isabella'ya. Ve Cenevre'dekilere (gene takma adlarıyla): Amy, Lucia, Andrei, Vanessa, Patrick, Thérèse, Anna Christina.

Maria'nın günlüğünün bazı bölümlerini renklendirmek için *La Science de la passion* adlı kitabından pasajlar almama izin veren Antonella Zara'ya da teşekkür ederim.

Son olarak, bu kitabın temelini oluşturan öyküsünü benimle ve Mônica'yla paylaştığı için Maria'ya (bu onun takma adı) teşekkür ederim. Bugün Lausanne'da yaşayan Maria, evli ve iki kız annesi.

Paulo Coelho